中国专业作家作品典藏文库

中国专业作家作品典藏文库
石钟山卷

牺牲1937

石钟山 著

中国文史出版社

目　录

身份 …… 1
军统上海区 …… 8
“梅机关”和“七十六号” …… 16
军统上海区沦陷 …… 19
诱降 …… 30
计中计 …… 38
潜伏 …… 44
重整上海区 …… 50
行动 …… 57
七十六号 …… 64
各为其主 …… 75
错中计 …… 81
反扑 …… 88
毛森出山 …… 94
绝地反击 …… 99
仇恨的情人 …… 113
赴汤蹈火 …… 120
劫杀 …… 130

背水而战…………………………………………………… 140
营救上官…………………………………………………… 156
绝处逢生…………………………………………………… 165
初杀丁默邨………………………………………………… 175
搭档………………………………………………………… 179
再杀丁默邨………………………………………………… 190
丁李之争…………………………………………………… 196
纠结………………………………………………………… 203
牺牲………………………………………………………… 208
复仇………………………………………………………… 212
较量………………………………………………………… 219
谜面………………………………………………………… 227
恐惧………………………………………………………… 235
一份被载入史册的情报…………………………………… 239
坚守………………………………………………………… 244
尾声与开始………………………………………………… 250

身　份

1937 年 11 月，上海。

硝烟弥漫在 11 月的黎明时分，阴冷的空气中夹杂着硫黄的味道，零星的枪炮声由远及近，星星点点地响着。半晌，又归于沉寂，逃难的人群已经消失了，留在上海的市民蜷缩在家中，紧闭门窗，偶有一双双惊恐的眼睛，透过门窗打量着 1937 年 11 月上海的黎明。

一发炮弹落下，“咣”的一声打破了沉寂，一缕浓烟四散开来，添重了几许硫黄的气味，弥漫开去，扯破了一片黑暗，一幢楼房显现在黎明的上海。这幢楼上，有一幅用水泥做成的横眉，上书：四行仓库。

一支队伍慌忙中撤退到这幢楼房里。楼不高，裸露在城西的一片空地上，很结实也很坚固的样子。这是一支约有四五百人的队伍，由副团长谢晋元率领，其余的部队被团长带走了，慌不择路，已经撤出了上海。副团长谢晋元率领四五百人的残兵败将，撤退到这个叫“四行仓库”的地方，他们的任务是坚守上海最后一道防线，掩护大部队撤离。已经没有防线了，偌大的上海只剩下这个四行仓库里的四五百人的国军，他们是上海沦陷前最后一点力量。

连副肖扬倚在墙角，怀里抱着卡宾枪，队伍夜半闯进四行仓库时，士兵们各占地形，大睁着眼睛望着身后的黑暗，远处只有几盏路灯燃着，有气无力的样子。此时，日本人并没有追过来，一切都沉寂着，似梦非梦。分散在这幢房子里的士兵，头一歪，身子一蜷，便沉沉地睡过去了。上海保卫战，从 9 月打到 11 月，历时两个多月，参战的队伍油干精尽，人困马乏。他们从来没有睡过一个囫囵觉，只在战斗间隙里，趴在阵地上，身子一蜷便睡死过去，枪炮声便是叫醒他们的闹钟。队伍撤至四行仓库也不例外，转瞬之间，便进入了梦的汪洋。

连副肖扬是被一颗流弹惊醒的，他睁开眼先是看到一缕浓烟在不远处升腾起来，鼻子又开始奇痒无比，于是便打了个喷嚏，自从他进入阵地就开始这样，不知打过多少喷嚏。肖扬并不是这支队伍上的人，淞沪会战开战前，他被军统派到队伍中作为一名督察来到了这里。大战在即，调整几名军官是家常便饭，有门有路子的在开战前调走了，找个闲差躲开枪炮，于是就有一批军官充实到队伍中来。肖扬就是这样，以一个军统督察的身份被秘密地安排到了这支队伍中，他的职务是连副。战争一开始整条阵线的态势是胶着的，日本人从海上和陆地开始进攻，他们在平原上抵抗，后又节节退败，蒋介石要誓死保卫南京、上海这样的重镇，源源不断地调兵遣将，要把日本人拒于南京和上海之外。后来就连警察都上了战场，可还是没能阻止败局。大局已定，蒋介石无奈地下达了撤退的命令，国民政府只能撤退到重庆一隅做最后的坚守。于是兵败如山倒，几日之间，几十万军队仓皇撤离上海，留下了这支队伍做最后的抵抗，掩护大部队远离。

炮弹惊醒了肖扬，也惊醒了仓库内的弟兄们，无须口令，无须号召，两个多月来，他们已经养成了这种随时作战的习惯。一支支枪口探出窗外，一队日本士兵已经冒出头来，晨光照在鬼子的钢盔上，反射着一层虚光。一场阻击战就此打响，鬼子没料到这里还有一支不死心的部队在顽抗，遭受一轮打击后，马上调遣队伍，从四面八方汹涌着向仓库扑了过来，枪炮炸得窗门洞开，整个四行仓库成了火海。

这幢房子不知是谁建造的，钢筋水泥结构，四面墙都是加厚的，炮弹打在上面，居然只能炸开一道裂口。这就为以后被人们广为流传的四行仓库保卫战奠定了基础。

国民党的百万大军没能阻止住日本人的进犯，这不是士兵的责任，也不是部队长官的责任，而是这场战役的决策者的错，他们贻误战机，错误判断了形势。这场战役的失败，不是因为士兵不勇敢，而是因为决策者的懦弱和寡断。肖扬初来时是督察员，但此时已经成为一名真正的战士，他在不停地射击，敌人的子弹在他耳畔炸响。这场阻击战从黎明打到黄昏，一发炮弹从窗口飞进来，在肖扬身后的地面炸响，肖扬昏了过去。

肖扬醒来的时候，已经是晚上了，四周只有零星的枪声，还有日本人调集队伍的口令声和部队调防的嘈杂声。肖扬醒了过来，他人已经躺在了团部里。说是团部，其实就是仓库一楼的某个房间里，房间里摆了几张桌子，桌子上铺了一张地图，还有两个报务员守着一部电台，两个作战参谋站在团副谢晋元的身后。肖扬躺在一副门板上，身上似乎没受什么重伤，他的七窍不知为什么，似乎一下子洞开了，他能清晰准确地嗅到各种气味，他还没睁开眼睛，但意识到，这间房子里有五个人，因为他们不同的气味，让他分辨出这五个人的存在。他努力睁开眼睛，两只亮着的马灯放在地角，天花板上折射出这五个人的影子，确切地说，他是先看到天花板上五个人的影子，才又看清楚这五个人的。他叫了一声：团副。

团副谢晋元是位三十六七岁的男人，精瘦、精干的样子，他什么都没说，只做了个手势，似乎是在制止他，又似乎是在召唤他。肖扬从谢团副的手势中又嗅到了谢晋元身上浓烈的气味。这种气味精细准确地传到了他的大脑中枢，淡淡的烟草味夹杂着男人雄性的味道，还有空气中丝丝缕缕的硫黄味道，总之，他捕捉到了谢团副的气味，这种气味，甚至融进了他的血液，终生难忘的样子。他想打喷嚏，于是他大声地打了一个喷嚏，脑子更加清醒了，他从门板上坐了起来。

谢团副背过身去，马灯的光线勾勒出这个精瘦男人的轮廓，两个多月来，肖扬还从来没有如此近距离地打量这个男人。此时他不仅是在感受，同时也在“嗅”着这个男人，当然，还有两个参谋和两个报务员。

你是什么人？谢团副背对着他，铿锵地问了一句。

肖扬一怔，他下意识地去扫视两个参谋和那两个躲在角落里的报务员，他从他们的眼神里看到了异样。他又下意识地去看自己的胸牌，胸牌已经不在了。队伍上的规矩，只有战死的军官尸体无法撤走时，战友们才会扯下牺牲者的胸牌，为战后写进牺牲者名录时用。作为军统的督察来到这支部队，他自然用的不是自己的真实姓名，但为了以防万一，他的真实姓名和身份写在了胸牌的背面。胸牌不在了，显然，团副谢晋元已经知道了他的真实身份。

肖扬从门板上站起来，立正，大声地说：本人，军事委员会调查统计局上海区督察室上尉肖扬。

谢团副转过身，望着肖扬，扬起手把胸牌那块巴掌大的布递给肖扬。肖扬接过显示身份证明的胸布，他不知道下一步将面临什么。

谢团副冲身边的参谋示意了一下，参谋转身出门。在参谋转身走出的时间里，谢晋元一直望着肖扬的眼睛。肖扬一直笔挺地立在那里，也在注视着谢晋元的眼睛，此刻他强烈地感受到谢晋元的气息扑鼻而来，这种感觉，他此前从来没有经历过。一发炮弹飞窗而入，难道是那发炮弹的作用，让他的嗅觉变得如此敏锐？正疑惑间，临时团部的门开了，两个士兵立在门口，那个参谋走了进来，向谢晋元报告道：报告团长，已安排完毕。

谢晋元这时伸出手来，肖扬迟疑了一下，望着谢团副的眼睛，谢团副的目光在马灯的辉映下闪着一种坚毅的光芒，毋庸置疑。他伸出手，迎着谢团副的手握了过去。随着谢团副用力握住了他的手，谢团副的气息更加强烈地迎面而来，顺着他的鼻孔，侵入他的中枢神经，他的身体不易察觉地战栗着，谢团副的气息让他经久难忘。事后许多年过去了，属于谢团副气息的记忆，仍在他的灵魂里飘荡不散。

谢晋元说：肖扬，今晚你必须离开这里，马上。

说完放开他的手，不容商量地望着他。

肖扬一时不知说什么好，他的任务是跟随这支队伍，或者说督察这支队伍，自从来到这支队伍中，他没再接到过任何其他的命令，也就是说，他的任务还没有解除，按照以往的规律，他还要在这支队伍中待下去。可是，他的真实身份暴露了，他来不及请示，也没有机会请示，现在该何去何从？

谢团副盯着他的眼睛又说：我们的任务是在这里阻击敌人，时间是越长越好，在上级下达撤退命令前，我们不会后退半步，哪怕剩下一兵一卒。

肖扬这时清醒过来，挺了一下胸：谢团副，可我还没有接到撤退的命令。

谢团副把一只有力的手搭在他的肩上，盯着他的眼睛：据我所知，你们军统的人和中统的人已经转入地下，另有任务。

说到这儿谢团副收回手，背过身去，望着窗外：你是军统的人，留下还有大用处。我们的任务是阻击敌人，也许我们一个人也不会从这里出去了。

谢团副再转身时，他看见了谢团副眼里的泪光，瞬间一股腥咸的气息包裹了他，他的身子抖了一下，同时他也嗅到了谢团副胃里的气息，是昨天吃的两个菜团子的味道。肖扬望了眼门口的两个士兵，士兵荷枪实弹，头戴钢盔，正望着他。

他的嘴动了动，想说什么，又没说出来。

谢团副说：肖上尉，你在我团已经生活战斗了两个多月，你回去可以如实汇报我们这支部队的一切情况，请吧。

谢晋元说完做了一个手势。

肖扬又看了眼谢团副，问：我为什么要走？我留下，多一个人多份力量。

谢晋元别过头：肖上尉，你的任务不是阻击敌人，你活下去，会更有用。

谢晋元说完挥了下手，两个士兵进来一左一右地把肖扬架到门口。走到门口他甩开两个士兵，回过身冲谢晋元行了一个军礼。谢晋元背对着他一动没动，他最后望了眼谢团副的背影，转过身，在一个班士兵的护送下，冲出四行仓库，掩进夜色之中。

刚走出仓库，他嗅到了一股血腥味，一个年轻男人的血腥味，他惊恐地问：你们谁受伤了？一个士兵冲他举了一下手，扒开衣领，他看到缠在士兵锁骨处的绷带。士兵说：肖上尉，这点小伤不会影响护送你出去的。说完还冲他笑了一下，他看到这个士兵的牙齿很白。

为了掩护他撤离，谢团副下达了射击的命令，四行仓库在他们身后枪声大作，埋伏在四面八方的鬼子也开始向四行仓库射击。鬼子以为这些中国士兵在准备突围，于是开始调动兵力把几个路口堵死了。

他们就是利用敌人调集部队的空当穿插了出去，跳出了包围圈，不巧的是，他们又遇到了敌人的一支巡逻部队。在一个班战士的掩护下，他向前跑去，他亲眼看见那个牙齿很白的士兵中弹，在他身后一下子倒了下去，另一个士兵，为挡住敌人射来的子弹，也慢慢地倒了下去。其余的士兵冲出去和敌人对射，吸引敌人的火力，留出时间，让他一路狂奔，钻进一条巷口，又拐了一个弯，又钻进一条弄堂，他双脚生风，越跑越快。两个月了，他一直趴在阵地上，还从来没有这么奔跑过，他发现自己的身体一下子变轻了，有种飞翔的感觉。远离战场，空气一下子变得清新起来，没有硝烟的空气，洗涤着他五脏六腑。他没命地奔跑着，四行仓库那里的枪声戛然停了下来，突然的安静，让他听到了自己狂乱的心跳声，他的脚步慢了下来。后来他跑不动了，倚在一个弄堂里大口喘息着，他辨别着方向，不知道军统局上海区的人还在不在，如何去联系。他正在犹豫时，突然弄堂里一家的门开了，一只手搭在了他的肩头上，他一惊，一个女人的气息一下子淹没了他，这是女人独有的气息，既熟悉又陌生。他回过头，惊叫了一声：童雪……

童雪捂住了他的嘴，连拉带拽地把他拉进了一个院内，随后关上了门。

军统上海区

童雪是肖扬军统上海区的同事，在保密室工作，所有的机要文件都要经她手入档或者发出去。童雪现在的任务就是等待撤出去的军统人员归来。肖扬后来才知道，这次淞沪会战，被派到部队去做督察工作的军统人员不止他一个人，一共有二十几个人被下派到了部队。

童雪的工作就是在一个弄堂里设一个联络站，召集这些派出去的军统人员。此前这个地方是行动组的一个联络点，许多军统的人都知道这个地方。

淞沪会战失利后，上海区的军统人员接到了戴局长的命令，转入地下，撤退到了法租界一带活动。在他们看来，只有租界才是暂时安全的。

童雪和肖扬在这里重逢，肖扬又惊又喜，他没想到，跳出敌人的包围圈见到的第一个人会是童雪。他们俩是军统特训班时期的同学，当时是在南京。他们结业后，又一同被分到了上海区。不知何时，两人建立了恋爱关系，这种恋情很朦胧，和普通男女一样，他们都希望见到对方，见到对方时，似乎就有讲不完的话，不论在一起待多长时间，都觉得时间太短了。这是初期恋爱时的感觉，可他们已经过了这个阶段了。在肖扬出发去部队前，两人的关系才明朗起来。

下部队前，上海区区长王天木把肖扬找到办公室，宣布了命令。王天木区长同时也向他交代了这次去部队的任务，他的任务只有一个：督察督战作战部队，有贪生怕死者，可亮明身份就地执行军法。如果遇到贪赃枉法者、发战争之财者，可拿到证据后，向军统汇报，由戴局长出面向蒋委员长汇报。战争时期，这是他们军统工作的一部分。

肖扬在区长王天木那儿领受了任务，他要连夜奔赴部队，他的职务军统早就安排好了，是上尉连副，名字叫王更年。当然这个暂时的名字就成了他这次执行任务时的代号，叫什么已经不重要了。他回到宿舍里收拾东西，门这时被推开了，童雪站在门外，望着他，对他收拾东西一点也不惊讶，她是保密室的机要员，自然军统上海区的秘密对她来说都不会是什么秘密。

肖扬把行李捆好扔在床板上，回头冲她一笑道：我马上就该出发了。

她望着他，从进门开始，她的目光一直没有离开过肖扬，此时她哽咽着说：保重。

肖扬想冲童雪潇洒地笑一笑，他咧开嘴的一瞬间，看到她眼里闪过的泪光，他的笑容绽放了一半就僵在了那里，眼眶发热。突然他一把将童雪拉到怀里，她的头伏在他的肩膀上，有一两滴泪水流了下来，浸湿了他的军衣。他侧了下脸，看到她一张泪脸正迎着他，一瞬间，他们吻在一起。只一瞬间，也许一秒也许两秒，这是他们的初吻，慌乱迷离，瞬间就分开了，但却刻骨铭心，温热润滑，淡淡的，属于自己独一无二的气息。就这一吻，让他们各自内心石破天惊地响了一下，他们朦胧的爱情就此翻篇，迎来了新的一章。

肖扬把行李甩在肩上，站在门口望着她，把手放在她的肩膀上，用了些力气，微笑又严肃地说：车就在楼下，我走了。

她仰起头，冲着他的脸说了两个字：保重。他拉开门，脚步声在楼道里响了起来。她拢了下头发，爱情的慌乱和匆匆离别的情绪掺杂在一起，她不知是兴奋还是忧伤。

在接下来的两个多月时间里，童雪比任何人都有理由关注前方的战事，因为那里有肖扬，此时的肖扬像一名战士一样在冲锋陷阵。可前线并没有传来好消息，敌人一次又一次在杭州湾登陆，国军在节节败退，再败退，死伤的将士源源不断地从前方运下来，那会儿整个上海的大小医院都装满了国军的伤病员。童雪关注着肖扬的消息，军统内部有命令，只允许派出去的人主动联系军统，他们没权力也没办法联系到派出去的军统人员。肖扬却一直没有消息。童雪在那段日子里，经常会在半夜里醒来，然后长时间睡不着，睡不着的时候，她就会想起肖扬以及那些派出去的军统人员，他们的音容笑貌依次在她眼前划过去，最后她的眼睛在肖扬身上定格。越是担心，越会往最坏的方面去想，她甚至想到了肖扬的牺牲，但她在第二天醒来时，又顽强地告诉自己，肖扬还活着，他不会有事的。她在两个多月的时间里就这么纠结着，担心着。直到后期，她都能听到远处隆隆的枪炮声了，整个上海危在旦夕，国民党常驻上海的办事机构开始纷纷撤离了，那会儿她才意识到，这场战争将以失败而告终。后来，军统上海区也接到了戴局长的命令，撤到租界，转入地下，坚持在上海开展军统工作。那会儿整个上海区的人才意识到，失败终于到来了。

童雪的任务就是在这个联络点里接应军统的同事归来。那几天，退下来的国军无法计数，拥满了马路和弄堂，他们相互咒骂着，喊叫着，像退潮的洪水又撤向了城外。陆陆续续地开始有军统人员回来了，他们先找到老的办公地点，那里已经人去楼空了，为了安全，那里并没有留下值守人员，他们出发前，已确定了几个联络方式，如果发生意外，就启用这个弄堂里的联络点。

相继回来的军统人员，他们疲惫，有的甚至负了伤，满脸胡楂，他们每个人都瘦了许多，经历了战火的洗礼，他们似乎都变了。童雪在这些熟悉的同事当中并没有发现肖扬，当然还有一些同样没有归队的同事，她的心就悬了起来。今天晚上是这个联络点存在的最后一夜了，明天早晨六点，她必须撤回到租界去。这是区长王天木下达的命令，因为整个上海都沦陷了，到处都是日本人，为了安全，所有的联络点都将放弃。

也就是在最后的这个夜晚，她等来了肖扬，把肖扬拉到院内的一瞬间，她的眼泪不可遏制地流了下来，那是属于童雪的眼泪。肖扬嗅到了她眼泪的气味，腥咸中夹杂着一丝甜味，他用力把她抱在怀中，把她的身体抱离地面，甚至转了两圈才放下，放开她才说：我们终于又见面了。

她擦了一下眼泪，拉起他走进里屋，拿出早就准备好的便装放在他的面前说：把衣服换上，这里不是久留之地。

前些日子，回归的军统人员都是在这里换好便装，才被童雪带到法租界去的。在法租界他们租到了一套院子，那里便成了他们上海区临时办公场所。

他在黑暗中开始换衣服。他脱去上衣后犹豫了一下，她背过身去，他开始快速地换衣服。

她背着身子说：你怎么现在才归队？别人早几天就回来了。她的口气里有担心，甚至还有些责怪。

他一边穿衣一边说：我们的部队是最后撤离阵地的，他们还在四行仓库坚守着。

他说到这儿时，有一种悲壮的东西在他胸膛里流过，他想起了谢团副的眼神，那是军人的，也是男人的眼神。两个月的战火洗礼，让他对“军人”这个词汇有了更进一步的理解和认识。一个班护送他的士兵，前仆后继用身体挡住了敌人的子弹，他才有机会从敌人的包围圈里跑出来。一想到这些，浑身的血液便加速地流淌起来。

一身西装便服很快就穿好了，两个月的军衣从来没有洗过，味道就不用说了，那种难受像盔甲一样束缚着他的身体。此时，这套上等质地的西装穿在他的身上，让他嗅到了一种新鲜的气味，直到这时，他才意识到，自己的嗅觉发生了变化。以往他从来对嗅觉没有这么敏感过。他想到了那颗从窗而入的炸弹，他从昏迷中醒来，就有了如此的敏感，那会儿他还没注意；此时，他逃出了敌人的包围圈，站在童雪面前，他才意识到自己这一惊人的变化。这时童雪转过身，看了他一眼，命令似的说：咱们走！

说完抓过他的胳膊向外走去。童雪的气息再次扑面而来，温热、香甜，还有一点点只属于童雪个人的东西，他说不清楚，但他记住了这属于童雪的气息。

走到门口时他冲她说了一句：你的香水真好闻。

什么？童雪不知是没听清，还是一时没反应过来，总之，她拉着他，借着夜色的掩护，轻车熟路地向法租界跑去。

军统上海区以前有一百多号人马，上海沦陷之后，已经化整为零，散落在上海城内各个角落里。淞沪会战打响前，二十几个人被派到了部队里充当督察，现在回来的还不到十人，不用说，剩下那些人已经阵亡了。他们像普通士兵一样，长眠在阵地上，也许他们的名字被写进了阵亡的花名册之中。

肖扬在这里看到了他昔日的同事，此时，他面对着弟兄们，有说不出来的一种情绪，在一间会议室里，他和归来的弟兄们依次拥抱了。他拥抱这些兄弟的时候，首先感觉到的不是对方的身体，而是气味，他对气味如此敏感，大大出乎了他的意料，鼻腔内每个毛细血管都大张开来，接纳着兄弟们形形色色各自不一的气味。对一般人来讲，这些气味也许微不足道，他们从战场上下来已经几天了，早已洗过澡，又美美地睡了几觉，战场上的硝烟和汗渍早已一扫而空了，可肖扬感受到的不是这些，而是他们各自不同的体味，这些体味就像他们一张张并不相同的面孔，独立而又真实。他嗅觉的变化，让他和这些人交往时改变了往日的模样，以前对待同事，握手寒暄，微笑点头，而突然放大的气味，甚至可以让以前的礼节忽略不计了。肖扬有点讨厌自己的鼻子了，他揉了揉鼻子，似乎想让自己恢复到以往浑然天成的气氛中去，可他却回不去了，不仅他们的体味，他们身上衣服所带来的气味也清晰地传达到他的嗅觉里。这些弟兄中间，有两个人已经结婚了，他们身上明显带了各自女人的气息。他似乎透过这些男人看到了他们身后的女人。肖扬有些吃惊，甚至有些恐惧，但他还是依次拥抱了这些昔日的同事。最后他看见了站在人群后的组长陶天成。三十多岁的陶天成是他们这些人中职务最高的，中校组长，因为他的职务和年龄，他就显得很老练，他正审视地望着肖扬。肖扬都已经张开了双臂准备和陶组长来个拥抱，结果陶天成只是伸出了手，他便把胳膊收回来，只和陶天成握了一下，立马感受到了陶天成的气味，还有那个苏北女人的气味。陶天成是苏北人，老婆也是苏北的，陶天成调到上海区之后，那个苏北女人也来到了上海。到了上海的苏北女人一下子就体会到做上海女人的好处，于是，她努力地把自己打扮成一个上海女人的样子，头发烫过了，穿起了旗袍，说话时把喉咙变细了，嗲声嗲气地说话，弄得听她说话的人浑身直起鸡皮疙瘩。陶天成把肖扬的手说不上热情也说不上冷淡地握了一下，然后就说：王区长有请。

说完走出会议室。肖扬只好跟上，走到门口时，他回望了一眼弟兄们，他们都一脸无所谓地望着他。他知道，王天木找他也就是一次例行公事的询问。

王天木是个瘦高的男人，四十多岁，此时背对着门口，正端着肩膀望着窗外，宽大的西服穿在他身上显得有些肥大。肖扬站在已打开的门前喊了一声：报告。

王天木缓缓转过身子，见到他那一刻，眉毛向上挑了挑，从窗口走到桌子前，又坐在一把椅子上，望着他：肖扬，你终于回来了。

他冲王天木敬了个礼，王天木指了一下另一张椅子说：坐吧。

他坐下了，身子仍笔挺着，这时他发现了童雪的气息，显然，在他来之前，童雪曾在这间办公室里出现过。他的嘴唇又滑过温热湿润属于童雪的气息，他的心动了动。

王天木似乎失去了以前的威严。上海沦陷前，王天木交代他下部队的任务时，穿的是少将制服，语言铿锵有力，神情坚毅，似乎淞沪保卫战成功在握，只等庆功了。然而此时的王天木用落魄来形容一点也不为过，他有气无力地望着肖扬。

肖扬就站起来，立正站好道：区长，我向你汇报这两个月的战事情况。

王天木挥了挥手，软弱无力地说：不用汇报了，上海失守了，还有什么可说的。

肖扬又想到了四行仓库那仍在浴血奋战的将士们，于是他又说：区长，国军并没亡，四行仓库那里还有几百人在战斗。

王天木眼睛里似乎有一粒火星跳过，转瞬就消失了，阴沉着声音说：一百多万大军都没能阻止日本人，这几百人有什么用。

肖扬着急地说：区长，那毕竟是我们的兄弟，我们想想办法，帮帮他们吧。

肖扬眼前又闪过副团长谢晋元那鱼死网破的眼神，那是一个军人视死如归的眼神。

王天木头也不抬地说：四行仓库的士兵他们的任务是阻击敌人，我们另有任务。

肖扬迫不及待地问：那我们的任务是什么？

王天木抬起头来，似乎望着肖扬的身后道：你刚回来，任务就是休息。

肖扬彻底绝望了，他以为自己跑出来，能够集结力量去助四行仓库的弟兄们一臂之力。两个多月来，他跟随着这支队伍浴血奋战，他甚至忘记了自己的身份，他就是一个战士。此时，肖扬为自己的袖手旁观、无能为力而感到深深的自责。

淞沪会战中，四行仓库最后一战最为经典，许多年过去了，人们对淞沪会战淡忘了，但提起四行仓库的八百壮士，人们仍然记忆犹新。当时上海城内的四行仓库，不仅惊动了全国，全世界都知道了，在中国上海有个叫四行仓库的地方，有一群中国士兵在用鲜血和生命抵御着外寇的入侵。

肖扬在一天夜里潜出了租界，穿弄堂走小路，终于来到了四行仓库前。四行仓库已经成了一片废墟，战争的硝烟尚未散尽，仓库的木质门窗在“噼啪”地燃烧着，许多学生民众声援壮士们的条幅还在风中漫舞。有几个年纪大些的大娘大爷蹲在地上烧着纸钱，他们一边烧一边冲着风中喊：孩子们，你们一路走好哇……

肖扬的眼泪夺眶而出，他望着四行仓库，就像望着自己。那些日子，报纸上说，谢团副带着壮士们已经成功突围了，肖扬事后了解到，守卫四行仓库的壮士们，只有一小部分突围成功，大部分都壮烈牺牲在四行仓库了。他又嗅到了壮士们的血腥味，那是中国士兵的鲜血，年轻充满活力的鲜血气味，让肖扬铭记了一生一世。

“梅机关”和“七十六号”

“梅机关”是上海沦陷后日本特务建立的办事机构，这是他们自己内部的一种称谓。特务机关长为影佐祯昭，他的任务就是左右以汪精卫为首的伪政府。影佐的上级为土肥原贤二，土肥原贤二可谓大名鼎鼎，这位日本陆军士官学校的毕业生，刚一毕业便在陆军总部中国科工作，后来随部队来到了中国。“九一八事变”前，他就开始拉拢吴佩孚等人支持段祺瑞政府，同时策动冯玉祥倒戈吴佩孚支持张作霖，后来看到张作霖并不听其摆布，便一心想除掉张作霖，于是成功导演了轰动世界的“皇姑屯事件”。不久耻辱的“九一八事变”爆发了，因土肥原贤二有功，被任命为关东军司令部的特务机关长。

抗战全面爆发之后，土肥原贤二便成为整个日军驻中国部队的特务课长，负责全中国的日本特务活动。

驻扎在上海的日本梅机关里的影佐祯昭可以说是土肥原的学生兼下级，深得土肥原的指点和栽培。梅机关对外并不叫“梅机关”，在上海的西部有一个不起眼的三层小楼，楼门前挂了一块牌子，上书“东南贸易公司”。这家公司初看起来和其他的公司并没有什么两样，一幢小楼，一个小院，院里有假山真水，掩映在一片树木之中，进进出出的也都是一些穿西装扎领带的绅士或小姐太太，从早到晚似乎业务很繁忙的样子。不同的是，在这幢小楼的周围布防了许多暗哨和流动哨，他们也和许多闲人一样，似乎在散步，抑或在此路过，他们不停地在梅机关的周围巡视，担任着警戒任务。不时有几辆高级轿车驶来，停在东南贸易公司院里，车上下来几个气度不凡的人，他们快速地上楼，停留片刻，有时也停留稍长一段时间，然后又悄悄离开，汪精卫伪政府的成立就是在这幢小楼里完成的。

汪伪政府成立后，替汪精卫卖命的中国人的特务机关“七十六号”也应运而生了。

上海租界有一条极司菲尔路，路旁有一幢花园式洋房，门口有一个标识为“七十六号”。极司菲尔路是公共租界工部局在租界外强行修筑起来的一条马路，因马路治安由工部局巡捕房管理，马路两侧治安则由中国警察管理，结果造成两不管。于是此处成为汪伪政府的特务机关，可进可退，在当时的上海，可以说是块自由之地、安全之地。

特务头子丁默邨和李士群都是有身份的人。李士群在北伐时期，从苏联留学回国参加革命，并加入了中国共产党的组织，大革命失败后，仍以记者身份掩护中共地下组织人士从事革命活动。后来身份败露，被国民党逮捕，然后叛变，成为丁默邨的同僚，国民党军统的一员。丁默邨和李士群并没有得到上司的赏识，时任上海特工总部区长的马绍武看不起李士群，因为丁默邨和李士群要好，也被连累了。马绍武动不动就对二人破口大骂，骂李士群饭桶、软骨头，在马绍武的内心，他瞧不起叛徒。终于李士群恼羞成怒，在一个月黑风高的夜晚，拔枪杀死了马绍武，后被南京调查科逮捕，丁默邨在外面调动所有关系营救，买通了调查科长，这件事才不了了之。从那以后李士群成了闲人。

丁默邨可谓根红苗正的老军统局的人，只因和戴笠不和，被戴笠告了刁状，被革职，以养病的名义在昆明驻留。

上海沦陷，日本特务影佐早就打好了两人的算盘，出面会晤，只一个回合，李士群便答应了日本特务的要求，愿意替日本人卖命，同时召来了在昆明闲得百无聊赖的丁默邨。昔日两个同病相怜的朋友，此时又走到了一起，名义上是为汪精卫伪政府保驾护航，其实是在为日本人卖命。

“梅机关”和极司菲尔路的“七十六号”便成为日本人占领上海的两大特务机关。故事也就从此展开了。

军统上海区沦陷

汪伪政权一成立，日本驻上海最高特务机关梅机关便向丁默邨、李士群下达了肃反的命令。肃反当然是肃国民党中统和军统的反，上海沦陷，国军撤出了上海，只留下一批中统和军统的人坚持地下工作，他们的任务是搜集日军的情报和铲除日军。

老牌特务影佐自然知道中统和军统地下人员的威胁，汪伪政权不牢固，将大大影响日本侵吞整个中国的梦想。于是梅机关向七十六号下达了这样的命令，清除国民党中统和军统留在上海的力量，确保汪伪政权平稳过渡。

王天木这人有一个爱好，就是喜欢泡茶楼和逛妓院。和平时期，他曾在北平和华北其他地区等地工作，他的身影经常出入这种花街柳巷，他常以风流自居，他的口头语就是：人不风流枉做人。

上海沦陷，四面楚歌，仍没有改变王天木的爱好，部队和一些政府机构搬走了，反而少了对他的监督和约束。他经常从租界地里溜出来，叫上一辆黄包车，神不知鬼不觉地来到热闹的华东路，这里有一家茶馆，茶馆里有一位唱沪剧的小姑娘，人称小彩凤。他听过一次小彩凤唱沪剧，这一听一看就忘不了小彩凤了，满脑子里都是小彩凤古灵精怪的可爱模样，去了一次，又去了一次，他就被七十六号的特务盯上了，报告给了丁默邨。丁默邨就和李士群商量，擒贼先擒王，拿下王天木整个上海区的军统就算拿下了。于是在丁李两人的安排下，在华中路这家茶楼周围安排了许多特务，一旦王天木出现就一举拿下。

王天木自然没有意识到即将到来的危险。这一天，他又一个人来到了这家茶楼，西服上还喷了点法国香水，随手的提包里还放了一些钱币。他准备听完戏请小彩凤吃一次饭，只要小彩凤能单独出来见他，后面的事也会十拿九稳了，以前在北平的时候，他用这种招数不知与多少唱戏的女子厮混过。王天木怀揣着春梦笑眯眯地走进了茶楼，要了壶上等的西湖龙井、几样点心坐了下来，就等小彩凤如约而至了。小彩凤还没出场，他的对面就坐下来两个人，他看着对面两个陌生男人有些发怔。还没等他缓过神来，其中一个人就说：王天木区长吧？在这里有人认出他来，并且能叫出他的职务，他意识到不是什么好事。他正要去掏怀里的枪，腰眼上一个硬硬的家伙就把他顶上了，另外一个人在他身后小声但又威严地说：跟我们走一趟。

王天木被带离茶馆，他的身后响起了小彩凤唱的沪剧，他回了一下头，一条黑布蒙住了他的眼睛，接着他被推到了一辆车里。车子一下子蹿了出去，王天木到这时才意识到，坏菜了。

车子七扭八拐一会儿平坦一会儿颠簸着来到了七十六号，下车，上楼，再转弯，又一次转弯，他被带到了一个房间里。房间里很静，似乎没人，但他闻到了雪茄烟的气味，他咳了一声，脸上的黑布被人拿了下来。

丁默邨坐在椅子上，嘴里叼着雪茄烟正吞云吐雾。王天木是熟悉丁默邨的，当时他们都在军统混饭吃，丁默邨还当过军统局的处长，可以说是王天木的老上级，在这里见到丁默邨还是让王天木大吃一惊。戴局长几天前曾给上海区军统人员下达了除掉丁默邨、李士群的命令，那份命令现在还放在他的抽屉里，他还没想好如何除掉丁默邨和李士群，冤家路窄，他却成了别人家案板上的肉。

丁默邨见王天木一脸惊愕，放下雪茄烟走了过来，拍了拍王天木的肩膀道：兄弟，咱们真是有缘，在上海又见面了。

王天木把头别过去，冷冷地说：咱们走的不是一条路。

丁默邨又坐回到桌前，吸了口雪茄烟：你说我是汉奸，现在不仅你说，外面的人都这么说。汉奸怎么了，人为财死，鸟为食亡，我这也是为了生活。

王天木又梗了下脖子，眯着眼睛望着丁默邨说：别为自己做汉奸开脱。

丁默邨笑了，露出两颗黄灿灿的金牙：天木兄，别说这话，我干军统资历比你还老。军统，那是些什么人，不就是自己整自己吗？想当年戴笠告我刁状，说我克扣了给张国焘部队的钱款，他不把我告下去，能有他的今天？兄弟，识点时务，现在整个华东都是日本人的天下了，给蒋介石卖命和给日本人卖命没什么两样，起码到现在为止，日本人是重用我的。我相信国民党，他们却把我软禁在昆明，这和让我去死又有什么两样！

王天木对丁默邨的履历一清二楚，他与戴笠不和早就不是秘密，是戴笠抓住了他的把柄，把他置于不尴不尬的地位，这是军统内部的斗争。这种个人恩怨，变成了一种仇恨，最后演变成两个阵营的对立。

王天木不想和丁默邨扯那些陈芝麻烂谷子的个人恩怨，他现在的身份是军统上海区区长，而眼前的丁默邨是汪伪政府替日本人做事的走狗，两条路上跑的车，他们毫不相干。

王天木的态度，似乎早在丁默邨的意料之中。他不闹不怒的样子，拍了两下巴掌，门立马开了，两个小特务走进来，一左一右地站在王天木的身边。

丁默邨说：你们下去，好好招待一下王天木区长。

两个特务便把王天木架了，不由分说拖拽出去。

七十六号的地下室，是专门用来关押犯人和行刑的地方。在一间刑讯室里，王天木被绑在一个木架子上，他笔挺的西服早已不成样子了，打手们不由分说，皮鞭、辣椒水一样样地招呼着王天木。

王天木生性就不是一条硬汉子，这些年在军统远离战场，动的都是一些人整人的歪点子，酒足饭饱之后又是花街柳巷的醉生梦死的生活，他的意志和身体已经受不住这样的拷问和毒打了。几个回合下来，王天木就开始哭天抢地地求饶了。

一个打手出去了，显然是出门请示去了。不一会儿回来，冲另外几个打手耳语了几句什么，王天木被人七手八脚地从行刑架子上卸下来，又被拽着关进了一间只有乱草的房间里。他听见身后铁门关上的声音，然后是落锁声和远去的脚步声，他呻吟了一声。

王天木被一个人的叫声吓了一跳，在黑暗中搜索着声音的来源。慢慢地他看清了，角落里坐着一个蓬头垢面的人。他睁大眼睛，仔细辨认着，眼前这个人既熟悉又陌生。他呻吟一声，用尽力气爬起来，气喘着坐下来，倚在墙上，目光仍盯着墙角的男人。看着眼前这个人，他脑子里一片混乱，他不敢确信是不是自己熟悉的人。

那人往前探了一下身子，把一颗蓬乱的头向前靠了靠，说：王天木，你真不认识我了？我是麻录啊。

王天木脑子飞快地转着，麻录？他想起来了，眼前这个人是麻录，上海中统的人，以前被称为 CC，在前一段时间，他们有过交集。也是在一次王天木寻花问柳从一个妓院出来时，一辆轿车一直跟着王天木的车，那时战争还没开始，上海还是歌舞升平的样子。王天木从车后窗里看到一直有一辆车跟着他，他有些恼火，让司机把车停在了路边，自己从车上走下去，那辆车被挡在了他车后，并不急于走的样子。他隔着车窗用枪对准了司机的头，冲司机道：什么人，干吗跟着我？

司机连看都没看他一眼，仍然是那个姿势。后车门开了，麻录从车上走下来，一脸波澜不惊地说：这不是王区长嘛，干吗发这么大的火。

王天木看到了麻录，心里一惊，他认出了麻录，中统上海站的麻录。中统和军统历来不和，明争暗斗已经有许多年了，不论怎么争斗，那都是陈果夫、陈立夫两兄弟和戴笠在蒋介石面前的角逐，轮到他们下面，其实也没什么，有时执行公务撞见了，也是井水不犯河水的样子。

此时麻录从车上下来，斜着眼睛望着王天木道：王区长，这回你知道我为什么跟着你了吧。

王天木见是麻录，便先收了枪，他明白自己的一切早已在中统这些人眼中了，解释是多余的，会越描越黑，索性他什么也不说，打着哈哈道：麻组长，改日去府上拜访，今日有事，就不打扰了。

说完他快速地上车，车就一溜烟地走了。麻录的车没再跟上来，而是掉个头向另外一个方向走了。

照理说，王天木私下里寻花问柳并不是什么大事。在和平时期，国民党的一些官员，酒足饭饱之后，去风月场所排遣一下也不是没有的事，虽然上面三令五申整肃纪律，但大家都心照不宣，睁只眼闭只眼。可他这次寻花问柳恰恰被中统的人撞上了，这就不能说是小事了，堂堂的军统上海区区长逛窑子，这事说大就大，说小就小，虽然中统已经不是鼎盛时期大权在握时的中统了，但成不了你的事，想坏你一件事还是轻而易举的。那件事之后，找了个机会，他专门去麻录的府上拜会了一次，白白损失了一块上等的和田玉还有几根黄灿灿的金条。那次他在麻录家喝了三道茶，说了一堆废话，然后老朋友似的告辞，亲人似的告别。王天木上到车里才把堆在脸上的肉放了下来，他嘘了一口气，虽然在麻录面前这么低三下四，王天木一百个不情愿，但总算也躲过了一次危机，他不想因为这点小事让自己处于不利的地位。

果然，一切都风平浪静，几个月后淞沪保卫战就爆发了。如果眼前这个人不说出自己的姓名，王天木甚至已经把麻录这个人忘记了。在七十六号地下室里见到老熟人还是让他大吃一惊，他叫了一声：兄弟，你怎么在这儿？

麻录凄惨地一笑：哥哥，你怎么也在这儿？

两人相视，都无奈地笑了笑。

当手下人向丁默邨和李士群汇报王天木招架不住时，丁李二人相视一下笑了。王天木招架不住这是他们早就预料到的，但没想到会这么快，办掉王天木就等于铲除了在上海潜伏下来的整个军统，不仅可以向梅机关的影佐邀功，也会让汪精卫刮目相看。政权正在组建，丁李二人自然不甘于做七十六号的特务，投奔了汪政府，他们是有政治图谋的，既然在蒋介石那里没讨到任何好处，他们在汪政府是要得到补偿的。

两人相视一笑，心领神会。他们并不急于提审王天木，要让他在黑漆漆的牢房里再待上一夜，彻底摧毁王天木的精神。

租界内军统上海区的人发现王天木失踪已经是傍晚时分了，没有人能说清楚王天木是什么时间出去的，这段时间，租界外的局势所有人的心里都清楚，他们没有任务都躲藏在租界的各个角落里。只有有任务的时候，他们才聚到这幢房子里。还是王天木的女人发现他没有回来。中午时候王天木离开家门，到晚上还没回来，这在非常时期就是件惊天的大事了。

王天木的夫人叫苏碧云，不土不洋的名字，旗袍的衩口开得很高，露出白花花的大腿，她楼上楼下地把每个房间都找遍了，仍不见王天木的影子。她坐在台阶上，咧开嘴就哭了。苏碧云一哭，一切就都乱了。

陶天成、肖扬、童雪等人七手八脚地把苏碧云扶到卧室里，苏碧云仍没止住哭声，她一边拍着大腿一边说：姓王的一定是逛窑子去了，逛也就逛了，到现在还不回来，一定是让人给抓了。

肖扬和陶天成两人对视一眼，留下童雪去劝慰要死要活的苏碧云，两人走了出来。苏碧云所担心的，也正是他们所担心的。王天木失踪了，这对军统上海区来说无疑是件大事。两人从楼上下来，站在院子里肖扬似乎还能嗅到王天木的气息。他拉着陶天成向外走去。他们一直走出租界，又走到华中路，一直走到那家茶馆楼下，王天木的气味就是在这里消失的。他们来到这家茶馆楼下时，已经是深夜了，街上一个人影也没有了。他们打量着四周，沦陷的上海似乎死去了。他们知道这里不是久留之地，在王天木失踪的地方停留了一会儿就火速地走开了。

那一夜，军统上海区的人在惊恐地挨着时间。

肖扬回到临时租住的房间时，看见童雪房内的灯仍然亮着。他们住的是斜对门，中间只隔了一个天井，肖扬去掏钥匙，门还没开，童雪打开了门，肖扬进门，童雪跟了进去。肖扬随手打开灯，童雪望着肖扬，肖扬摇了摇头。

童雪说：肖扬，我有个预感，王天木出事了。

肖扬也一直有这种强烈的预感，其实每个人都有，只不过不愿意说罢了。

肖扬把手搭在童雪的肩上，童雪身子依偎过来，肖扬又把手拿了下来，并不看童雪的眼睛，低下头说：这两天你小心点儿。

童雪点了一下头，肖扬这才抬起头正视着童雪说：别怕，咱们这么多人呢。

童雪咬了一下嘴唇，点了点头。

肖扬说：时间不早了，回去睡吧。

童雪深深地把肖扬看了一眼，转身走出门去。打开门的一瞬间童雪又回了一次头说：肖扬，你瘦了。

肖扬自从离开四行仓库转移到法租界以后，人似乎一下子变了许多，以前那个无忧无虑的肖扬消失了，他开始变得沉默，并且心事重重。他现在开始整夜地失眠，不是担心自己的安危，而是一闭上眼睛就开始做梦。他会梦见战争、硝烟、枪炮，还有那些战士，一个又一个在他眼前倒下消失，前几秒钟还和他说话，只是一转头的时间，敌人的子弹便击中了这位士兵，于是无声无息地倒下了。许许多多既熟悉又陌生的士兵就是这么在他身边消失的。他现在一闭上眼睛就会出现战场上的场景，他的耳畔回响着枪炮声、喊杀声，一刻也不曾停歇。他怕睡着，于是他大睁着眼睛，有时睁着眼睛望着黑暗，战场上的一幕又一幕仍能在他眼前闪现。最后一幕定格在四行仓库，楼上楼下布满了视死如归的士兵，他经历了战争才理解了战争。战争没打响时，人人都恐惧万分；一旦战争真的打响了，见到了血，见到了熟悉的战友在自己面前倒下，恐惧便一扫而空了，只有战斗下去，生与死已经是另外一个话题了。

部队撤到四行仓库时，看到红了眼的士兵们，他才真正了解什么是视死如归。他们仓促地抢占了四行仓库这幢房子，为的是阻击敌人，那时四周已经没有友军的支援了，他们是支孤军，四周都是鬼子，是一片汪洋，他们就是汪洋中的孤岛。每个战士都知道死守下去意味着什么，但没有一个人惧怕，士兵们眼里布满了血丝，脸上刻满了疲惫，但他们每个人的眼神都是坚定的，他们传递出来的信息只有两个字——战斗！

作为督察的肖扬自从走进部队便忘记了自己的身份，他的一切努力也都是为了那两个字——战斗！

可惜，在四行仓库最悲壮也最血腥的时刻，谢晋元团副让他撤离了战斗，就因为他是军统的人。平时，部队上下的人对军统充满了仇视和戒备，在那一瞬，肖扬看到的不是这些，而是信任和希望。上海沦陷了，部队撤走了，坚持战斗的只有军统和中统的留守人员了，一想到这些，肖扬就有一种悲壮感，血液快速地在周身流淌着，让他浑身发胀、发热。他张大鼻孔，敏锐地嗅着，他用自己变得奇异起来的嗅觉感知着这个世界。

被冷落了一个晚上的王天木第二天一早就被两个特务架了出去，走到门口时，麻录叫了他一声：哎……

他从两个特务中间扭回头。

麻录依旧蓬头垢面，牙齿却显得很白。麻录笑着问：你还回来吗？

他当时不明白麻录为什么要这么问他，他没说什么，扭过头，随两个特务走去。他被带到了一间会议室内，丁李二人已经在这里等候他多时了。丁默邨叼着雪茄烟，烟雾在他脸上笼罩着，显出了几分神秘和得意。李士群欠了欠身子，冲他拱了拱手，算是招呼过了。

他站在那里，面前就是一把椅子，他不知坐好，还是就那么一直站着。丁默邨伸了一下手，两个特务其中一个拉过椅子，另一个特务按着肩膀把他安排到了椅子上，随后两个特务就转身出去了。从脚步声中判断，王天木知道，那两个特务就留在门口。

丁默邨把烟从脸上移开，露出整张脸，不急不躁地道：兄弟，想明白了？

李士群站起来，走到他身旁拍着他的肩道：天木兄，早知这样，何必受无谓的皮肉之苦。

王天木整个脑子都是木的，他这才想起刚才麻录那句意味深长的话。

丁默邨冲门外大声地说：请进来。

少顷，门开了，两个便衣特务带着唱沪剧的小彩凤走了进来。台下的小彩凤，去了化妆，穿着平常衣服，更加显得干净利落，年龄也就十六七岁的样子。

丁默邨就说：天木兄，知道你就好这一口，人我给你请来了，为了一个小姑娘，还用费那么大力气。

王天木脑子就晕眩起来，丁李二人没费一枪一弹，王天木就招架不住了。

中午时分，王天木坐着七十六号派出的轿车回到了租界的办公室，当然后面还跟了另外两辆汽车，三辆车停在楼前。从车上下来了王天木一个人，他站在院子里楼上楼下看了一眼，大声地喊道：所有人到院内集合。

王天木的失踪，搅乱了军统上海区潜伏人员的行动，所有的人都聚在各个办公室里，打探着消息，也猜测着种种情况。正在这时，王天木似从天而降一下子站在了他们的面前，就是没有王天木的命令，他们也会出来一探究竟。

当所有人站在院子里时，三辆车上下来七八个七十六号派来的特务。他们把手插在口袋里，虎视眈眈地盯着十几个军统的人。

肖扬一从楼上下来，就意识到了有什么地方不对劲，三辆轿车的窗子都用布遮上了，只有司机仍端坐在驾驶员的位置上，他又嗅到了杂乱的气味，这种气味像一片飘来的云，含着冷气和杀气。当那几个特务从车上下来，围绕过来的一瞬间，他意识到危险将至，他跳上台阶，伸手去掏怀里的枪，可是一切已经晚了，两个特务扑上来，夺走了他的枪，并用枪抵住了他的头。

王天木瞪了他一眼道：肖扬，你这是干什么！

说完转回身冲十几个军统人员说：下面我宣布，军统上海区被七十六号收编了。

一提七十六号，人们立刻明白，王天木叛变了。有几个人欲做出反抗动作，可一把把枪已经抵在了他们头上。

王天木扫了一眼大家，做了一个少安毋躁的手势道：大家都别乱，这是租界的地盘，我们只要放一枪，巡捕立马会把我们抓走。七十六号怎么了？那里怎么说也是中国人的地盘，只要去了那里，我保证让大家不仅人人有前途，而且再也不用担惊受怕了。

几个特务上来，纷纷把他们的枪缴了，扔到车的后备厢里。一个特务正欲去搜童雪的身，童雪一个耳光过去，特务捂住了脸。王天木转过头去，看到了童雪，走过去，伸出手。童雪望着王天木，慢慢把手伸向了怀里，又慢慢把枪掏出来。王天木笑得很灿烂，伸手去接童雪的枪，嘴里说道：这就对了……

突然童雪把枪口对准了王天木，所有的人都惊呆了，预料之中应该是惊天动地一声枪响，响过之后，王天木将倒在血泊之中。结果却只是一声枪的撞针之声，王天木和特务都反应过来，童雪没再来得及把卡壳的子弹退出去，便被按在了地上。

王天木气急败坏地把掉在地上的枪捡起来，惨白着脸道：女人用枪干什么。

他把枪递给了身边一个特务，冲众人道：想跟着我王天木升官发财的，我不废话。如果有二心的，咱们到七十六号去说话。

说完便往外走。

两个特务强行把童雪推到一辆车上，肖扬奔过来，拉开一个特务，和童雪挤进了一辆车里。坐到座位上，他把手递给童雪，两只手握在一起，他们并没有对视，只是一起看着车驶离法租界。

诱　降

车行驶到七十六号之前，军统所有人员都已经被蒙上了眼睛，他们不辨东西南北地被带到了七十六号，先是集中在了七十六号院内。

肖扬从车上下来，浑身的汗毛便竖了起来，他嗅到了一股陌生的气味，这气息让他寒冷紧张。十几个熟悉的同事就在身边，因为他准确地嗅到了他们的存在。童雪就在他的左手边，他伸出左手拉住了童雪的手，小声地说：是我。童雪的手握他的手时用了些力气，表示着默认。肖扬不仅嗅到了陌生人的气味，而且意识到周围的人最少也有二十几个，不仅是人的气息，他们手里握着的冰冷铁器的味道他也能分辨出来。

肖扬判断得并没有错，七十六号周围一支支枪口正阴森地对着他们。这一切只是开始。不一会儿，王天木从楼里走了出来，他站在台阶上，冲站成一排的昔日军统局十几个被蒙着眼睛的人说：我是你们的区长，大家都不要怕，马上带你们去一个说话的地方。

说完他扬了扬手，便有几个特务过来，让这十几个人牵起了手。陶天成站在队首，他被两个特务架着身子在前面走，这十几个人只能鱼贯着向七十六号地下室走去。到了地下室，十几个人被关在一间黑屋子里，只有一盏昏蒙的灯在墙角亮着，特务们除去了他们蒙在眼睛上的黑布，他们竟一时不知自己身在何处。好半晌，才习惯了眼前的黑暗，相互凝视着，他们集体被王天木出卖，成为生死未知的人质。

接下来，便有特务站在门口喊着名字，第一个喊到的就是组长陶天成。陶天成犹豫了一下，还是站了起来，走到门口，他回转过身子，望了众人一眼，他的目光和肖扬目光对视在一起时，多停留了那么一秒，他甚至脸上还挂着一丝微笑。然后他转过身，门开了，所有的人都看见陶天成被两个特务架走的身影。肖扬不知道陶天成的命运将会如何，他只是怕冷似的握紧了童雪的手，童雪在他手心里用小指挠了他一下，他望了眼童雪，童雪冲他点了一下头。很快又有人被叫走，和陶天成走时一样，紧张地回望众人，又不知深浅地被特务架走，每被叫走一个人，肖扬和童雪两人的手就更紧地握一下，似相互鼓励，又似互相安慰。

在军统上海区，肖扬和童雪两人的恋情已经不是什么秘密了，因为军统内部的纪律，他们才没能结婚。他们是南京军统特训班的同学，毕业后又一同分到上海区。肖扬毕业时，是有机会留在戴笠身边工作的。在训练班上，戴笠来到特训班视察，肖扬在特训班的男学员中，标致英俊，一米八几的个头，永远站在队前，他笔挺的军姿吸引了戴局长的注意。戴笠走到他面前，仰起头望着他问：你叫什么？他立正答了，戴笠并没多说什么，只是点点头，深深地看了他一眼，又看了他一眼，然后又逐一地和所有学员握手，没再说过一句话。事隔不久，时任他们特训班班主任的毛人凤，有一天突然找到肖扬，神秘地说：肖扬，我带你去见一个人。

毛人凤并没有说去见谁。毛人凤是他们的长官，他只能服从。车驶出特训班驻地，转了一阵又来到一幢楼前，肖扬紧张得心怦怦乱跳了起来，这是军统局所在地，他意识到了什么。果然，毛人凤来到一扇门前，喊了一声：报告。门被人从里面拉开了，戴笠的秘书把门打开，只把肖扬带了进去，就连毛人凤也没让进门。秘书把肖扬领到戴笠面前，进门前冲肖扬耳语：戴局长很忙，长话短说。肖扬郑重地点了一下头。

他来到戴笠面前时，双脚并拢敬了一个军礼。戴笠从一份档案上抬起头，眯着眼睛看了他一眼，把眼镜放到桌子上，身体靠在椅子上说：我看了你的档案，常德中学毕业，毕业后考入湖南陆军学校，一年后转入南京军统特训班。

戴笠所说的是他真实的履历。他从小就喜欢军事，一切都源于家庭的影响。他的爷爷曾是曾国藩军营中一位军官，后来告老还乡，又回到了常德；他的父亲参加了北伐，广州起义时牺牲了。他的身体里流淌着两代军人的血液，他从小就受到了男人要报效国家的教育，在他的意识里，男人只有报效国家才有生存的意义和价值。

那次戴笠并没多说什么，只是了解了他的一些家事和经历，然后抬起头来说：肖扬，我记住你了。

肖扬便告辞了。

从戴笠那儿回来后，在特训班里就疯传他如何被戴局长赏识，毕业后一定会委以重用，等等。那时他和童雪的朦胧关系刚刚萌芽，他对自己将来在哪里工作并没有考虑那么长远。他和戴笠一次普通得不能再普通的会面，他也并没有太当回事。后来又有同学陆续地被毛人凤安排和戴局长见了面，同学们对他的议论才停下来。

童雪也被戴局长召见过，他们这期特训班有十八个女同学，后来陆陆续续地都被戴笠召见过。毕业前夕，童雪又一次被戴笠召见，那一次，童雪一连在特训班里失踪了三天，第四天的时候，她才出现在特训班里。因为要毕业了，所有人都在关注自己之后的去向分配，但一切都是秘密的，因为他们从事的工作就比其他军人特殊，这是他们一到特训班就确立的身份感。

童雪失踪三天后又回来，肖扬都没有多问，他知道只要是童雪不主动说的，便都是机密。这是军统工作人员的纪律，每个人的身份和任务是不需要第二个人知道的，即便是上下级关系也不能破例。童雪回来后，情绪似乎有了些变化，她会经常发呆，有时一片树叶也会让她的目光驻留许久。肖扬曾问过她：怎么了？童雪只是笑一笑，眼尾处挂了一丝隐忧，转瞬又消失了，她抿嘴一笑道：没什么。转眼又恢复如初了。

他们毕业时，戴局长又来到了特训班，他铿锵地讲了一番话，无非是为党国效忠、忠于军统之类的话，算是为他们毕业后的工作加油打气。

接下来陆陆续续地有同学离开了，除了本人没人知道他们的去向。握手告别，说一些珍重和友谊的话题，一辆又一辆车把这些同学送走了。

肖扬一直没有接到分配的命令，他在不断地送人、握手、拥抱，最后童雪也向他告别了。童雪在和他握手告别时，把一张小纸片塞到了他的手心里，他挥手向童雪告别后，看见那张小小的纸片上只写了两个字：上海。直到这时，他才知道童雪此次的目的地。他是最后一个离开特训队的，教官用一辆车拉着他和行李又是七转八绕来到了军统所在地，那幢大楼前，有人给他开门，又有人把他领到一间办公室门前，这次接见他的是毛人凤。毛人凤在军统局也算是老资格了，少将主任，只因这次特训班受到了戴局长前所未有的重视，他才主动请缨当了这批特训班的班主任，这在以前从来没有过。

毛人凤看着走进来的肖扬，笑着说：恭喜你，肖扬。

他不解地望着毛人凤，毛人凤就又说：戴局长很赏识你，准备把你留在局里工作，就在戴局长身边。

如果这件事发生在别人身上，会觉得祖坟冒青烟，走了狗屎运，在戴局长身边工作，就意味着平步青云，进步的阶梯将节节高升。但他此时脑子里想到的是上海，因为童雪就在上海。

毛人凤见他并没有领情的意思，便冷下一张脸道：肖扬，这可是我在戴老板面前说了你许多好话才有的结果，怎么你不愿意？

他立正站好，发自内心地回答：报告主任，如果征求我的意见，我想去上海；如果让我服从命令，我没什么可说的。

毛人凤看了他一眼，又看了他一眼，最后才说：你退下吧。

后来他在军统的一家宾馆里住了三天，三天后他接到了到军统上海区报到的命令。中间的曲折他就不得而知了。那时，他最大的愿望就是能和童雪在一起，他终于如愿了。

同事们一个又一个地被特务押解出去，肖扬不知道他们都去了哪里，去干什么。直到童雪被带走，他脑子里飞快地想着，既然区长王天木投降了七十六号，他们的命运无非有两种结果：一是劝他们也投降，一起为七十六号卖命；第二，如果不从，拉出去枪毙。想到这儿，肖扬的一股热血便从头到脚沸腾起来。

当他最后一个被特务带进一间会议室时，他看见丁默邨和李士群、王天木三个人坐在一张圆桌后面。丁李二人他并不认识，但他在照片上早就把两个人默记在心了。因为上海区潜入地下的第一项任务就是刺杀丁李二人。可惜任务还没有得以执行，王天木就投降了敌人。丁李二人严肃认真地在审视着他，只有王天木微笑着望着他，意味深长地冲他说：肖扬，你是最后一个了。

他望着王天木这个叛徒，有种说不出来的感觉。一个男人，一个军人，没有任何信仰，骨头软得如同豆腐，这种人还配做一个军人和男人吗？从他知道王天木叛变那一刻起，他已经在心里不再把王天木当人看了。此时他的目光越过王天木的肩头，冷冷地望着别处。

其实王天木早就知道肖扬是块难啃的骨头，作为军统上海区的区长，王天木了解手下所有人的经历和喜好。他把困难对丁李二人说了，他们一个计划，或者说一个阴谋就这样产生了。当然这个计划的主角还是王天木，王天木苦口婆心地把投奔七十六号的好处，以及国民党退守重庆，日本人在不久的将来将占领全中国的局势也讲了。在王天木的陈述里，只有投奔七十六号，然后转投日本人，才是光明的出路，才是活路一条，否则，只有死路。

王天木津津有味地讲着，说得苦口婆心，说他现在所做的一切都是为同事们着想，把叛变者当成了识时务的英雄。他还没有讲完，肖扬便打断了他的话：姓王的，如果我不叛变当汉奸，结果会怎样？

王天木下意识地回过头，望了眼丁李二人。

丁默邨阴森森地说了句：那你就去死……

说完丁默邨和李士群两人走了出去，会议室里只剩下王天木和肖扬两个人。

王天木就上前一步，痛心疾首地说：肖扬，你年轻有才干，这么做何苦呢？

肖扬冷冷地说：姓王的，你下令，把我杀了吧。

他说完这话时，想到了童雪和其他同事，他不知道他们此时身在何处，他们的命运又是如何。

王天木拉了一把椅子坐在离肖扬很近的地方，把头探了过来，一脸愁苦地说：兄弟，我投奔七十六号可是为了咱们军统上海区的人，你想想，整个上海都是人家日本人的了，咱们还能折腾出什么大天来，最后的结果不还是一死？

肖扬不看他，一脸的厌恶鄙视。

王天木知道肖扬此时想的是什么，就又从容地说：我知道兄弟你是有信仰的人，现在都到这时候了，信仰还有什么用？投奔日本人，不也是一种信仰？

肖扬嗅到了王天木从骨子里散发出的一股浊气，伴有无法忍受的口臭，他一拳过去，王天木已经连人带椅子仰躺在地上了。

两个特务冲进来，把肖扬摁住。王天木擦着嘴角上的血迹，冲两个特务喊道：把他带下去。

肖扬就又被关在了起初关押他的地方，此时只剩下他一个人了，他望着空空荡荡的关押室，想到了昔日同事的命运，心里一紧。同时他也想到了童雪，难道她也和那些人一样，一同随王天木投靠了七十六号？

不知过了多久，有看守来给他送饭，他手抓铁栏杆冲远去的看守喊：等一等。

看守立住了，并没回头。

他说：那些人都去哪儿了，童雪呢？

看守回过头来，用手指了指楼上说：你要是同意脱离军统，为七十六号服务，现在立马就可以从这里走出去。

他从看守嘴里得到的信息，验证了他的预感，让他不能相信的是，组长陶天成和童雪怎么可能叛变。陶天成可以说是他的师父，他自从到了军统上海区，就被编入陶天成的组里，陶天成在他眼里既是兄长又是领导，他对陶天成是了解的，陶天成是个疾恶如仇、有信仰有理想的人，怎么也会轻而易举地投敌叛变了呢？他更为不能理解的是童雪为什么会叛变，即便她身不由己，也会找他商量，征求他的意见，以前不论是生活上还是一般工作上，她都是这么做的。

不知过去了多久，看守给他送了有五六次饭之后，突然门开了，两个看守进来，用黑布把他的头蒙上了，嘴里还塞了一堆东西，又把他的双手在身后绑上了。他被押了出去，上楼下楼，又走出楼门，走了一段平地之后，他突然被背后什么人踢了一脚，他下意识地跪了下去。紧接着一个人被押到他的身边，也跪了下来，他嗅到了一股陌生的气息，他想到了死亡。这种气息让他铭刻在心，在以后的时日里也纠缠了他许久。

一切都静了下来，突然一个人开始高声朗读一份命令：总部命令，现将对顽固不化分子，前中统上海区成员麻录，前军统上海区成员肖扬，执行死刑，立刻执行。

肖扬听到身后拉枪栓的声音，紧接着他听到了一声枪响，声音很闷，一股鲜腥的血气充塞了肖扬整个鼻腔。这种气息在他的记忆里经久不散。

不知过了多久，两个人把他的蒙布扯了下去，他看到一个人栽倒在他的面前，脸朝地面，后脑勺上中了一枪，鲜血伴着泥土糊满了那人的脸。他只看了一眼，头上的黑布重新又被蒙上了。两个特务把他架了起来，又往回走去，上台阶，下台阶，牢门打开，他被推到了屋内。特务除去他头上的布还有双臂上的绳索，头也不回地走了。锁门声惊天动地。

半晌，又是半晌，肖扬缓过神来，他确信自己还活着，牢房依旧是那间牢房，就连灯影下那半块没吃完的馒头也依然放在杂草间。他分明听到了敌人宣布对自己的处决，可为什么又把他带了回来？他仔细回想着自己被带出去的每个细节，他听到了那个被执行死刑的人是中统上海区的麻录，他也亲眼看见麻录已死。敌人这么做是为什么？难道是为了杀鸡给猴看？麻录的气味又一次在他的嗅觉里弥漫开来，那是生命的气息，也是死亡的气息，只有濒临死亡的人才会发出那种气息。肖扬这么想。

计中计

肖扬又一次被两个特务架了出去，这次在会议室里他只见到了王天木，王天木望着他，一副痛心的样子。桌子上摆了一壶茶，冒着热气，刚沏好的样子。

王天木指着一把椅子冲肖扬说：坐下吧。

肖扬没坐，审慎地望着王天木。

王天木就从怀里掏出一张照片，放到肖扬面前的桌子上。肖扬看到那张照片，想起了麻录，这就是麻录被执行死刑后的场面，肖扬只看了一眼便抬起头道：下一个是不是轮到我了？

王天木用茶壶在两个杯子里倒上了茶，拉出要和肖扬长谈的架势，肖扬一不做二不休，索性坐了下来。两杯茶在他面前冒着热气。

王天木端过一杯茶，浅浅地抿了一口：按照七十六号一贯的做法，你应该和麻录一起被执行。是我一直在丁主任和李副主任面前说你是个人才，要给你机会。

肖扬歪过头，望着墙说：给我什么样的机会，我也不会当汉奸的。

王天木低下头，沉痛地说：我被他们带到七十六号时，和麻录关在一起，我们说了许多话，麻录可是中统的人才，结果怎么样？

王天木哀叹着把那张照片又收了起来。

肖扬直视着王天木说：陶天成他们是不是也当了汉奸？

王天木笑了，他笑得很自信也很得意，把手抱住后脑勺，背靠在椅子上望着肖扬。

肖扬瞬间呼吸急促起来，他盯着王天木：童雪也同意当汉奸了？

王天木把手放下来，端起茶杯又喝了一口茶：我知道你们是恋人，童雪是个姑娘，她可能不关心政治，但她不能不关心如花似玉的青春吧。上海现在是日本人的天下了，也许不久的将来，整个中国都是日本人的地盘了，咱们胳膊拧不过大腿，肖扬兄弟，为了童雪，你也要识时务。

肖扬不相信童雪这么轻而易举地就成了七十六号的汉奸，别人他说不准，但在他和童雪的交往中，基于他对她的了解，童雪不是那种无节操的女人，即便贪生怕死，也不会这么快就范。于是，他说：能不能让我见一下童雪？

王天木一笑道：可以，当然可以。

说完冲门外喊了一声：把童小姐请来。

他听到了远去的脚步声。在这期间，王天木探了身子对他说：童雪是个好姑娘，在军统时有纪律，你们不能结婚，如果你同意在七十六号干，明天，不，今天也行，我给你们当主婚人。兄弟，你想一想，什么信仰能比生命和男女恩爱的事还重要？

肖扬心脏乱跳，他呼吸急促。王天木站起来，又给肖扬添了点茶水，把手搭在肖扬的肩上道：兄弟，喝杯茶，如果你真的不想在七十六号干，我王天木成全你，放你一条生路。

王天木端起茶杯，把另一杯茶放到肖扬的手里，还和肖扬碰了一下杯，以示庆贺的样子。

肖扬端起茶杯，喝了一口，又喝了一口。他喝出来了，这是福建的红茶。茶水下肚，一股暖流窜遍了全身，索性他把一杯茶干了下去。

王天木笑了，回到自己的座位上。门开了，童雪站在了门口。

肖扬没有回头就知道童雪来了，她的气味从来没有如此强烈过，他背对着门口站了起来，突然眼里浸满了泪水，不知是失望还是心痛。他猛地转过身去，在那一瞬间，他让自己的泪水又退潮一样消失得无影无踪，他正视着童雪。

童雪嗫嚅地叫了一声：肖扬……

她也在望着他。

只短短的两三天没见童雪，他发现童雪似乎瘦了，眼神里少了以前曾经拥有的清澈和天真。

他又叫了一声：童雪……

童雪向前走了两步，离他近了一些，他直视着童雪：你真的……

他的话还没有说完，童雪低下头抢着说：肖扬，我知道你有信仰，可现在信仰没用了，为了自己，答应王区长吧。

她的话还没说完，他扑过去，发疯似的打了童雪一个耳光，因用力过猛，手指印瞬间就在童雪白皙的脸上浮现出来。他还要质问童雪，两个特务扑上来，一边一个，束缚住了他的身体和双手，他疯了似的想去质问童雪，童雪很快被另外两个特务带离了现场。无处发泄的肖扬一脚踢翻了椅子。

王天木冷下脸来冲两个特务命令道：把他带下去。

两个特务撕撕扯扯地把肖扬拖了出去，他回身大骂着：王天木你这个败类，贪生怕死，人民会审判你的……

他被推进关押室时，刚听到外面的落锁声，肚子里就一阵绞痛，疼痛猝不及防，山崩地裂般地扑面而来。他马上想到了那杯茶，他还没来得及深想下去，便晕了过去。

当他再次醒来的时候，发现自己正躺在一家医院里。有一个护士戴着口罩一直在他的身边，见他睁开眼睛，马上就走掉了。不一会儿，王天木出现在他的病床前。他望着王天木，此时，他真想一跃而起，一拳把王天木的脑袋打烂，可他的麻药劲还没过，心里清楚，身子却不听指挥。

他虚弱地说：王天木，你会受到人民的审判的。

王天木一笑道：人民？谁是人民？现在我就是人民。肖扬，我佩服你是条汉子，上海区的人，有不从的，都被枪决了。肖扬你光有信仰有什么用？好了，今天咱们不谈政治，你突发急病，是我把你送到了日本人的医院，你现在能活过来，是日本人救了你。

他打量了一下病房，这才发现病房的墙上，除了有醒目的红十字，还挂了日本军旗。他想挣扎着坐起来，可身体并不争气，肚子上的刀口又一阵刺痛，他这才意识到，日本人给他做了手术，直到现在，他还不知道，这是敌人的一个阴谋。

王天木俯视着他：兄弟，你在这里先养好病，咱们志不同，我不强求，等你伤好后，我会派人送你从这里走出去。

王天木说完还拍了拍他的头，转过身不疾不徐地走出病房。

在接下来的时间里，医生护士按时给他换药、输液，也会准时准点地把饭端过来。他不知道敌人做这一切到底是为了什么。既然他无法挣脱现状，只能接受现实。除了医生护士进出他的房间外，他没再看到过任何一个人。

几天之后，他肚子上的伤口拆线了，可以下床了，力气又一点一滴地回到了体内，这时他才开始有精力打量这家医院的环境。他的病房在三楼，外面有个院子，院墙不高，可以跳出去，他想到了逃跑。他用目测计算过，如果从三楼的窗子跳下去，离院墙也就十几米的距离，加上翻墙的时间，加起来也不会超过五分钟，只要越出院墙，他就有机会重获自由。他有了这个想法之后，便开始做逃跑的准备了。他刚想到这点，就嗅到了一个陌生人的气息，这气息不远不近，一直在他周围飘散着。为了验证自己的判断，有一次他从床上下来，光着脚，蹑手蹑脚地走到病房门口，突然拉开门，果然，他看见一个特务正坐在门口的凳子上打盹。他突然拉开门，把特务吓了一跳，下意识地把手伸进怀里，枪拿出了一半，似乎清醒过来，把枪又放回去，皮笑肉不笑地冲他咧了咧嘴。

他意识到，敌人并没有放过他。既然没有机会逃走，他只能泰然处之，看看敌人到底在耍什么花样。

几天之后，王天木又一次走进了病房。王天木进来时，他正躺在床上想着心事，这些天纠结他的最大的心事就是童雪，童雪这么轻而易举地变节投敌，令他百思不得其解。还有那个陶天成，别人投降变节他容易理解，陶天成和童雪是他在上海区最熟悉和最亲密的两个人，世界一变，人心就变了，他感到悲哀，无名的失落让肖扬感受到了无奈和愤怒。

王天木进来时，他连眼皮都没有抬一下，他太熟悉他的气味了。对眼前这个人，他已经不抱一丝幻想，党国培养出来的军统人员，在他眼里连人渣都算不上。

王天木并不理会肖扬的态度，他走到床边说：肖扬，你可以走了。

肖扬坐起来，望着王天木，似乎没听懂王天木说的话。

王天木就补充道：我答应过你，既然我们不能在一条道上共事，我就还你自由。

王天木望着他，眉毛抽动了一下道：兄弟，我希望你记着我这个人情。

王天木说完转身出去，两个特务进门，把他的眼睛蒙上了，然后他被架了出去。院内停了一辆车，车门打开的一瞬间，他嗅到了一股熟悉的气味，童雪就在车内。他坐在车上，童雪近在咫尺，但她一句话也没说。车行驶着，突然一个刹车，他的身体惯性地向前倾了一下，就在这时，童雪扶了他一把，他发现手里多了一个小纸团，多年的军统经验，让他下意识地把小纸团抓紧了。

车停了下来，前面的车门开了，有人打开了后座的车门，他被拉了出去，冷风一吹，让他身子一紧。他听到车辆远去的声音，他怔了一会儿，抓下头上的蒙布，刺眼的阳光让他眯上了眼睛。

肖扬展开手心里的纸团，一行熟悉的笔体映入了他的眼帘：你身体里被他们动了手脚，有诈。

他下意识地去摸肚子，肚子上刚愈合的伤疤提醒了他。

他望着手里那张纸条，带着童雪的体温和气息。他又连看了两遍，似乎想透过这张小纸条看到更多的信息。童雪为什么要告诉他这些？送他出来，王天木为什么安排童雪和他见上最后一面？这一切他无法想清楚。他把纸条撕烂，撒开手，一阵风吹过来，纸屑洋洋洒洒地在他眼前飘走了。

他转过身，一时竟不知自己在哪儿。他该去哪儿？他这么问着自己。然后他大步向前走去，最后他快速地奔跑起来，越跑越快，他一路奔跑而去。

突然一只手拉住了他，他差点跌倒。他回过身子，去看拉他的人。这人穿西服大衣，戴着礼帽，还戴了一副眼镜，他一时没认出来，恍怔时，那人把帽子摘了下来，又摘掉了眼镜，他叫了一声：宋教官。

那人用手捂住了他的嘴，见四周并没人注意他们，拉着他走进了一条弄堂。

潜　伏

陶天成和童雪不仅是军统上海区的人员，他们两个早几天前，就已经是戴笠的嫡系了。他们的任务是分别和戴笠保持联系，相互之间并不知道对方的真实身份。

童雪在南京军统特训班时，就被毛人凤选中，最后推荐给戴笠面试。起初戴笠并没有急于见童雪，而是派出军统人员对童雪的出身进行了一番调查。童雪是重庆南坪人，父亲是个商人，做古董生意，又是重庆商会的会长，童雪的母亲从小就读私塾。童雪自小就在一个开明的家庭中长大，她毕业于国立女子中学，毕业后响应参军救国的号召，报名参军，最早在重庆守军八十四师做文秘工作。军统班招生，在八十四师师长黄守义的保举下，她考入了军统特训班。进入军统特训班的人，并不是每个人都能成为军统人员，特训班实行淘汰机制，真正经历了严格训练而没被淘汰的人，结业后才有可能进入军统工作。

童雪天生丽质，面容姣好，不仅是这些，她本人沉稳、不动声色的特点吸引了毛人凤的注意。在当时的军统内部，缺少女军统人员，除了搞专业技术，比如发报、译电之外，真正的能独当一面去执行特殊任务的人员，少得可怜。在这批军统班里，戴笠指示毛人凤要多招一些优秀的女特工。在招童雪之前，毛人凤仔细研究了童雪的档案，虽然有重庆八十四师师长黄守义的保举信，但他并不放心，专门让重庆站的人对童雪的父亲展开了一番外围调查。调查的结果是，童雪的父亲不仅是商人，还是位爱国人士，北伐时期，曾向革命军捐赠过大批物资和现金。了解了这一切，童雪才接到了入学的通知。

在这期特训班开学时，戴笠亲自为这些学生讲了开学的第一课。童雪坐在最前排的位置上，戴笠的名字她早就听说了，在军界，戴笠的名字如雷贯耳，军内军外许多大案要案都和戴笠有关，人们都知道，戴笠在军界是个铁腕人物，也是蒋委员长身边的红人。讲课那天，戴笠穿着披风，戴着金丝边眼镜，白手套，斯文中又透着几分英气。当戴笠走进来时，全场鸦雀无声，他挥了下手，身后的披风也随之飘动，掌声便响了起来，经久不息的样子，戴笠微微点了一下头，会场立马静了下来。

童雪在那一堂课上，似乎并没有记住戴笠说了什么，完全被戴笠的气场和风采迷住了。少女爱英雄，自古就是。

中年时期的戴笠也算是风流倜傥的男人，他的地位和见识足以让这个男人目空一切，并自信满满，这都是吸引女性眼球的最好理由。

童雪的父亲少年时曾有过参军报效国家的理想，是童雪的爷爷扼杀了父亲的理想。爷爷让父亲继承自己的家业，成为一名商人，但这并没有影响父亲救国的情怀。在北伐革命如火如荼的日子里，童雪的父亲联系了重庆商会的爱国商人，源源不断地把物资和现金捐赠到了北伐军的队伍中。受父亲的影响，童雪的爱国情怀和献身革命的理想也熊熊地燃烧了。但她没想到，她会以特工的身份为国家效力。

在特训班开学典礼上，戴笠似乎也注意到了童雪，他在回去的路上，问坐在身边的毛人凤：坐在前排那个女子叫什么？

毛人凤想了想道：是童雪吧，一定是她，她是重庆人。

当时戴笠随便问，毛人凤也是随便答了，戴笠并没有说什么，他一直透过车窗望着外面，似乎被一路街景吸引了。

特训班毕业前夕，戴笠交代给毛人凤一项任务，在特训班里选择几个特殊人才。毛人凤当然明白这些特殊人才指的是什么，在以前各期的特训班中，总会挑选出几个有发展前途的学生，面见戴笠，一旦选中，便成为单线联系人员，他们不仅要完成军统各个区站的工作，还要完成与军统局单线联系的任务。军统上海区的陶天成就是前几期学员中被戴笠选中的人员。

毛人凤当时推荐了几个符合这种特殊人才要求的学员。他们挑选人才的标准，首先是政治可靠，不仅本人要热血爱国，忠于军统这个组织，业务上也要出类拔萃。肖扬和童雪就是被选拔的对象。肖扬最后并没能真正入戴笠的法眼，不是他本人的问题，问题出在了他的叔叔身上。军统人员在做外围调查时，发现他的叔叔参加过长沙起义，随着朱德的部队去了江西井冈山，现在生死不明。就因为这一点，肖扬落选了，但他的业务和才能又是这届特训班首屈一指的，戴笠本想把他留在身边做进一步的考察，因为肖扬和童雪恋爱，他要求去上海区工作，戴笠也就做了一个顺水人情，同意他去了上海区。

毕业前夕，毛人凤安排专车把童雪接到了戴笠办公室。这是童雪第二次见到大名鼎鼎又大权在握的戴笠。戴笠少了披风，一身戎装地端坐在椅子上，他审视地望着童雪。童雪不知是因为兴奋还是紧张，一张脸通红，眼睛水灵灵地望着戴笠。

戴笠望着童雪，一个男人面对一个美女，潜意识里多少带了几许亲切和怜爱，他冲童雪笑了一下，轻声地问：我们军统的信条是什么？

军统的信条就是军统的纪律和要求，他们正式上课的第一天，所有学员都背过。此时童雪立正站好，清脆地道：报告局长，军统的信条是，忠于党国，忠于军统，誓死不变。国家的利益至高无上，严守机密，永不背叛组织，牺牲自我，成全党国……

童雪因为激昂陈词，她那一张天生丽质的脸更加鲜艳夺目了。戴笠微微点着头。接下来童雪接受了严格的身体检查，甚至接受了心理测试，一切都符合作为一个特工的要求。童雪临离开军统局的那一个夜晚，她刚洗过澡，头发还是湿的，门铃声就响了起来。她披上外衣，打开门，愣住了，万万没有想到，戴笠身穿便装站在门口。她一时不知说什么好，站在那里，甚至都来不及说什么。戴笠走了进来，径直坐到沙发上，因为刚洗过澡，换下的内衣裤还散乱地扔在床上，她只穿了件浴衣，浴衣外又披了件军装。她有些难堪也有些慌乱，无所适从地站在那里。

戴笠微笑一下，似乎要让她松弛下来：没关系，你这个样子比以前更漂亮了。

她听了，顿时脸热心跳，她没有料到，高高在上的戴笠会和她这么讲话。她的目光顿时变得朦胧起来，就那么迷离地望着戴笠。

戴笠就说：你的各项检查和测试我都看了，你会成为一名优秀的军统人员，党国没有白培养你。

她听了戴笠的肯定，下意识地立正站好，把身体又绷紧起来。在这种时候，这种环境下，戴笠亲自来到她房间并且能说出这番话，让她受宠若惊，有种想流泪的感觉。

戴笠站起来，向前走了一步，一只软绵绵的手搭在她的肩膀上，她感受到了那只手传递给她的温暖和力量。戴笠似耳语般地说：作为特工人员，随时准备为党国牺牲，你们女特工的任务，尤为特殊。

在特训班时，她们女学员与男学员的区别是，她们有一门专修课程，这门课程就是在特殊时期，不仅是牺牲，还要有奉献任务，也就是说，在关键时候，利用女人的身份执行特殊任务，包括色诱。当然，以前她们所学到的都是理论，为党国献身的信条压倒了她们的羞耻之心。当时教官大声地说：作为特工人员，生命可以牺牲，我们的身体也可以出卖，我们的宗旨就是不惜用一切手段去执行我们的特殊任务，只有成功，才能捍卫我们的党国。

这是童雪在课堂上所领会的献身，可在实际中她从没想过。此时，戴笠就站在她的面前，正用考验试探的眼神望着她。她意识到了什么，但身体仍然僵直，不知戴笠的话是何用意。戴笠的手轻轻在她肩上动了一下，那件披在她上身的军衣便滑落下去了。戴笠正用一个男人的目光望着她，在那一瞬间，她想到了肖扬。肖扬阳光、刚强、热情，是标准的军人，更是杰出的男人，这一切都是吸引她的地方。军统的纪律是不允许结婚，但并不阻止恋爱，他们在军统特训班就这么恋爱了，肖扬拥抱过她，但并没有占有过她。此时她面对戴笠，感受到此时的戴笠不是她的上级，而是一个男人。

戴笠附在她耳边说：作为女特工，必须要过这一关。

戴笠把手伸进她的浴衣里，她的身子一紧，又一紧，她没有推拒，脑子空茫一片。戴笠俯下身把她抱到了床上……

戴笠离开她时，附在耳边说：从今以后，你就是军统最忠实的一员了。他用手轻轻拍了拍她的脸，穿好衣服，又意味深长地望了她一眼，然后开门离去。听着戴笠渐远的脚步声，她紧紧地把被子裹紧，浑身怕冷似的战栗着。有种说不清的感觉，让她飘在半空中，似梦非梦。

毕业前夕，毛人凤单独找到她，交给她一份特殊的联络方式，并向她交代了特殊人员应该执行的特殊任务。

刚开始，她不知如何面对肖扬。她爱肖扬，看到他，她就感觉到心里踏实，身心愉快，这就是恋人的反应。她失身于特殊职业，她为自己的第一次失身这么定性。可她毕竟是个年轻的女性，她纠结，不知如何是好，更不知如何面对肖扬那张热情洋溢的笑脸。那次，她从军统局回来，三天没见肖扬，肖扬在晚上去宿舍看她时，要去拥抱她，被她推拒了。她也说不清为什么会推拒肖扬，看着肖扬一张失望的面孔，她委婉地说：我有点累了。肖扬并没有多想什么，转身为她打了一盆洗脚水，放在她面前说：泡泡脚，睡个好觉。肖扬说完带着微笑离开了。

肖扬离开后，她呆呆地在那里坐了许久，一盆滚热的水都已经凉了。后来她听说，肖扬留在军统局里工作，她被派去上海区工作，她曾有过淡淡的忧伤，甚至想好了，从此不再和肖扬见面，也许时间和空间会让两个人分开。不知为什么，她觉得配不上肖扬。她这种想法刚冒芽，肖扬又离开军统局，来到了上海区。他们只能面对现实了。她下不了决心离开肖扬，一见到肖扬她便化了，可她又在心里抗拒着肖扬，这种感觉纠结着她，让她痛苦又煎熬，她不知道自己会和肖扬有什么结果。

上海区王天木失踪后，她第一时间通过秘密渠道把这一消息报告给了戴笠。她不知道，报告这一消息的，还有另外一个人——陶天成。

很快，她接到了命令：顺水推舟，潜进敌人内部，等候指示。

这才有了前一段故事所发生的事，上海区的军统，别人是真降，只有陶天成和她是肩负着潜伏的使命。但他们并不知道彼此的真实身份。

敌人在肖扬身上所做的文章，她知道是个阴谋，但具体是什么阴谋，她并不清楚。当王天木指派她把肖扬送走时，她只能把写好的那张纸条，趁押解肖扬的特务不注意，传递给肖扬。这是她目前所能做到的唯一一件事了。王天木指派她去送肖扬，其实是对她的一次考验，也是对肖扬的打击。

当她看到肖扬被拖下车，车辆扬长而去，她看到孤苦无依的肖扬被蒙着头站在路边时，她有种想放声大哭的感觉，为肖扬也为自己。

王天木自然知道肖扬和童雪的关系，为了做个顺水人情，或者说对童雪进行一次考验，派童雪送肖扬最后一程，也是王天木一箭双雕之意，既考验了童雪，又让肖扬难受一次，让两个相恋的人天各一方。王天木如惊弓之鸟，对谁也放心不下。

重整上海区

王天木叛变，让整个军统上海区全面瘫痪，损失惨重。王天木叛变后，远在重庆的戴笠第一时间得到了这一消息，他动用内线，迅速通知遍布在上海各个区的工作点，做好紧急情况下的应对准备，但还是不如王天木的速度快，军统的许多工作点落到了特务手里，被捕的人员大部分投降了。少部分坚持军统纪律的人员，被枪杀在了上海街头。转移出去的一少部分军统人员，有的直接去了外地，就是留在上海的军统人员，为了安全，也停止了所有行动。

军统上海区全面沦陷，让戴笠在蒋委员长面前丢了面子，蒋委员长训斥戴笠的无能和失误自然是少不了的，戴笠自己也觉得脸上无光。从蓝衣社到现在的军统，戴笠为了壮大自己的势力，可以说是使尽了浑身解数，昔日他看中的干将，一个个都曾海誓山盟，一旦灾难来临，便成了他的敌人和对手。戴笠一面憎恨这些没有骨头的男人，一面开始着手准备重整军统上海区。戴笠苦思冥想着身边可用的人才，他想到了陈恭澍。陈恭澍是青岛人，自从被戴笠招入军统以来，可以说是南征北战，立下了不少看得见和看不见的大功。陈恭澍在北平工作过，后来又在总部南京工作过，对上海区的一些情况并不陌生。于是一份绝密电令，任命陈恭澍为上海区区长。陈恭澍向戴笠提出了一个条件，他钦点了两个助手，一个是特训班教官出身的宋子达，另一个是女将上官逸飞，当时这两个人都已撤退到了重庆，正在等待新的任务。

戴笠对陈恭澍带的这两个助手并没有异议，这两个人都是军统中的杰出人才。宋子达可以说是老牌军统人员了，甚至被人称为军统的教师爷，年龄不大，在军统也算是手眼通天的人物，因为本事大，所以脾气也大。上官逸飞曾经留学于美国陆军皇家学院，学的就是间谍专业。她的特长是记忆，千八百字的文件，到了她的手里，只用几十秒钟，便可以倒背如流；案发场地，她只需要看上一眼，便能画出草图，精确地标明所有物品的位置，哪怕地上的一个烟头、一个脚印都不会放过。在军统，人称照相机。

宋子达和上官逸飞这两个人才，戴笠自然对他们视如珍宝，南京和上海分别沦陷，他丢掉了许多家当，但唯独没丢下这两个人，他一直把他们带在身边。王天木事件，他遭到了蒋委员长的痛骂，骂他无能，连自己的人都拢不住，并且命令他立即除掉叛徒王天木，一是减少军统的情报损失，二来以儆效尤，否则，随着国民党节节败退，以后还不知道有多少人会成了日本人的汉奸。

戴笠自然知道轻重，如果不在上海向叛徒发动一轮反攻，他不仅在蒋委员长面前没了颜面，在军统中的地位也将不保，既然上海需要人才，他只能忍痛割爱了。于是陈恭澍带着宋子达和上官逸飞两人秘密地潜入了上海，在法租界又秘密地租了一套房子，便开始招兵买马了。他们和军统上海区没有变节的人员取得了联系，原来军统上海区各个组加起来有一百多号人马，王天木变节后除带走一部分人外，暗杀了一批，也逃走了一些人员，现在剩下的只有十几个人了。招兵买马便成了新任上海区区长陈恭澍迫在眉睫的任务。

陈恭澍刚到上海，立足未稳，便接到了戴笠的密电。密电指示他，肖扬并没有变节，此时正在接受敌人的拷问，让陈恭澍营救肖扬。

宋子达就是领受陈恭澍的任务，前来打探情况的，没想到在大街上，他却意外遇见了肖扬。肖扬也一眼认出了昔日特训班时的教官宋子达。大街上自然不便久留，在宋子达的引领下他们回到了法租界，见到了陈恭澍。面对新区长，肖扬把自己所知道的一切汇报给了陈恭澍，陈恭澍又把戴笠的命令向肖扬重复了一遍。

以肖扬对七十六号的了解，想除掉王天木并不是一件轻松的事情。七十六号所处的极司菲尔路一半在租界内，一半紧邻着三不管的一条马路，院子内外都有重兵把守，强攻肯定不行，想进入内部更是难上加难，七十六号所有人员都有出入证，要经过几道关口的审查。王天木偶尔会从七十六号里出来，即便他出来，也会带着十几个保镖，这些保镖是丁默邨和李士群特意为王天木配备的，都是经过训练精挑细选的干将。王天木知道自己的处境，他知道军统不会放过自己，即便出门，他也加倍小心，不给外人留下下手的机会。

王天木现在的职务是七十六号的高级顾问，俨然一副和丁默邨、李士群平起平坐的架势。丁李二人能把王天木拿下并为自己所用，在梅机关影佐那里挣来了很大面子。上海沦陷，正面部队没有了，但潜伏在暗处的军统和中统成了梅机关最大的心病。中统只是干一些收集情报的工作，军统不仅收集情报，还有军事力量，暗杀破坏是军统的长项，这让日本人整日忐忑不安，把军统视为眼中钉。影佐交给七十六号的首要任务就是铲除军统在上海的势力，王天木带着大部分军统上海区的人马投奔了七十六号，这为丁默邨和李士群挣来了很大面子。在梅机关，影佐专门为丁李二人摆了一桌庆功宴，并指示丁李二人再接再厉，利用好王天木这颗棋子。丁李二人自然明白王天木在他们手里的分量，于是封了王天木七十六号高级顾问的头衔。王天木果然也不负丁李二人的期望，不仅让上海区大部分军统的人归顺了七十六号，就连许多和上海军统有关联的苏州站和南通站、杭州站也遭到了血洗，以前和周边军统联络的渠道全部遭到了重创，军统的实力被削弱了一半。

王天木在丁默邨和李士群眼里的功绩自不待言，对于王天木的安全，他们看得比自己的安危更为重要。王天木就是一面旗帜，在上海敌占区的天空中飘扬。

陈恭澍秘密进入上海重整军统上海区的消息，他们已经得到了，他们的下一个目标和任务就是再一次攻破陈恭澍所领导的上海区。如果像拿下王天木一样把陈恭澍也收入自己的帐前，那更是万全之策了。

有一天，法租界内军统上海区的门铃响了起来。平时这里并没有更多人往来，自己的人进出从不按门铃，而是采用暗号的方式，门铃突然响起，让所有人员都吃了一惊。

两个军统人员打开门，看见一个戴礼帽、穿大衣的人站在门前。

一个人问：你找谁？

来人便答：四海之内皆兄弟。

这是一句暗语，但这句暗语已经早就不用了。上海沦陷前，战事吃紧，随着守军节节败退，驻扎在上海的所有行政机关开始陆续撤离。当时留在上海的除军统的人员外，还有中统的一些组织，为了互通有无，中统和军统联起手来，收编失散人员，规定了这句相互联系的暗语，能说出这句暗语的人，便可视为自己的人。

来人说出这句暗语，让两个军统的人有些吃惊。上海已经沦陷这么久了，随着一些流失走散人员的回归，这句暗语早就不用了，但突然有人找上门来，两人马上进门向陈区长做了汇报。

陈恭澍此时正在一个房间里和肖扬、宋子达、上官逸飞研究七十六号的地形，肖扬进入过七十六号院内，他依据自己的印象在丰富着这张图纸。

听到有人找上门来，陈恭澍就冲肖扬说：你出去见一下，你是上海区的老人，看看你认不认识这个人。

肖扬走过院子，来到门前时，那人摘掉帽子，正四处打量着什么。

肖扬咳了一声，那人把目光投了过来，见到肖扬，便一脸笑意地说了句：同志……

肖扬一怔，突然，他嗅到了一股熟悉的气味，他身子一紧，打量着来人，他快速地在记忆里搜寻着这人的形象。他确信并没见过这个人，但熟悉的气味又让他觉得见过这个人，并且刻骨铭心，但他又一时想不起在哪儿见过他。肖扬正在恍怔，那人把院门关上了，上前一步小声地说：同志，我叫李陆，是中统上海区的工作人员，我们的组织遭到了敌人的破坏，许多人被捕，被杀害，我一直在外面躲藏，和组织失去了联系，可找到你们了。

说完上前握住了肖扬的手，像见到了久别亲人的样子。随着来人的靠近，肖扬更加真切地嗅到了这人的气息，他更加准确地判断出，此人他见过或者接触过，可具体情况他一点印象也没有。熟悉的气味和陌生的面孔，让肖扬一时举棋不定。既然自称是自己的同志，又冒着危险找上门来，肖扬只能把来人暂时安顿下来，并把李陆提供的消息报告给了陈恭澍。

戴笠对陈恭澍有过指示，他到上海来的首要任务就是收集一切可以利用的力量，然后向敌人发动反击。那时，整个沦陷的上海，有许多掉队的士兵、军官，当然也包括中统、军统人员，像李陆这种情况的人，也不会在少数。于是，陈恭澍把李陆的情况通过电报发往重庆，请求重庆方面核实中统上海区李陆的身份。重庆做这样的调查并不是一件难事，很快一封电报便发了过来：李陆，中统上海区机要秘书，现年三十六岁，上海沦陷失踪，命令你部甄别后留用。

眼前的李陆和电报中所提到的李陆恰恰吻合，拿着这封电报，陈恭澍出了一口长气，这意味着他的手里又多了一张牌。

陈恭澍立马召见了中统的李陆，两人握手寒暄。身为军统的人对中统自然不陌生，中统的人对军统也自然熟悉，这次见面，主要是陈恭澍提问，李陆回答，提到的每个人，李陆都能对答如流，甚至陈恭澍不了解的细节，李陆也做了详细交代。缠绕在陈恭澍脑子里的最后一丝怀疑也烟消云散了。最后陈恭澍终于伸出了双手，温暖、热烈、亲切地和李陆的手握在了一起。李陆张开双臂紧紧地拥抱住了身材并不高大的陈恭澍，一串热泪从李陆的眼角里流出，那是漂泊在外的赤子的眼泪，终于回家了，找到了日思夜盼的组织，这串眼泪真实可信。

陈恭澍传达了重庆的命令，命令李陆就地参加军统。李陆训练有素地立正站好，光荣又严肃地接受了重庆的命令。特殊时期，中统和军统要合为一家，一切都是为了党国的大局。

肖扬望着眼前既熟悉又陌生的李陆，他的疑团并没有解开，他在搜肠刮肚地回忆着。当然，他当着陈恭澍的面并没有把自己的疑虑说出来，因为仅凭他的嗅觉，没有人会相信，只有他自己相信。

肖扬晚上躺在床上，久久不能入睡，熟悉的气息又在他的记忆里飘荡。突然，他想到了麻录这个细节，麻录他亲眼所见，已经被敌人枪决了，就趴在自己的身边，那股血腥气息让他终生难忘。陈恭澍并不了解麻录这个细节，想到这儿，他再也睡不着了，起床穿衣走出门去，敲开了李陆的房门。

半晌，李陆才打开房门，他睡眼蒙眬，身披了一件上衣，见到肖扬，他怔了一下，但还是热情地把肖扬让进门来。肖扬走进来，迫不及待地说：麻录在哪里？

李陆又是一怔，眼睛里飘过一丝惊恐和意外，但他很快反问肖扬道：你认识麻录？

肖扬并没有回答李陆的问话，只是又追问了一句：你告诉我他在哪里！

李陆低下头沉痛地说：上海沦陷，中统遭到了敌人的破坏，他被捕了，现在是生是死……

李陆说到这儿无奈地摇了摇头。

肖扬顿时松了一口气，麻录是他在七十六号所见到的唯一的中统人员，也是他见证了被杀害的人。

他低下头说了句：他被七十六号枪杀了。

说完这句话，看了李陆一眼。

李陆长叹口气：我们的同志都不在了。

肖扬拍了一下李陆的肩膀：打扰了。

说完转身走了出去，并为李陆带上了门。

他回到自己房间，躺在床上，开始怀疑自己的嗅觉了。难道自己的记忆和嗅觉真的失灵不可信了？他用力揉了揉鼻子。黑暗吞噬了肖扬，他沉沉地进入到了梦境之中，他梦见了一声枪响，还有蜷缩在他身边的麻录的尸体。

新到任的陈恭澍重拾了一些原军统上海区的旧部，又相继有一些失散的人员被找回，现在属于军统上海区的人，也算是有几十号了。坐镇重庆的戴笠，三天两头地有电报过来，催问刺杀王天木的进展。王天木不除掉，戴笠无法和蒋介石交代，陈恭澍明白，不除掉王天木，他也没法向戴笠交代。于是，陈恭澍下达了刺杀王天木的命令，并悬了重赏：不论什么人，只要刺杀成功，便可获得二十两黄金的奖励。

行　动

肖扬和上官逸飞装扮成情侣，在七十六号一带行动，他们的任务是摸清七十六号的底细。陈恭澍精心安排了肖扬和上官这对搭档。肖扬经受住了考验，他能从七十六号走出来就已经是一个奇迹了，那些人有的被杀，有的随王天木叛变投敌，为什么单单肖扬被王天木放了出来，这也是陈恭澍在脑海里大大地打了一个问号的。在这种非常时期，陈恭澍不能不对肖扬说不清道不明的行踪打一个问号。关于对肖扬的使用，他专门请示了戴笠，并把肖扬的经历也做了汇报。戴笠很快做了回复，电报的内容是：考查有限度地使用。

戴笠的回复，便给肖扬定了调子，陈恭澍便在有限度地使用肖扬中全面考查他。上官便成了陈恭澍的一双眼睛。肖扬并不知道，自己的身边多了一双陈恭澍安排的眼睛。

这天中午时分，肖扬和上官走在七十六号附近的马路上，一辆黄包车快速地驶过去，肖扬并没有看清车上坐的人，车子掠过，一阵他所熟悉的气味飘进了他的鼻子里，他下意识地想到了陶天成。他来不及和上官解释，伸手叫了一辆黄包车，拉着上官上了黄包车，冲车夫说了句：跟上前面那辆黄包车。

前面那辆黄包车转了一个弯，便出了租界，肖扬坐在车上，随着前面黄包车带起的风，他更真切地嗅到了陶天成的气味。是他，没错，他在心里这么告诉自己。于是他偏过头，冲一脸不解的上官说了句：是个熟人。上官也并不多说什么，盯着前面不远处的黄包车。又转了几道弯，前面的黄包车慢了下来，他们自然也慢了下来。突然，前面的黄包车在一个茶馆前停了下来，陶天成从车上下来，虽然陶天成戴了墨镜，围了一条围巾，但肖扬还是很快认出了陶天成，他的嗅觉又一次得到了验证。陶天成似乎向四周看了一眼，最后用余光瞥到肖扬这辆黄包车上，便转身走进了茶馆。

肖扬和上官也下了黄包车，黄包车离去，他和上官站在茶馆门口，他冲上官说：陶天成，原军统上海区行动组组长，现已投靠七十六号，我进去。

说完不等上官的反应，便大步走了进去，这是他自从那次提审之后，第一次离陶天成这么近，他不想错过这样的机会，即便前面是陷阱，他也要跳下去。他走进茶馆时，发现陶天成背对着门口坐在一张桌子前，他径直走过去，坐在陶天成的对面。陶天成的墨镜都没摘下来，他看不清陶天成墨镜后面那双眼睛。

陶天成的桌上已经摆了一壶茶，有两个杯子。陶天成拿起茶壶给肖扬倒了一杯，自己也倒上，端起杯子，四下看了一眼，从怀里掏出纸笔，在上面写了一行字：我知道你们要除掉王天木。

写完把这张纸推给他，连同那支笔。

他也写了一行字：你为什么当汉奸，太让我失望了。

陶天成又写：为了生存活命，有些事说不清，你们杀不了王天木。

肖扬写道：为什么？除掉他是我们的任务，必须除掉他，然后就是你们这些变节分子。

陶天成想了一下又写了句：给你个机会，在上海旅馆找一个叫秦素芬的人，她来自青岛，五十多岁，她也许会给你们提供这样的机会。

待肖扬看完这最后一句话，还没来得及把惊愕的眼神落在陶天成的身上，陶天成已收起纸笔又揣在怀里，用低得只有肖扬才能听到的声音说：你少说话，和任何人都不要说我们见过面。

说完转身就走。肖扬目送陶天成远去，他被陶天成的行为弄得云里雾里，还在整理自己的思路时，陶天成已经消失在茶馆的门口了。直到这时，他才发现上官逸飞正坐在离他不远的一张桌子前，凝神打量着他。他从怀里掏出一张纸币，放到桌子上，起身离开，上官也快速地跟了出来。

两人站在茶馆门口时，上官才问：他为什么不说话？

他瞄了眼上官，想到了陶天成最后留给他的话：你少说话。他不解，作为特工，他似乎意识到了什么，但他没有捋清思路。还有那个从青岛来的叫秦素芬的老太太，她又和王天木有什么关系？一连串的问题，让肖扬百思不得其解，他伸手叫了黄包车，当车走在大街上时，他又想到了陶天成，他问自己，陶天成为什么和自己说这些？他来不及细想，也想不清楚。他径直找到了陈恭澍，在向陈恭澍汇报时，他又想到了陶天成的那句话：和任何人都不要说我们见过面。虽然说得似耳语，但他还是感觉到了陶天成的威严，似乎是在命令。他以前和陶天成搭档时，情况紧急，迫在眉睫时，他才会用这种口气和神态说话。今天所不同的是，他的声音小得只有他们两个人才能听到。

肖扬在和陈恭澍汇报时，特意省略了和陶天成见面的细节，他只强调了秦素芬和王天木。陈恭澍面对这样的情况，一时也理不出头绪，既然是情报，况且和王天木有关，是真是假他在犹豫，但这是一线希望，他想试一次，陈恭澍还是下达了寻找秦素芬的命令。这对军统来说并不是件难事，干这种活是他们的特长，虽然上海成了敌占区，对他们的行动有所限制，但有一组人员还是很快地找到了那个叫秦素芬的老太太。

发现秦素芬时，她果然住在一家旅馆里，确切地说，她病倒在了旅馆里。没人看望她，她高烧不退，又不能自己照顾自己，已经被老板用一张门板放在了大厅里，老板怕她死在房间，给自己带来麻烦。军统人员发现了秦素芬，没想到会是这种情形，请示了陈恭澍。陈恭澍带着肖扬来到了这家旅馆，既然肖扬提供的情报是准确的，陈恭澍不再怀疑后面故事的发展，于是他下令，把秦素芬送到附近一家医院，并派专人守护。

第二天一早，陈恭澍就接到了老太太已经好转的消息。陈恭澍带着肖扬出现在了秦素芬的病床前。

秦素芬已经退了烧，睁开眼睛在喝稀饭，陈恭澍和肖扬一进门，老太太一下子就跪在了床上，不停地给两人磕头致谢。

陈恭澍也是青岛人，听着秦老太太熟悉的乡音，便也操着家乡话和秦素芬攀谈起来。他们才知道，秦素芬到上海来看儿子，她只知道儿子在极司菲尔路七十六号工作，她第一次来上海，出发前给儿子刘刚发了一封电报，既没说明车次，也没说明时间。她下了火车才意识到七十六号并不好找。她在城里转了一夜，也没找到儿子刘刚所说的七十六号，人又发烧病了，她只能住进了旅馆。

在老太太的叙述里，他们得到了一个很重要的情报，刘刚就是七十六号负责警卫的副队长，以前曾在上海警察局工作。陈恭澍和肖扬对视一眼，他们意识到这份情报的重要性。也就是说，刘刚的母亲在他们的手上，他们有理由也有机会无限接近刘刚，他们要是能把刘刚争取过来，别说一个王天木，就是十个王天木，除掉也是易如反掌了。

陈恭澍为了打动秦素芬，亲自陪伴老太太，既然掌握了重要的情报，他放松下来，于是他们天南地北地聊了起来。当然，他们聊得最多的还是青岛，两人越说越近，秦素芬觉得在上海见到了亲人，她握住陈恭澍的手，恨不能叫声儿子。

住了两天医院的秦素芬终于好了，她便开始惦记自己亲儿子刘刚了。陈恭澍安慰着老太太，安排人找了个黄包车夫，以老太太的口吻给七十六号里的刘刚送去了一封信。

母亲说来到了上海，却失去了联系，刘刚已经派人满城在寻找自己的母亲，让他没料到的是，母亲却把寻找他的信送到了他的手上。刘刚自然是又惊又喜，他立马带了两个警卫来到了医院，母子相见，似乎经历了生离死别一般。待母子二人平静下来，秦素芬拉着刘刚让他给救命恩人陈恭澍磕头致谢。还没等刘刚磕下，陈恭澍一把扶起刘刚，便把巧遇刘刚母亲的经过说了一遍，当然，他强调了巧合，还亮出了老乡的身份。刘刚对陈恭澍自然是千恩万谢，声称一定要报答老乡陈恭澍。陈恭澍便把早就准备好的一张名片递给刘刚，口气轻描淡写地告诉刘刚，让他有空来找自己聊家常，并一再强调，在上海遇到老乡不容易。

陈恭澍递给刘刚的名片上印着一个公司的名字，陈恭澍的身份自然就是一个商人了，名字当然也是假的，叫陈君。

刘刚扶着母亲千恩万谢地走了，陈恭澍一直把刘刚和他母亲送到了车上。老太太隔着车窗还冲救命恩人挥了挥手。车远去了，陈恭澍信心满满地拍了一下肖扬的肩膀，接近刘刚的第一步已经大功告成了，接下来他们的任务就是策反刘刚，为己所用。

几天之后，刘刚的电话果然打了过来，声称一定要登门拜谢母亲的救命恩人陈君。这是陈恭澍和肖扬早就预料到的，对刘刚自然不会谢绝，接下来，他们只等刘刚上门了。

上门真心感谢的刘刚万万没有料到，他走进的是军统上海区，等待他的陈恭澍和肖扬面对着喜气洋洋的刘刚。当听到陈恭澍自报家门，刘刚手里提着的点心盒子一下子掉到了地上，惊慌失措地望着陈恭澍和肖扬等人，张口结舌，一句完整的话也说不出来了。

陈恭澍把刘刚扶到椅子上，又拍了拍他的肩膀，盯着刘刚的眼睛道：别怕，你的情况我们了解，虽然你在给七十六号干事，但目前为止并没有血债，只要你现在悔悟，一切都来得及。

刘刚以前在上海做警察，完全是为了谋口饭吃，从青岛来到上海就是为了找份工作。淞沪会战时，上海的警察总队也被调到了前线，参加了上海保卫战，刘刚并没有去前线，他留下来负责地方治安。随着前方将士节节败退，许多伤员被运了下来，他看着那些缺胳膊少腿的伤员，心里也阴晴雨雪地跟着难过。后来一批又一批败兵向苏北退去，他意识到上海将不保了，他想到了以后的着落。上海果然如他所料彻底沦陷了，他和所有难民一样，躲在家里连门都不敢出。外面是日本人的烧杀抢掠，全城停电停水，他开始为一家人的生计发愁了，没了工作，就没了收入，吃喝便成了问题。那时上海的物价一天一个样，什么都是紧缺的，饿死的人不计其数。正当他走投无路时，曾经的同事，一起做警察的朋友找到了他，说是找到了一份差事，问他同不同意去。他看着一家老小，再不找份差事真的就会被饿死，他对同事千恩万谢，甚至感激涕零。他没想到，这份差事让他走进了七十六号，他被委任为警卫队的副队长，渐渐地他了解了七十六号的工作性质，那会儿已经没有他选择的余地了。偌大的上海沦陷了，中央军和政府都撤离了，不给日本人干事就没有活路，无奈的刘刚，只能为七十六号卖命了。

他面对着陈恭澍等人，说不怕是假话，当警察时，他就听说过军统这个组织，并知道这个组织的性质，他面对着军统的人，一句话也说不出来。

当陈恭澍说出让他刺杀王天木的任务时，刘刚的眼睛都快瞪出来了。他就在七十六号负责警卫工作，整日里都能见到丁默邨、李士群、王天木进进出出，杀他们并不是一件困难的事情。他更知道七十六号的靠山是日本人，现在整个上海都是日本人的天下，杀了他们，那自己的未来呢？显然，陈恭澍看出了刘刚的担心，立即为刘刚指明了出路：刘刚的家眷由军统负责他们的安危，可以接到租界来生活。刺杀成功后，如果刘刚愿意参加军统，他们欢迎；如果不想参加军统，由军统负责把他和他的家人送到安全的地方去。

刘刚听了这话，一直半信半疑。陈恭澍并没有要求刘刚表态，送他离开时，只是轻拍着他的肩头道：兄弟，你考虑考虑。

说是让刘刚考虑，刘刚前脚一走，陈恭澍便命人把刘刚的母亲还有老婆孩子接到了租界。当刘刚得到这个消息时，他明白这是军统逼他就范，刺杀王天木是华山一条路了。

七十六号

王天木自从投降七十六号，没有一天过得安稳。军统出身的他，深知军统的手段，他也更了解戴笠的为人。军统会不惜一切代价找他清算的。

丁默邨和李士群知道王天木担心的是什么，不仅王天木提心吊胆，丁李二人又何尝不是这样呢。失去了正义，便失去了安全感。为了安全，他们在肖扬身上可以说是机关算尽。

肖扬不肯与他们同流合污，王天木也不想给自己添堵，准备立马把肖扬除掉，就像杀掉那些拒绝变节的人员一样。丁默邨和李士群却早就有了一个计中计的阴谋，杀掉肖扬再简单不过了，可以说是轻而易举。他们不想杀掉肖扬，是为了一个更大的阴谋。

中统上海区的麻录在被捕之初就已经变节了，当时在上海真正威胁他们的组织不是中统而是军统，中统的工作性质是负责收集内部情报，打打杀杀的活他们并不擅长。在上海沦陷前，中统大部分骨干力量早就撤离了，只留下一少部分人盯着军统。中统当时在上海已经不成其为组织了，在丁李二人看来，充其量也就是留下了一批散兵游勇。军统却成建制地留在上海，他们的任务是刺杀和搜集情报。也就是说，军统人员在用武力颠覆他们刚刚兴起的汪精卫政权。日本的梅机关影佐也给他们下达了这样的指示：不惜一切代价，清除军统人员在上海的存在。

丁李二人为了让上海能在他们手里长治久安，把在军统时学来的招数都用上了，可以说是以其人之道还治其人之身。他们一直想让麻录借尸还魂，为自己所用，但没有找到合适的机会，直到他们逮捕了王天木。起初他们并没有把握一举能将王天木拿下，王天木被关进地牢时就同麻录关在一起，他们希望军统的人知道麻录这个人，为后面让麻录借尸还魂打下一个伏笔。让他们意想不到的是，只一个回合王天木便招架不住了，随着王天木的变节，他们把军统上海区的人马一锅端了。

当他们遇到肖扬这块难啃的骨头时，终于捋清了一个阴谋的思路，借肖扬还麻录的魂。于是他们导演了一场执行麻录死刑的戏，真正被枪决的人是李陆而不是麻录。让肖扬亲眼看到麻录已死，让真正的麻录替代已死的李陆打入军统内部，为其所用。肖扬是麻录已死的最好证明人，这是他们利用肖扬的第一着棋。第二着让肖扬喝下有毒的茶水，让他胃痛难忍，他们以给肖扬做手术为名，在他腹内埋植了一枚窃听器，也就是说，让肖扬成为他们的工具。经过如此这般精心周密的安排，他们释放了肖扬。随之麻录借着李陆的魂也粉墨登场了。正如他们所预料的一样，肖扬正在为他们发挥着作用。

虽然这场阴谋是丁默邨、李士群和王天木设的局，但那些执行者也参与到了其中。世界上没有不透风的墙，这些随王天木走进七十六号的前军统人员起初并不明白，他们为什么会轻而易举地放了肖扬，肖扬的离去牵动着每个人的神经。他们四处打探、推测，渐渐地，释放肖扬的阴谋论便浮出水面，陶天成和童雪就是这会儿了解到关于肖扬如何被释放的内幕的，但他们只是通过别人之口得出的一些相关推测，并没有真凭实据，于是他们并没有贸然向戴笠报告此事。

陶天成在路上和肖扬巧遇，甚至可以说是陶天成故意让肖扬碰个正着，他是想把刺杀王天木这样的机会传递出去，同时也提醒肖扬，他的身体里有敌人设下的机关。

王天木为自己的处境整日提心吊胆，他的每根神经都是紧绷的。机敏的王天木发现了警卫队的副队长这几天的反常，他觉得刘刚每次看他的眼神总是怪怪的，让他浑身不舒服，甚至，当他回想起来，还会有一种汗毛倒立的感觉。他立即对刘刚进行了一次摸底彻查，结果是，刘刚的母亲找到上海来了，老婆孩子也从原来居住的地方搬走了。这一连串的变故，让王天木大吃一惊。他当即命令刘刚到他办公室来一趟。

当刘刚出现在他面前时，王天木又觉得刘刚还是以前的刘刚，憨憨的，朴素地站在他面前。

王天木便以刘刚母亲来上海为话题和刘刚聊起了家常。刘刚已经深思熟虑过了，他主动告诉王天木，因母亲来上海，原来住的房子小了，他们搬了一次家，住进了城西更大的一个房子里。王天木并没有在刘刚这里看出破绽，便关心地说：母亲来上海这是大事，前一阵一直忙乱，过几日安排你母亲及夫人和孩子来一趟七十六号，我要为你母亲接风。

刘刚意识到，王天木已经在戒备自己了，自己的任务越发地迫在眉睫了。

王天木送走刘刚后，随即叫来了警卫队长陈胖子。陈胖子也是警察出身，当过警察队长，投奔七十六号之后，他便顺理成章地当上了警卫队长。因为长得胖，人送外号陈胖子。王天木命令陈胖子严密监视刘刚的一言一行，不论大事小事，只要刘刚有风吹草动，就要向他汇报。王天木虽然查问了刘刚，并没有发现明显的破绽，但他已经对刘刚起了疑心。

刘刚知道，刺杀王天木的行动不能再拖了，如果王天木真的让他把母亲和老婆孩子接到七十六号，便前功尽弃了。

机会终于来了，王天木要搞一次宴会，宴请随他投诚的军统上海区的人员。这个提议也是丁默邨和李士群为他出的，丁李二人说：要想让这些兄弟为七十六号卖命，就要投桃报李，让这些投诚的人尝到甜头，看到希望。于是王天木在七十六号一间会议室里张灯结彩，大摆宴席，要为自己的兄弟们搞一次聚会。席间，王天木举着酒杯，不停地和众人碰杯，自己只是在嘴上抿一口。他不停地拍着人们的肩膀，说些和前途有关的话题，仿佛自己带领这些人投奔日本人，是恰逢其时，同时让所有人对自己感恩戴德。在这期间，一直有两名警卫跟随，他走到哪儿，两名警卫就跟到哪儿，那两名警卫也是警卫队的人，是陈胖子精心挑选出来的。

刘刚负责外围警卫，那天正赶上陈胖子家里有事，安排完便打招呼回家了。刘刚意识到，这是一个千载难逢的好机会。他把外面各道门的岗哨都换成了自己的人，说是自己的人，无非是平时交情不错的一些兄弟，包括流动哨。接下来就是如何下手，并如何脱身了。在下手前，他通知了陈恭澍，陈恭澍已经安排人在七十六号附近接应他，就等刘刚大功告成了。一切安排妥当，刘刚下定了动手的决心。

宴会之初，他上来一次，隔着门缝正看见王天木语重心长地讲话，宴会还没有开始，自然不是下手的机会。他又下了一趟楼，各个哨位他又检查了一遍，并提醒哨兵，加强警戒，确保安全之类的。当他再一次来到楼上时，宴会已经开始了，觥筹交错，人声熙攘。事不宜迟，刘刚一脚踢开了会议室的门，掏出枪来，就在人们愣神的瞬间，刘刚的枪响了。第一枪并没有击中王天木，开枪前的一瞬间，站在王天木身边的警卫正挡住王天木的身体，枪响了，警卫倒下了，王天木扔了酒杯迅速地躲到了就近的沙发后面，另一个警卫冲了出来。第二枪，另一个警卫应声倒地。刘刚又射出了第三枪，子弹擦着沙发击中了王天木的右臂。刘刚已经没有更多开枪的机会了，不仅会议室里乱了起来，楼下的警卫也正向楼内跑来，他向楼下奔去，在二楼过道里，他翻身跳出了窗外。一队流动哨兵已经冲进了楼内，还有许多警卫向楼内跑来。他绕开大批的警卫，跑向了第三道岗，他冲警卫大喊：楼内发现了刺客，快去抓刺客。

因为这些警卫都是刘刚安排好的，他们对刘刚的话深信不疑，听刘刚这么喊，就丢掉哨位也向楼内跑去。到了第二道岗时，他如法炮制。外面就剩下最后一道门岗了，四个警卫正张皇失措地向里面张望，不知道里面发生了什么，刘刚便大喊：一小时前有人进门吗？

四个警卫都摇头，因为没有特殊证件的人是无法进入七十六号院内的，即便有了证件也要接受严格盘查。要想进入楼内，除非楼上的人有命令才可放行，否则，外人是没有机会进入七十六号楼内的。

刘刚就命令警卫打开院门，他说他怀疑刺客翻墙而逃，他要去追刺客。警卫一时没反应过来，很快便打开了大门。刘刚一路狂奔而去，在路口拐角，他看见了接应他的轿车，开车的人是宋子达。轿车已经启动，他拉开车门，身子刚钻进轿车，车便冲了出去。身后是乱成一锅粥的七十六号，前面是快速掠过的街道。刘刚回望了一眼壁垒森严的七十六号，狂乱的心稍稍安定了下来。

王天木的伤并不重，子弹穿过大臂，当即便被日本军医包扎了。一切处理妥当之后，王天木仍手扶右臂心有余悸的样子。他之前便对刘刚有所怀疑，果然，就差点死在了刘刚的枪下。如果没有两个警卫舍生忘死，他命休矣。

惊魂未定的王天木开始重新审视他带出来的这些军统人员了，思前想后，他最不放心的就是童雪。童雪和肖扬的关系，他早就一清二楚。肖扬带着秘密被放虎归山，而童雪却在他眼皮底下，似乎什么也没发生。就童雪本人来说，她平时只负责上海区的一些机要文件，似乎无足轻重，可她和肖扬联系起来，这一切就成了疑问。

肖扬那么强烈和彻底地拒绝与王天木为伍，而童雪为什么会轻易地动摇变节，难道仅仅就因为她是个女人，天生胆小怕事？天性多疑的王天木彻底睡不着了。还有那个陶天成，他想起身边这些人，都值得怀疑，一时间，王天木的内心草木皆兵。

丁默邨和李士群对受到如此惊吓的王天木，自然嘘寒问暖了一番。对丁李二人来说，王天木就是一面旗帜，这杆大旗不能倒下，王天木倒了，他们还如何招兵买马。他们要借王天木投诚变节的东风，扩大自己的势力，争取一切可以争取的力量，让七十六号壮大。他们人虽然身在七十六号，但他们并不甘愿做日本人和汪伪政府的特务，他们所做出的一切，是要让汪精卫看到，他们是个人物，既然是人物，汪精卫就不会不重用他们。特务就是一些干脏活累活的角色，这种脏活累活他们早就受够了，他们要成为人上人。在国民政府时，他们没捞到任何好处，而且还不断地被贬，也正因为不得势，他们才一心投靠日本人和汪伪政府。既然投靠，他们就要捞到更大的好处，获取更大的人生价值。七十六号是他们的起点，他们要壮大七十六号的势力，扩大自己的影响力，到那时，自然会成为他们升迁的筹码。他们知道王天木的重要性，他们要把王天木这杆大旗扛下去，让更多的汉奸集中在他们的麾下。

王天木投降了七十六号，虽然整日生活在戒备森严的院落里，甚至连一只苍蝇飞进来都要接受检查，看似绝对安全妥帖，但刘刚的事件发生后，王天木成了惊弓之鸟，他站在楼上，望着壁垒森严的院落，觉得处处都是机关和陷阱。他和刘刚没有任何过节，甚至交往都很少，就是这样一个人成了军统的刺客，还有什么人能让他放心呢？他投降七十六号是为了过好日子，他不想提心吊胆地过日子。王天木开始审视跟随他一同投奔七十六号的这些人了，他脑子里开始一遍遍想着这些人，想他们随自己投奔七十六号的动机。那些异己已经被处决了，剩下的这些人，貌似心甘情愿，可他们心里想的是什么，他并不清楚。这些人中，他最不放心的就是陶天成。陶天成在军统的资历老，而且职务高，但在投奔七十六号时，他并没有费太多的周折，没有反抗，没有反对，很平静地就归顺了七十六号。在最初来到七十六号时，王天木为了考验陶天成，曾派陶天成外出单独执行了几次任务，同时也派人对陶天成进行了跟踪，他在有意试探陶天成，让他单独执行任务。如果陶天成做军统的心不死，他可以远走高飞，即便放虎归山，也比把危险留在身边要安全。结果每次陶天成都如约返回七十六号。

陶天成曾主动地向他汇报见过肖扬，在陶天成的叙述中，他被肖扬跟踪过，最后在一个茶馆里甩开了肖扬的跟踪。陶天成的叙述和王天木派出去的监视人员的汇报也基本吻合。王天木和负责接收窃听的特务核实过，的确也没听到两人有过直接对话，他怀疑陶天成却拿不出证据。

刘刚刺杀事件发生后，王天木和丁李二人有过分析，他们一致认为刘刚是被军统收买了，被收买的时间就是刘刚母亲来到上海后这段时间里。他们派出特务做了调查，军统的人的确是在刘刚母亲身上做了文章，有旅馆和医院的人为证。这个细节让军统钻了空子。可刘刚的母亲来到上海的消息又是怎么被传递到军统人员手中的呢？这是个疑问，也就是说，他们身边暗藏着危险分子。王天木分析来分析去，觉得四面楚歌，每个人都是怀疑对象、危险分子，七十六号草木皆兵。

最大的疑点他还是放到了陶天成身上，他要再试探一次陶天成。

这天王天木派人把陶天成叫到了自己的办公室，天气晴好，有阳光透过窗子洒进办公室，一切都显得暖烘烘的，王天木还解开了两粒上衣扣子。他热情洋溢地迎来了陶天成，陶天成立在他面前，恭恭敬敬地说了句：区长你找我？虽然王天木投奔七十六号之后，职务为七十六号的顾问，但这些昔日的下属仍延续军统时的称谓。这让王天木感到亲切的同时，也有一缕忧伤，这种忧伤是来自不安，只有当汉奸的人才会确切理解这种滋味。

王天木热情地让陶天成坐下了，他望着陶天成，似乎想透过陶天成的脑子看清陶天成在想什么。就在他晃神的工夫，陶天成说：区长，前两天的事让你受惊了。

王天木笑了笑，他又想到两天前晚上的情景，虚汗又一次流了下来。他抹了下头上的汗道：天成，既然你跟我干，就是我的死党，刘刚不除不快，白白死了两个弟兄。

王天木说完这话，便去看陶天成的反应。陶天成似乎仍然沉浸在自己的思路里，他说：要除掉刘刚，就得先摸清他的下落。

王天木自信满满地说：他既然是受到军统指使，他的下落肯定是在军统那边。

陶天成望着他，一时没有说话。

王天木又把身子往前探了探道：咱们投奔了七十六号，可以说上海的军统已经名存实亡了，这你是知道的，怎么这么快军统就卷土重来了？

陶天成仍没有说话，在王天木说话时，他还睁大了眼睛望着王天木。

王天木很激动的样子，说：天成，你是我的兄弟，在这些兄弟中，我最看重的就是你。你现在的第一个任务是摸清重庆方面派谁来了上海，第二个任务就是查清刘刚的下落，把他除掉。

王天木说完这句话，目光冰冷地望着陶天成。

陶天成站了起来，双脚并拢道：是，我一定完成任务。

王天木突然面色又缓和下来道：天成，我知道这任务很艰巨，你先摸清情况，行动的时候我会派人帮助你的。

陶天成又立正挺胸道：是！

陶天成走了，王天木望着陶天成的背影，许久没有缓过神来。他知道在上海他遇到了一个对手，他早几天就知道陈恭澍来到了上海，当然这份情报是来源于另外一个渠道。

戴笠在得知王天木叛变之后，是通过密令调陈恭澍来到的上海。当王天木得到陈恭澍来上海的消息时，暗中吃了一惊。陈恭澍这人他太熟悉了，两人曾经是同学，都是军统一期的学员，不论是两人在做学员期间，还是最后谋职时，陈恭澍一直是他的对手，甚至一直压着他一头。

王天木还没当区长时，陈恭澍已经任北平区区长了，如果不是上海沦陷，他临危受命，王天木当区长的日子还不知要拖到猴年马月。就凭这一点便知道，陈恭澍是深得戴笠器重的，在这种关头，戴笠能把陈恭澍这张牌打到上海来，说明戴笠太重视上海的得失了，可以说戴笠是不惜一切代价要除掉他。想到这些，他更加不寒而栗，如坐针毡。

王天木既然已经秘密知道了陈恭澍来上海的消息，其实完全没有必要再让陶天成去执行这样的任务了，他之所以这么做，完全是为了试探陶天成。第一个任务是虚的，是为了考验陶天成，除掉刘刚才是他真心想做的，除掉刘刚不仅是一解他心头之恨，他还要杀鸡儆猴。放掉刘刚，就有可能出现第二个第三个刘刚。

除陶天成之外，另一个让他放心不下的就是童雪了。童雪是个女人，看似文弱得很，白白净净的，在军统时，男人的事很少掺和，只负责机要工作，可他透过童雪的眼神，觉得这个女人并不那么简单，有种深不可测的东西。这种东西到底是什么，他并没有琢磨透，总之，他觉得童雪并不是一般的女人。她和肖扬的恋爱关系并不是秘密，上海区人尽皆知。这次投奔七十六号，童雪裹挟在一群男人中，并没有显山露水，她只是随着众人。也许她心里并不情愿，可能是大势所趋，那些异己被处决时，王天木是让所有人站在一旁见证过的，他要用处决手段震慑这些人。他当时站在一旁，仔细观察了每个人的表情，有的闭着眼睛，不敢或者不想直视这种场面，有的望着远处事不关己的样子。童雪一直望着自己的脚尖，既不惊慌失措，也没有显出事不关己。

在让肖扬陪绑时，王天木照例把所有人都拉了出来，众人远远地站在一旁，麻录的替身和肖扬被推了出来，当时两个人的脸都是被黑布蒙着的。王天木更仔细地观察了童雪，当时她看见肖扬被两个特务拖出来时，她身子打了一个寒战，脸白得像一张纸，她浑身哆嗦着，甚至捂上了自己的眼睛，虽然站在人群中，身子也蜷缩在了一起。枪声过后，许久，她才睁开眼睛，那会儿，肖扬已经被摘去头套。那一瞬间，童雪和所有人一样，吃惊又不解地望着眼前的场面。

王天木收回目光，向前迈了几步，走出人群，指挥着特务把肖扬带了回去。他再转身回望童雪时，她已经泪流满面了。许多人都走了，唯独她仍立在原地。王天木向她走了过去，审视地望着她。她一句话也不说，脸色仍苍白如纸。王天木冲童雪笑了一下道：肖扬要是真被我杀了，你会怎么办？

童雪这时已没有了眼泪，不置可否地望着王天木。王天木又笑了一下：戏演完了，咱们该回去了。

说完王天木径直向七十六号楼里走去。过了许久，王天木才听到背后童雪的脚步声，他没再回头。

当他又一次召见童雪时，一切都似乎风平浪静了。童雪站在王天木面前，俨然是一个下级面对着自己的长官，她和所有前军统人员一样，这是在军统时养成的规矩。

王天木笑了，挥了挥手，热情地招呼童雪坐在自己的面前。卫兵这次端上来的不是茶，而是一份果盘。

王天木站起来，背着手在空地上踱着，走了一气，又走了一气，终于他在童雪面前立住了脚。在王天木踱步时，童雪的目光一直望着王天木的身影。

王天木立在童雪面前，望着童雪的眼睛说：看来军统的人把我当成了眼中钉，一定要把这颗钉子拔了去呀。

童雪站了起来，她没有接王天木的话。

王天木把一只手搭在她的肩上，又把她按到了座椅上。

王天木笑笑又说：我王天木是为了保全弟兄们，才投奔了七十六号，这个世界到底属于谁的，我王天木不知道，你们也不知道。也许我王天木带你们是投奔光明，也许是黑暗，但无论结果怎样，我是不想让弟兄们吃眼前亏。

童雪盯着眼前的果盘，似乎被果盘吸引了。

王天木一只手扶在童雪的肩膀上：只要你们能理解我王天木不是为了自己，我心里就会好过一些。

童雪终于说：区长，我们都理解。

王天木长嘘了一口气：别人不理解我能理解，童雪你一定要理解我王天木的苦心。

童雪望着王天木，没说话，只是点了点头。

王天木就一脸痛苦地道：肖扬我放走了，人各有志，我不强求他，但他是个人才，我真的不忍心，就让他这么走了。童雪，你知道现在整个上海都是日本人的天下，不给日本人做事就是死路一条，我不想眼睁睁看着肖扬成为我们的敌人，最后得不到一个好下场。

王天木说到这里，已经是一脸痛惜的神情了。于是，他抬起头，望着童雪又说：我交给你一个任务，你要劝服肖扬，别再和我们作对了，让他到七十六号来。我王天木知人善用，肯定会委以他重任的。

童雪轻声地说：区长，你交给我的任务，我只能去尽力完成。你没有说服肖扬，恐怕我……

童雪一脸难色。

王天木笑一笑又站了起来：看来，也许肖扬并不爱你，他为了爱情也应该留下来呀。

童雪一脸无奈地道：肖扬有他的选择，爱情又值多少价码？

王天木又把手放在了童雪的肩上：无论如何你要试一试，在我眼里，肖扬他是个人才。

王天木想利用这种方法试探童雪，如果成功就是一箭双雕，即便不成功，他并没有损失什么。对童雪的不信任他只是凭感觉，他要的是证据。

各为其主

陶天成在军统那儿领受的任务是深潜，静观其变。

深潜就意味着要让七十六号相信自己，然后再伺机而动。关于上海区新任区长的情况，他不需要打探。上海区遭到破坏之初，王天木被捕不久，陶天成便在联络点里得到了一封来自重庆军统局的密电：06 已潜入上海。06 自然是陈恭澍的代号。在城里的一条小巷子里，有一个不起眼的门脸，门脸的上方有一行小字：天府巷二十七号。这便是陶天成的联络点了。他的联络员叫苏婉蓉，在一所学校里当音乐老师，天府巷二十七号院子里经常飘出叮叮咚咚的钢琴声，悠扬的钢琴声和苏婉蓉老师一样娇美。琴声如人，苏老师二十多岁的年纪，未婚待嫁，梳着长发，披肩的长发，让她婉约多姿，西服裙装更透出她婀娜的身姿。她每天早晨出门，傍晚才回到家里，周末的时候，是她休息在家的日子，她经常倚窗而立，长长的头发流苏一样地披泻下来。她似在沉思，又似在不经意地看着街景，偶尔她会坐在钢琴前，一首优美的曲调便飘出二十七号小院，在街头巷尾流散。

苏婉蓉的身份是中学音乐老师，其实她已经是老牌军统了，在上海音乐附中毕业之后，她就报考了南京陆军学校，刚入学便被转到军统特训班。毕业后她并没有直接被分配到军统内部工作，而是到学校当了一名教师，但她的真实身份却是一名军统人员，负责外围工作，于是她成了陶天成的联络员。陶天成是她唯一的上线，他们两人共同拥有一个代号叫麻雀。在军统上海区时，陶天成与戴笠联络也是通过苏婉蓉的手把情报发送出去，军统总部命令他在七十六号深潜，也是通过这部电台传递到他的手中。既然深潜，陶天成只能把自己伪装起来，只有越像才越安全。

他通过苏婉蓉的电台把王天木的命令向重庆做了汇报。很快，上级便回了指令，陈恭澍来上海可以向敌人汇报，刺杀刘刚可以做个姿态。

有了上级的指示，他便放心大胆地把这份不是情报的情报向王天木做了汇报：接任上海区长的人为陈恭澍，在军统内部代号为06。王天木得到这一情报后，还是装作欣喜万分的样子，他用手重重地把陶天成的肩膀拍了拍，当即奖励陶天成两万元，并指示他抓紧刺杀刘刚。显然，刘刚已经成了王天木的心腹大患。

刘刚已经成为军统上海区的人，虽然整个上海沦陷了，成了日本人的天下，但军统人员居住在法租界，七十六号和梅机关的特务们也无可奈何，只有在军统人员执行任务走出租界时，他们才有行动的可能。军统人员都受过专业训练，在偌大的上海要找寻到这几十个人并不是件容易的事情，况且此时梅机关和七十六号在明处，军统潜伏人员在暗处，这是一场猫捉老鼠的游戏。

军统上海区的主要任务就是收集沦陷上海区的情报和锄奸，汉奸们因为有了军统的存在，行为收敛了许多，公共场合并不敢大肆地抛头露面，在一段时间内，他们转入了地下。他们的天敌是军统人员，于是七十六号会经常派出一些特务，满大街搜寻像军统人员的可疑目标。

陶天成的任务就是猎获目标，他们这些特务，经常两人一组，在一些敏感区域游荡。这天他开着一辆轿车，他的搭档临时换成了童雪，两人开车走在街上，经过一个岔路口时，看见前面有一辆黄包车，一张侧脸吸引了他的注意，那人不是别人，正是肖扬。陶天成犹豫间，加了一下油，轿车超越了黄包车，坐在副驾上的童雪喊了一声：肖扬。

陶天成正在犹豫是加速过去，还是停下来，车速就慢了下来。他正在犹豫的时候，倒车镜里有个人影一闪，突然后门被打开了，肖扬已经坐到了车里，冰冷的枪口抵在了陶天成的脑后。陶天成并没有说话，只听肖扬说：开车。

陶天成按照肖扬的指挥，车行驶到了一个偏僻的地方，肖扬又命令陶天成把车停了下来。肖扬并没有收回自己的枪，陶天成从后视镜里一直注视着肖扬的一举一动。

肖扬说：你们在七十六号活得很滋润呢，出门都开上车了。

陶天成正要开口，童雪突然说：肖扬你该收起你的枪，这里可有警察。

肖扬笑了一下，摘下自己的围巾，把右手的枪挡上，冲童雪说：童雪，我理解你经不住七十六号的拷打，现在你可以和我走吗？

童雪侧过头，斜着目光望着肖扬。

肖扬急切地说：我找你很久了，别人怎样我管不着，你现在下车跟我走，我保证你的安全。

童雪何尝不想回到肖扬身边呢，但她现在的任务是潜伏在敌人身边，这话她不能和肖扬说。军统人员有着自己的保密原则，否则会被视为泄密，是要被杀头的。

童雪此时已镇定下来，用平稳的语气说：肖扬，我们现在已经不是一条道上的人了，各为其主，希望你珍重自己。

肖扬发出了一声冷笑，他把枪收了回来，他没想到童雪会用这种方式说话。这么多天以来，他游荡在七十六号附近，就是希望能见上童雪一面，如果童雪出来，他要带上童雪归队，并用生命保证她以后的安全。只要他们在一起，就像以前一样，虽然日子过得提心吊胆，但他们的生活是有希望的。他曾无数次幻想和童雪重逢的场面，他没想到的是，童雪拒绝了他，也就是说折断了他的希望。这就是他们苦心经营的爱情？肖扬发出了冷笑，是在内心里和以前的日子做一次告别。

肖扬把头又转向了陶天成。陶天成在驾驶员的位置上，一直正襟危坐，他们两人对话时，他一直目视着前方。

肖扬盯着陶天成的后脑勺：姓陶的，我从到军统工作，就一直跟着你，许多本事我是跟你学来的，你就这么轻易地被敌人收买了，你的良心和军人的职责呢？

陶天成突然说：肖扬，不要再说了，你走什么路我管不着，你也别挡我们的道。

几个人正说着，一辆警车驶了过来，陶天成冲肖扬做了一个趴下的手势，肖扬下意识趴在了后排的座椅上。

陶天成把窗子摇了下来，亮出了证件。警车停在不远处，一个警察探出头来，高声叫着：长官，有什么需要帮助吗？

陶天成挥了一下手，那辆警车驶去。陶天成把窗子摇上，发动了汽车，扭过头，用最小的声音说：你要去哪儿？我送你。

肖扬用目光扫了一眼陶天成和童雪，拉开车门快速地走下车。陶天成的车也立即启动了。肖扬用余光看到坐在副驾上的童雪，她用食指竖在自己的嘴上，他心里一怔，扭过头去，童雪的手指一直竖在嘴边。车一直驶去，肖扬望着车消失在自己的视线之中，他的心紧了一下，又紧了一下。他想起了童雪那一次放在他手心里的纸条，还有与陶天成那次茶馆相见，和他笔谈时的情景。突然，他想到了在七十六号时腹部剧痛，想到了那次手术。一个念头浮现在了他的脑海，他意识到，七十六号的特务一定是在他身上做了手脚，这种手脚一定和窃听有关。他快步地走去。

肖扬回到法租界，径直闯进了陈恭澍的办公室，还没等陈恭澍反应过来，他拿过摊在陈恭澍面前的纸笔写下了一行字：不要出声，我们用纸笔交流。待他确信陈恭澍看清了之后，他又写了句：我腹内可能安装了窃听器。

陈恭澍大睁着双眼望着他。肖扬在七十六号做了手术的事，已在归队后向陈恭澍做了汇报，这不是什么秘密。陈恭澍对于肖扬神秘地又回到军统，一直做着各种猜想，那么多军统的人，为什么单单肖扬一个人回来了，回来之前又不明不白地做了一次手术，难道仅仅是敌人的怀柔策略？因为肖扬这种不清不白的身份，不仅陈恭澍怀疑他，其他军统人员也对肖扬进入七十六号又风平浪静地被放出来，怀着种种猜忌之心。这一段时间军统的秘密工作，陈恭澍已经把肖扬排除在外了，一面让宋子达和上官逸飞留意观察肖扬，一面指派肖扬去搜集七十六号的情报。陈恭澍指派肖扬去执行这种可有可无的任务，也完全是为了考验肖扬。

此时肖扬在他面前写出如下文字，也让久经沙场的陈恭澍大吃一惊。

肖扬立马又写道：马上安排我做手术！

肖扬放下纸笔，抬起头来，望着陈恭澍。

陈恭澍望了肖扬一会儿，又望了一会儿，最后肯定地点了点头。

肖扬手术的医院安排在了英租界的教会医院，陈恭澍之所以选择教会医院，是因为那里相对安全，许多医生都是英国人。手术那天，军统人员还是做了精心的安排，陈恭澍不仅盘查了做手术的医生，进入手术室的护士和医生助手他也亲自进行了盘查，手术室门外和医院内外都安插了眼线。

肖扬的手术在一种诡秘的气氛中完成了。并没用多长时间，一个护士举着一个托盘出来，递到一直等在手术室门外的陈恭澍面前，那是一个纽扣大小、圆形的金属装置，显然护士已经对这件器物进行了擦拭，此时亮晶晶地摆在陈恭澍面前。他伸手接了过来，拿到眼前，一眼便认出，这是德国近两年研发生产的一款高功率的窃听器。果然七十六号的特务在肖扬身上动了手脚，他们把肖扬放出来的理由也就顺理成章地找到了。

陈恭澍掏出手绢，把窃听器包好，又掏出事先准备好的一个铁盒，把那枚窃听器仔细放好，才长嘘了一口气。这种型号的窃听器，他第一次亲眼见到，但他听别人介绍过，这种窃听器超乎正常人的想象，适合埋入人体，也适合远距离携带，唯一密封隔离它的办法就是用金属，这样才能让它失灵。

肖扬从手术室里被推出来时，已经从麻醉中清醒了过来。陈恭澍上前抓住了肖扬的一只手，用力握了握，同时举起手里的铁盒子。悬在肖扬心头的一块石头终于落了地。他冲陈恭澍微笑了一下，陈恭澍也回报肖扬一个微笑，那是胜利者的笑容。

错中计

肖扬躺在洁白的病床上，随着麻醉药力渐渐地在体内消退，他的脑子清晰起来，童雪对他的提醒，陶天成对他的暗示，原来一切都是因为自己腹中的窃听器。他又想到了在七十六号时腹部的突然疼痛，和王天木让他喝的那杯茶有关。看来敌人把他放出来，是想通过他钓更大的鱼。他又想到了上次刺杀王天木的过程，多亏了陈恭澍对他并不信任，只让他做了那次行动的外围，即便这样，还是引起了王天木的警觉，让他逃过一劫。看来七十六号为了和军统对抗，真是煞费了苦心，阴谋阳谋都用上了。这时他又想到了陶天成和童雪，他们所做的一切无疑都是在保护自己，同时也在保护军统上海区的同人们，他们又是什么人？种种设想都在他脑子里过了一遍，这只是设想，在他们的身份彻底水落石出之前，他不敢肯定，也不能否定，但他的种种设想还是让他为之一振。他在医院里躺了两天，伤口还没有完全愈合，但他得马上找到陈恭澍商讨如何引王天木出动的计策。

陈恭澍这两天也是一副运筹帷幄、志得意满的样子。他的办公桌上摆放着这枚先进的窃听器，有几次他把铁盒打开，看着这枚小巧又精密的东西，他知道只要他这边发出任何一点声音，七十六号负责监听的人都会听到，他望着它，一个计划悄悄地诞生了。就在这时，肖扬又一次闯进了他的办公室。肖扬也是为这枚窃听器而来，他们要在窃听器上做文章，两人的想法不谋而合。

接下来用什么办法让王天木中计，又开始困惑两个人了，他们左思右想，不断变换身份站在王天木的角度去设想他的思路。思来想去，他们得到了一个一致的结果。王天木自从投奔了七十六号，除了整日龟缩在七十六号外，并没有做出让日本人和丁默邨、李士群满意的大事。那么，他急于立功的心情不言而喻。七十六号目前最大的威胁自然是军统的暗杀行动，因此，军统的人也就是他们的心腹之患，只有用军统的行动才能调王天木出山。陈恭澍和肖扬想法统一之后，他们就要有所行动了。

陈恭澍要召集军统上海区所有人员开一次会议，会议的时间定在一个晚上，地点就在城西那个废弃的四行仓库里。这个地点是肖扬选的，他仍忘不了那数百壮士在上海沦陷后仍然浴血奋战的场景，弟兄们一个又一个在这里牺牲了，他要用汉奸的血祭奠那些亡灵。既然引王天木这条蛇出洞，这里就是王天木的葬身之地。王天木死心塌地做汉奸，还有他的狡诈，都激起了肖扬对王天木的仇恨。

肖扬对四行仓库再熟悉不过了，他曾经在这里坚守了一天一夜，楼内的结构和周边的环境他已经很熟悉了。陈恭澍为了万无一失，还是派肖扬和上官逸飞又一次来到了四行仓库。这里已经是一片废墟了，到处都是炮弹炸出的深坑，墙壁上的弹痕到处都是，肖扬一走进四行仓库便有了一种悲壮感，弟兄们的喊杀声似乎又一次在耳边响起。

上官逸飞很职业的样子，楼上楼下都看了，在一张草纸上快速地做着记号，肖扬就说：这里的环境我很熟悉，只要布好狙击手的位置就可以了。上官对肖扬不以为然的话语只是淡淡地笑一笑，仍不停地在纸上做着记号。

两人回来又对陈恭澍做了汇报，他们便分派好了任务，在四行仓库设了三个狙击手，在路上也安排了十几个人的射击位置，也就是说，只要王天木走进他们的埋伏圈，就是插翅也难逃了。他们的任务只负责暗杀王天木，并不想在正面和七十六号的特务发起冲突，这并不是他们的长项，毕竟现在上海已经沦为日本人的地盘了。一切都安排就绪，陈恭澍把那枚窃听器交给了肖扬，他们便开始演戏了。

陈恭澍留了一手，并没有把这次真正的计划扩散出去，只有他和肖扬真正知道。但假戏真做，在会议上，陈恭澍还是把召集军统开会的消息散播了出去，重申了时间和地点，并让人分头做好准备，最后陈恭澍又强调了保密的重要意义。网已经撒下了，他们只等瓮中捉鳖了。

当王天木得知军统上海区要聚集在四行仓库这一消息时，似一个迷航的人一下子看到了不远处的灯塔。自从投奔了七十六号，王天木除了提心吊胆，并没过什么安稳日子，他一面要确保自身安全，又急于向丁默邨和李士群邀功。他投奔七十六号这么久，丁李二人答应安排他去见梅机关的影佐，可一直没有行动。他曾几次婉转地提醒过丁李二人，两个人都让他等一等，说时机还不成熟。王天木听出来了，这是对他不信任或者对他的工作不甚满意，也就是说，他并没有干出拿得出手的成绩，还不配和影佐见面。影佐只是日本人的影子，他最终的目的是能和汪精卫挂上钩。汪精卫在南京已经成立了政府，各路大员委员人五人六地已经配备齐整，当初王天木投奔七十六号只把这个特务机关当成一个跳板，他真正的用意是得到日本人和汪精卫的赏识，然后摇身一变成为汪伪政府中的一员，那才是他希望得到的。身在七十六号只能干一些粗活、脏活，天天不是盯梢就是暗杀，王天木对这样的日子已经过够了，在军统时他看不到希望，尤其是被派到了沦陷的上海，他心里并不情愿，知道这是肉包子打狗的买卖，可戴笠的命令他又不得不服从。一有风吹草动，他便投降变节也在情理之中了。既然死心塌地地投奔了七十六号，他就要努力过人上人的生活，在国民党政府他没得到的，要在汪精卫政府里都捞回来。他明白，让汪精卫和日本人看上自己，就要做得不同凡响，现在机会终于来了。

他急三火四，可以说是迫不及待地把这次机会汇报给了丁李二人，于是三个人开会商量，都觉得这是一次吃掉军统上海区的最佳机会。丁李二人当即决定，把这次露脸的机会交给王天木，只要这次成功，他们立马安排王天木和影佐晤面，甚至可以送他去南京亲自向汪精卫主席面呈汇报。

王天木得到了这样的承诺，如同打了鸡血。丁李二人自然对这次行动也大力支持，不仅抽调了七十六号的精兵强将，还派出了警察局里的几十号警察配合他们这次行动。

在约定的时间里，这伙人悄悄地从七十六号分头出发了，王天木为了不泄漏此行的机密，事前并没张扬，甚至都没有通知随他一同投奔七十六号的那些军统人员。王天木明白，跟他投奔七十六号的军统人员，怀揣什么心思的都有，甚至有许多人在观望眼前的局势，他说不清还有没有军统的顽固分子。思来想去，他觉得这些人并不可靠，于是，这次行动，前军统的成员都被他排除在外了。

王天木在这天傍晚带着人马悄然离开了七十六号。陶天成意识到这是一次重大行动，目标一定是军统。当他想把这一情报传递出去时，已经晚了，王天木前脚一走，丁李二人便下令，任何人不能离开七十六号院内一步，并把三道门都加了双岗，还派出了流动哨，一分不停地在院内巡视。

四行仓库在上海西部，离七十六号所在地并不远，他们是提前一个多小时出发的，为的是抢占有利地形，把自己的人马潜伏在暗处，只等军统人聚齐，一声令下来个全锅端。

王天木并没有随大队人马来到四行仓库，他的车离开七十六号没多久，他便让司机转了个弯，在一个闹市路口，他让司机把车停下来。他坐在车里四处观察了一下，见并没有任何异样，有两个警卫随车同行，他让一个警卫随他一同下车，另一个警卫和司机待在车上。他之所以如此放心大胆地下车，原因还是今天晚上的行动，既然军统的人都聚集到了四行仓库开会，城里自然就没有军统人马了，那他就可以放心大胆地走出来，看一看市井生活，享受一番，他已经许久没有如此这般放松地生活了。

王天木带着警卫招摇过市地来到了一家茶馆，久违的市井气息扑面而来。上次为听小彩凤的沪剧被丁李二人抓获，后来丁李二人把小彩凤当作礼物送给了他。没过多久，他就把小彩凤放了出去。一个十七八岁的姑娘，根本无法享受王天木提供给她的生活，整日哭哭啼啼的，让王天木平添了许多烦愁，再加上夫人三天两头地闹，要死要活的样子，他后来一狠心，派人把小彩凤放走了。自己的心是静了，可他的花心却泛滥了。在七十六号虽说安全，可以高枕无忧，却连个女人都很难看到，更别说市井生活了。一走出七十六号他才觉得浑身上下灵动起来，甚至有种想唱歌的冲动，于是他就哼着评弹小调，走进一间茶馆，带着警卫，找了个包厢坐了下来，要了壶茶，又要了几份他平日里最爱吃的小点心。警卫站在不远处，一切安排就绪，他喝茶看戏，就等着好消息了。

一曲未了，另一个包厢里有一个人影一闪，他起初并没在意。那个身影靠近了他，他突然抬头，陈恭澍既熟悉又陌生地向他走了过来，后面跟着宋子达。陈恭澍一副大将风范，甚至嘴角还带着微笑。王天木心里大叫一声：不好！

王天木奋不顾身向包厢外冲了出去，再用目光去找随他而来的警卫，警卫已经不在了。他已经顾不了许多，只有一个念头，那就是逃。他顺着楼梯疯狂地向外跑去，刚跑出茶楼，两个人迎面向他走来，王天木见无路可去，又想回身，宋子达已经从后面走了过来。王天木再次转过身时，已经晚了，宋子达将一把匕首插进了他的胸膛……

王天木倒在了血泊中，马路上的人群一阵大乱，陈恭澍等人已经一阵风似的消失了。

王天木一离开七十六号，陈恭澍就得到了消息，依照安排，一路尾随王天木而来。这正是军统事前设计好的圈套，刺杀王天木是他们这次的主要行动，由陈恭澍亲自指挥。

四行仓库是这次的外围行动，目的是调虎离山，由肖扬负责，除了安排好的几个狙击手是专门对付王天木的。他们知道，在这里不能恋战，甚至开枪也会招来一大批军警，他们的任务是，只要刺杀王天木成功，他们便马上撤离。

让他们没有料到的是，王天木并没有出现，却来了一批警察，他们封锁了路口，把四行仓库包围了。

当时，肖扬和上官正在四行仓库潜伏的位置上，他们预料到敌人会把四行仓库包围了，当时日本那么多人马包围了四行仓库，他还是顺利突围出去，他根本没有把区区几个特务放在眼里。敌人这次派出的不仅是几个特务，还有许多警察，他们知根知底，熟门熟路，不仅包围了四行仓库，还把主要的必经路口卡死了。也就是说，即便他们能冲出包围，也要经过几个要道路口，那里没有任何掩体，想脱身只能死打硬拼，那吃亏的只能是他们自己了，况且，他们在人数上又不占优势。

正当肖扬一筹莫展时，上官拉着他的胳膊，从四楼下到一楼。肖扬甩开了上官，急切地道：现在不能出去，外面是死路一条。

上官指着窗外一条杂草丛生的下水沟道：咱们从这里出去。

肖扬这才发现原来窗外不远处有一条半人深的下水沟，早已被杂草掩盖了，这是他从来没有发现的。上次在四行仓库突围，要是早发现这条下水沟，也许护送他的那一个班的士兵就不会牺牲。一瞬间，他不得不对上官刮目相看了，眼前这个文弱纤细的女子，果然是现场专家。

肖扬打了声呼哨，这是他们事前约定的撤退信号，几个狙击手从楼上下来，上官和肖扬从窗子里跳出去，奔跑几步，便跳进了下水沟。沟的深度一直到腰的部位，加上杂草，正好掩护他们撤离。他们一口气顺着下水沟来到了安全的地方，再回望四行仓库时，见到那里人影晃动，光柱乱摇，此时七十六号的特务一定发现上当了。

当肖扬带着众人回到法租界时，陈恭澍和宋子达已经在院子里恭候多时了。

一封绝密电文从上海发往重庆。当得知王天木已经被成功刺杀时，戴笠稍稍松了一口气。他命人通过香港秘密渠道给上海电汇了二十万元，以此作为这次行动成功的奖励。

反　扑

身在七十六号静候佳音的丁默邨和李士群，甚至都差人把红酒打开了，就等王天木带领人马凯旋，当他们见到警卫抬着王天木的尸体走下车时，两个人的眼睛都绿了。这次特别行动，两人好大喜功地已经报告给了影佐，影佐此时也在梅机关等着他们的好消息，结果变成了这样的局面，一时间，天在丁默邨和李士群的眼里已经塌了下来。

第二天两人垂头丧气地去梅机关向影佐负荆请罪。当两人站在影佐面前时，影佐穿着一件中式大褂，戴着眼镜，正在自己和自己下中国象棋。影佐是个中国通，他在做情报人员之前，就曾游历了大半个中国，先是在东北的哈尔滨，后来又到奉天，然后又到北平、天津，这些地方他都生活过。可以说，影佐差不多就是个中国人了，不仅能说流利的汉语，甚至连中国的象棋也会下。许多中国人号称是象棋高手，和影佐下起棋来，却占不到一丝便宜，最好的结果就是平局。

影佐一直没有抬头，他在和自己下棋，楚河汉界分成了两个阵营，但眼前的阵营已经大乱了，你中有我，我中有你，已经是一局残棋了。影佐把一只马跳了出去，呈将军之势，这时他才抬起头来，目光从眼镜后面透出来，让丁默邨和李士群摸不着头脑。他们相互对望一眼，不知深浅地望着影佐。

影佐低下头，拿起刚跳过的那匹马，狠狠地把帅吃掉，眼镜后面瞬间掠过一道凶光。他大声地说了一句：杀！

这一声怒喝，吓得丁李二人一个激灵，他们屏住呼吸，小心地望着影佐。影佐站了起来，背着手快速地在二人面前踱了几步，两人的目光随着影佐的身影在移动。影佐突然立住脚步，回转身子直视着两个人道：你们七十六号，要不惜一切代价，拿下陈恭澍。

这就是影佐给他们的命令，影佐对他们的愤怒和不满也都在这句话里了。驱车从梅机关回七十六号的路上，两人一言不发，他们明白，拿下陈恭澍，并不是件轻松的任务。

丁默邨和李士群坐在七十六号的会议室里，往昔激昂的情绪受到了打击，他们不仅在日本人眼里丢了份，在汪精卫那里也没留下什么好印象。两人一切的努力，就是为了改变自己的命运，他们迫切地想要把丢掉的一局扳回来，用陈恭澍换王天木。

陈恭澍所领导的上海军统，成功刺杀了王天木，一连多日，陈恭澍都按兵不动。所有人都知道，七十六号和梅机关肯定会反咬一口，这一口何时咬下来，用何种方法咬，他们并不清楚。于是，为了安全，陈恭澍命令所有上海区的军统人员，暂时深潜，寻找更有利的出手机会。

树欲静而风不止，汪精卫突然从南京到了北平，他在日本人的指使下，要召开一个三方会议——日本人、南京的伪政府和北平的伪政府，要在全国范围内，建立以汪精卫为首的伪政府。这是日本人一手策划的。此时时间已经到了1940年，中国的大部分土地都已经沦陷，日本人急于建立一个这样的伪政府，实现统一全中国的梦想。

身在重庆的蒋介石得知这一消息，气得暴跳如雷，拍了桌子，砸了凳子。正面战场呈胶着态势，国民党的势力固守于以重庆为中心的西南各省，暂时没有办法改变，唯一可以行动的仍然是潜伏在敌占区的军统人员，能否粉碎日本人和汪精卫的美梦，在此一举。于是蒋介石向戴笠下达了军统人员全面出击的命令。戴笠得令后不敢怠慢，迅速向全体军统人员下达了命令，自然也包括上海区陈恭澍所领导的军统人员。一时间，蛰伏在上海市各个角落的军统人员都行动了起来。这一天，陈恭澍带着肖扬和宋子达，来到城中一条弄堂里召集行动组开会。这次开会，事前已经向行动组下达了通知，约定好了时间和地点。下午两点的时候，陈恭澍和肖扬、宋子达如约来到了开会地点。为了安全，陈恭澍把宋子达留在了弄堂外，作为警戒和接应。一走进弄堂，肖扬就嗅到了不同的气味，这股气味他说不清楚，熟悉中混杂着陌生，他一走进弄堂这股气息便扑面而来，而他的目光所及之处，并没有见到人影。此时弄堂里静得可怕，只有他们两个人一前一后单调而又空洞的脚步声，肖扬大步追上了走在前面的陈恭澍，小声地说：不对头，恐怕有危险。

陈恭澍放慢了脚步，四处打量了一下，在他眼里并没有什么异样，但肖扬这句话还是让他警觉起来，他冲肖扬说：你先走。

肖扬大步地走到前面，走到约会地点门口时，这种陌生的气味愈发强烈，而且他能分辨出周围至少有五到六个陌生人，他们约行动组开会的人才三个，如此多的陌生人，只能证明，这里有危险。他灵机一动，并没有去敲那扇门，而是大步径直走过去，越走越快，他希望通过自己的举动，向身后的陈恭澍传达危险的信号。陈恭澍不明白肖扬为何到了约会地点不去敲门，而是快步走了过去，他来到约会地点，看了眼门牌号，正犹豫间，突然门开了，两个陌生人迅速地把他按倒在地。已经走远的肖扬回了一下头，看到眼前这一幕，他撒腿就跑，从门里冲出来两个人，拼命地去追肖扬。肖扬一口气跑出弄堂，来到大街上，穿过马路，他回头的时候，才发现那两个紧追不舍的特务已消失在了胡同口。

陈恭澍被按倒的一瞬间，心里只闪出一个念头：完了！

一辆轿车从另外一侧弄堂口驶进来，陈恭澍被两个特务蒙上了眼睛，被塞到车里。负责在外警戒的宋子达发现一辆车驶进弄堂，感觉有些不对劲，正犹豫间，发现肖扬快速跑了过来，肖扬说：陈区长中了埋伏。刚喊完这句话，一辆轿车便冲出胡同口，宋子达一面掏枪一面追了过去。他枪还没来得及掏出来，车里便射出一串子弹，宋子达倒在血泊中。胡同口里冲出几个特务，朝肖扬冲了过来，肖扬转身冲进了人群之中。

肖扬虎口脱险，他穿大街走小巷，发疯似的向租界军统大本营跑去。他一头闯开门，上官、刘刚、李陆等人惊诧地望着他。他上气不接下气地宣告了一个消息：宋子达牺牲，陈恭澍区长被捕了！

人们都惊怔地望着肖扬，惊怔过后，他们忙碌起来，开始启动预备方案。所谓的预备方案，就是以前立下的不成文规矩，但凡有人被捕，他们马上要通知所有军统人员，更换居住地址，改变联络方式。不怕一万，就怕万一，他们这么做，是为了把损失减到最小。

当所有人各司其职，忙乱着去通知各组成员时，肖扬一把抓住了上官，盯着她的眼睛道：咱们这些人里，可能有卧底。

上官听了这话，眼里似有一股火苗跳了一下，她并没说什么，跑开来，忙着通知去了。

肖扬站在空荡荡的院子里，他又想起了那个人的气味，浑身打了个冷战。今天他和陈恭澍去召集行动组开会，并没有更多的人知道，特务们又是怎么知道的，而且还事前埋伏好了？肖扬坚定地认为，这个卧底的人就在他们的身边。

陈恭澍被捆绑了双手带进了七十六号，他的双眼被摘去蒙布，过了好一会儿他才分清东南西北，当他定睛去看时，发现了坐在他面前的丁默邨和李士群。两个人似老熟人似的望着陈恭澍，他们的确也是熟人，可以说都是老军统了，从蓝衣社时代，他们就曾经是同事。此时相见就别有一番滋味在心头了。

陈恭澍望着两个人，没有仇恨，恐惧暂时也谈不上，他们之前在做同事时，可以说井水不犯河水，只是同僚而已。这是一间布置豪华夸张的会议室，有沙发，有圆桌，桌子上沏着咖啡，正弥漫着阵阵香气。

李士群走过来，向他伸出手，陈恭澍没有动，因为他的双手仍被束绑在一起。李士群就打着哈哈说：这帮人真不懂事，怎么能这么对待老朋友呢？

说着替陈恭澍解开了手上的绳子，主动热络地抓过陈恭澍的手摇了摇道：老朋友，咱们终于见面了。

陈恭澍的手从麻木开始变得有了知觉，他发觉李士群的手热情似火。

寒暄了一阵的李士群终于坐回到沙发上，轮到丁默邨粉墨登场了，他把一支雪茄烟放到嘴边，向前探了探身子说：陈区长，久违了，你一来到上海，我们就期待着见面，今天终于如愿了。

丁默邨以进为守，虽然是这种慢条斯理、不紧不慢的样子，但在气势上已经压得陈恭澍喘不过气来了。

丁默邨就笑着说：你一来上海我就打听了，弟妹和孩子并没有来上海，你把他们留在了青岛，我已经通知青岛的同人，对他们好生照料了。

丁默邨似不经意的一句话，一下点中了陈恭澍的死穴。这么多年，他独自一人在外东拼西杀，最担心的就是一直在老家青岛的老婆孩子。起初是为了没有家眷的牵绊，可以一身轻松，后来青岛也被日本人占领了，也就是说老婆孩子已经生活在了敌后。从那一刻开始，他的心里就从来没有放下过老婆孩子，一直为他们提心吊胆，忐忑不安。

丁默邨显然观察到了陈恭澍表情的变化，又拿起了雪茄烟，深深浅浅地吸了两口，烟雾笼罩了他半张脸，然后才悠悠地说道：不日，弟妹和孩子将启程到上海，那时，你们一家将在上海团聚了。

七十六号没费一枪一弹，兵不血刃，就把陈恭澍招安了。他成了七十六号的副主任。

各为其主，如今换了角度，陈恭澍只能为七十六号卖命了。

虽然军统上海区的人把陈恭澍被捕的消息传递了出去，也开始按照预定的第二套方案采取应急补救措施。但谁也没料到，陈恭澍会在这么短的时间内叛变，还是给军统上海区带来了灭顶之灾。

七十六号的特务，依据陈恭澍的供述，迅速出动，收缴电台几十部，同时也抓捕了一批没来得及撤走的军统人员。后来这些被捕的军统人员，大部分都归顺了七十六号。

陈恭澍到上海赴任，让上海燃起的希望随着他的被捕，又瞬间破灭了。

远在重庆的戴笠得到这一消息时，一下子瘫坐在座位上，半天没有起来。过了好久，他的拳头砸在了桌子上，独自咒骂道：没骨头，连妓女都不如。

他骂的对象自然是陈恭澍。

不论戴笠急也好、骂也好，陈恭澍在上海的七十六号已经和一家人团聚了。贪生会带来世俗的快乐，世界上又有哪个人不贪生呢？陈恭澍面对着家人时，在心里发出这样的感慨。

毛森出山

陈恭澍兵不血刃地倒戈，给远在重庆的戴笠带来了致命的打击，这就是他苦心经营的军统。和平盛世时，这些人或奴颜婢膝，或拍着胸脯在戴笠面前表演，都声嘶力竭地称自己是民族的精英、政权的捍卫者，可以为组织粉身碎骨。他们个个如同打了鸡血，面红耳赤、忠肝义胆的样子，此情此景，让戴笠觉得自己手下拥有一批忠良之士，苦心经营建立起来的军统，肯定固若金汤。仅是上海、南京以及华中一带沦陷，昔日里这些忠良之士就都不见了，转眼变成了奴才，贪生怕死之辈，甚至敌人的酷刑都没来得及动用，便“扑通”一声跪在了新主子面前，又是一副赤胆忠心的样子。这些人和妓女有什么区别，甚至连妓女都不如，戴笠只能这么咒骂了。发泄完的戴笠，开始重新审视他的手下了。一连串的失败让戴笠震惊和沮丧，但他并没有失去信心，他要最后搏一次，他开始把手下这些人员一个个在脑子里过了一遍，又翻出军统人员花名册。突然他眼前一亮，一个名字跳进了戴笠的眼睛，此人正是毛森。

这个毛森是戴笠的同乡，同毛人凤等人一样可以说是军统的老人，也是中坚人物，毕业于浙江警官学校正科第二期，毕业后就加入军统。戴笠此时想到毛森，有种想哭的感觉，他随即命令秘书通知毛森来见他。

毛森以前在戴笠跟前并不是红人，毛森生性清高，凡人不理，更不会在戴笠面前表功，离戴笠总是远远的，这就给戴笠留下了不太好的印象。直到上海、南京分别沦陷后，毛森临危受命，带领军统特别行动队在江浙一带和日本人打开了游击战，抵抗日军的蚕食活动，毛森才开始显山露水起来。

毛森被任命为江浙特别行动队队长时，发生了一件事情。他出发时，发现身上没带钱，于是回家去取。当老婆得知毛森是带领人马去沦陷区执行任务时，一下子抱住了他的大腿，又是哭又是闹，仗着自己是戴笠老乡，非要找戴笠收回命令。毛森急了，当即甩了她两个耳光。夫人一怔，从地上爬起来，一计不成又心生一计，她号哭着道：毛森，你这个没良心的，你一拍屁股走了，让我怎么活。你执意要走，咱们就离婚，从此之后，我和你一刀两断。

毛森见状立即找来纸笔，当即写下了一纸离婚协议，摔在女人面前，收拾好自己的东西，头也没回地离开了家门。他的身后是女人声嘶力竭的哭喊声。

风萧萧兮易水寒，毛森的赴任悲壮而又决绝。在江浙一带与日本人周旋的日子里，毛森被军统外围的一个叛徒出卖了，随即被日本人捕获，关进了监狱，严刑拷打自不必说，毛森一直坚持了下来。因为这个叛徒只是军统发展起来的外围人员，对毛森并不了解，平日和毛森也没有太多的交集，更没有近距离地接触过毛森，他对毛森的指认并不那么坚决，敌人就迟迟没有下令把毛森杀掉。

军统人员在外面也在积极营救毛森，在军统人员的努力下，发动敌占区的各伪乡长、豪绅等人联名常保。戴笠得知后，又通过内线，终于打通了汪伪政府的警察局，毛森这才得以被放出监狱。

出狱后他随即被送到了重庆养伤恢复。

在危难之时，戴笠又一次想到了毛森。

当戴笠见到毛森时，已经对他刮目相看了，亲自扶正了椅子让毛森坐下。毛森以一个军人的姿态坐在椅子上，双眼炯炯地望着戴笠。

戴笠一脸愁苦地把眼下南京、上海的局势说了，毛森这一段时间虽然赋闲在重庆，但发生的一些大事他也有所耳闻，眼前的局势也让他忧心如焚。他恨不能主动请缨奔赴敌后，但他知道戴笠生性多疑，主动请缨也许并不是件好事。终于等来了戴笠的召见，当戴笠把上海的情况介绍完，毛森一个立正站了起来报告道：毛森这条命是戴局长你给的，感谢党国多年的栽培，如党国需要，请戴局长吩咐。

这句话让戴笠有种热泪盈眶的感觉，他握住了毛森的手，哽咽地感叹着：知我者毛森兄也！

毛森又一次出发了，这次他去的是敌占区上海，是离敌人最近，也是敌人最活跃的地方。毛森这次赴任只带了自己的夫人和一个保姆，这位新夫人是毛森在江浙一带工作时，新娶的第二任妻子。夫人叫郑歌，是一位年轻美艳的女子。毛森在江浙一带工作时，郑歌是一个进步女学生，从杭州女子师范学校投奔到了军统特别行动队。像这种进步青年当时有许多，因为这些学生们没有进行过专门训练，也没有经受过真正的洗礼，起初只是做一些外围工作，送一些信件，鼓动当地群众搞一些运动。

毛森在当地已经成为一名传奇人物，许多进步学生已把毛森奉为神明了，对他的崇敬无以言表。郑歌是个有文化的聪颖女子，起初做外围，后来发展到从事替毛森保管文件的工作，她和毛森算是零距离了。渐渐地，毛森也喜欢上了这个聪明有悟性的女子，两人随即秘密地结了婚。

在毛森被捕的日子里，郑歌一直急迫地奔走呼号，每日提心吊胆担心毛森安危的就是她了。终于，她又迎来了被释放出来的毛森。他们的爱情之花，经受了血与火的考验，彼此心灵的距离更近了一步，坚定不移的信任，让爱情之光多彩动人。

另外一名随行人员，身份是保姆，其实是毛森特意选中的女报务员，在特殊时期，情报的重要性就等同于生命。久经沙场的毛森考虑得可谓详细又周全。

毛森带着夫人和报务员先取道香港，在香港绕一圈是为了洗白自己的身份，又坐船进入了上海。一离开码头，刚往城里走，毛森就感受到了敌占区果然不一样，日本士兵三五成群，在街上随处可见，伪政府的警察们，三五步一个岗哨，对过往的行人稍有怀疑，便立马上前搜身检查。

毛森在出发之前，已做好了安排，通过上海的内线在英法租界之间租了一套房子，另外还有一个院落，公司已经注册好了，叫好运来商贸公司。那会儿的上海，每天倒闭的公司成百上千，新成立的公司也是不计其数。日本统治下的上海，虽不如以前太平繁华，但却是发财的最好时机，只要胆子大，不怕风险，商机比以前还多。因为日本人在海上和陆地采取了封锁措施，许多紧俏商品在当时的上海奇缺，只要有人能把这些商品运到上海，就是一本万利，于是旧公司倒闭的同时，就又有新公司站了起来。

在上海任何角落挂起一个牌子，成立一家公司，没人觉得奇怪，毛森一行就是在好运来商贸公司的掩护下，在上海立住了脚。

毛森一到上海，便依据重庆军统提供给他的联络方式召集在上海的军统旧部。这些军统旧部在陈恭澍投降叛敌之后，已经化整为零，分头潜伏下来，他们就等着召唤了。当他们重又集结在毛森身边时，有种恍若隔世的感觉，虽然只有短短的三两个月时间，他们却觉得仿佛已经几十年了。

毛森望着重新聚集起来的肖扬、上官、李陆等人，半晌没有说话，他用目光一一在这些人脸上扫了一遍，众人也望着毛森。毛森沉默了一下，便用坚定的声音道：兄弟们，你们在上海能坚持到今天，我替戴老板感谢你们，替党国感谢你们！

说完深深地冲大家伙鞠了一躬，再抬起头时，他已经一脸坚定了。他又用更加坚定的语气说：咱们军统上海区打拼到现在，一穷二白，没了电台，武器装备也少得可怜。我毛森来到上海没带来一兵一卒，一切都靠我们白手起家，让我们的队伍壮大，只有这样才能和日本人较量下去。

说到这儿，他打开了一个手提箱，里面装满了银圆。他指着这些银圆道：这是党国拨给咱们的经费，国难当头，这可都是人民的血汗钱，如果我们不为党国做出些业绩来，愧对党国，愧对那些忍饥挨饿的人民。

毛森说到这里，眼里已浸出了泪花。

绝地反击

肖扬在蛰伏的这段时间里，一直在思考一个问题，就是身边这个潜入进来的特务。他怀疑身边有一双眼睛一直在盯着他们的一举一动。

是李陆、上官还是刘刚，抑或其他人，他说不清楚，几次行动受阻，包括陈恭澍被捕，如果没人出卖，上海的军统不会沦落成眼前这个样子。对这些人来说，肖扬并不是自己人。起初他从四行仓库死里逃生投奔军统，一直到后来的被捕，他满脑子的疑问，自己都说不清楚自己的来龙去脉。莫名其妙地被手术，又莫名其妙地被敌人放出来，直到最后，从他的腹中取出窃听器，一切才真相大白，他被人猜忌的身份才得以洗清。

敌人的计谋有时超出了他们的想象，但直觉告诉肖扬，他们内部有鬼。随着陈恭澍的被捕，敌人对刚建立起来的军统各个小组开始下手，电台、枪支、文件都成了敌人的战利品。他们这些人，只能化整为零潜伏起来，这才逃过一劫。随着毛森的到来，这些人重新又被召集起来，肖扬对内鬼的疑虑不仅没有减轻，反而更加密布在他的心头。

他单独找到了毛森，把自己的疑虑说了出来。毛森在重庆时也听戴笠提过。毛森并没说什么，只是重重地拍了一下他的肩膀，然后轻轻地说了句：纸是包不住火的。

毛森临危不惧的气度让肖扬的心暂时平稳了一些。

毛森招兵买马，重新收拾残破的军统上海区。另一方面，戴笠已把密令发给了那些潜伏在敌人内部的有关人员。

童雪便接到了戴笠下达给她的指令：不惜一切代价，接近丁默邨，除之！童雪接到这封密电时，一连看了几遍，区区十几个字，每一个字都像钉子一样，钉进了她的脑海里。半晌，又是半晌，她才用颤抖的双手划燃火柴，把这张纸条烧掉。她望着桌子上的灰烬，久久没有缓过神来，她最担心的事情终于发生了。自从她在军统特训班毕业前夕，经受了戴笠对她的考验，她就明白，自己就是军统手中的一枚定时炸弹，这枚炸弹在何时何地引爆，她并不清楚，但她知道，自己的用处就是这样。此时她的耳畔又回响起戴笠对她说过的话：身为合格的军统人员，关键时刻，不惜用生命去换取胜利，不达到目的，绝不罢休……

童雪想着电文中那句话：不惜一切代价。这就意味着童雪只能把自己当成一枚炸弹了。虽然童雪这些人都生活在七十六号，也时时能见到丁默邨的身影，可要接近丁默邨并不是件容易的事情。丁默邨、李士群等七十六号几个要员在主楼居住办公，他们这些下属是在配楼办公，并不在一个门内出入。进入主楼必须经过一道岗哨，这道岗哨通常有三个人值班，一个长官，另外是两名荷枪实弹的士兵，每个上主楼的人事先都要通报，得到同意才能进入主楼。即便是这样，还要由卫兵严格搜身，携带武器者，要先把武器暂存在哨兵这里，办完公务，从楼上下来，再还回武器。丁默邨、李士群等人，为了自身的安全，可谓是费尽了心机。也就是说，携带武器刺杀丁默邨的可能性几乎没有，即便刺杀成功，也等于是同归于尽，因为根本没有时间撤退出来。

不惜一切代价，还要保全自己，这就意味着，童雪只能通过其他方式进行刺杀行动了。童雪自然明白戴笠所说的不惜一切代价指的是什么，在童雪看来，这时候指示她接近丁默邨，除了色诱，别无他法。

在这方面戴笠已经给她上了一课，她作为女人的第一次已经毫无保留地献给了戴笠。身在军统的人都知道，戴笠非常贪恋女性，而且精力旺盛，他身边工作的军统女性，凡是戴笠能看上的，几乎毫无例外都逃不过戴笠这一劫。当然，有许多工于心计的，巴不得戴笠能看上自己，在军统能和戴老板有点什么，等于进了保险箱，晋升、出国，甚至给自己谋到更好的出路，全凭戴笠的安排了。戴笠因在蒋委员长面前得宠，他手里的权力就很大，别说军统的人，就连部队一些将军一级的人物，乃至商界富甲一方的人士，也都想巴结到戴笠这棵大树。手中的权力，让戴笠充满了男人的魄力，他可以呼风唤雨，为所欲为。

童雪初到军统特训班便听说了戴笠的许多风流韵事。起初她以为是误传，或夸大事实以讹传讹，当她被戴笠命令脱去衣服的一瞬间，戴笠至高无上的权力她才有所领教。戴笠果然精力旺盛得很，像一只虎，又像一头狮子，横冲直撞。那一夜，童雪有一种被撕裂感。她一面觉得屈辱，一面又觉得神圣无比。因为她在经受一种考验，是至高无上的思想和灵魂的考验。

后半夜，戴笠离开她房间之后，她几乎彻夜未眠，她思考着耻辱与圣洁，这种想法一直纠结了她许多天，当她见到恋人肖扬时，这种纠结的情绪达到了顶峰。随着时间的推移，她被分到了上海区工作，从那以后，她几乎再也没有见过戴笠了。一直到王天木叛变，他们一行人都进入七十六号，戴笠第一次对她进行指示，指示她深潜到敌人的心脏中。那一刻，她感受到了圣洁。艰巨而又特殊的任务是戴笠亲自下达给她的，戴笠对她所做的一切，并没有私利私欲，完全是为了军统，为了党国的事业，在这种危难关头，戴笠在向她发出召唤。她有了把民族和国家命运担上肩头的历史使命感。正因为这种使命感，让她觉得自己无比圣洁和伟大，以前暗藏在内心深处的耻辱感一扫而空。

接到戴笠新的指令后，她洗了个热水澡，站在浴室的镜子前，用手拂去沾在镜子上的雾气，她看到了自己发红发涨的脸。她此时觉得自己如同圣母马利亚一样圣洁和伟大，不可名状的冲动，让她汗毛倒立，热血沸腾。她冲着镜子中的自己笑了一下，她发现自己的笑很迷人，像一朵盛开的花儿。

如何接近丁默邨成了摆在童雪眼前的一道难题。

无论任何人，只要拥有了信仰，便生出了超出常人的智慧。这一天，丁默邨正准备外出参加汪精卫召集的一个会议，刚从楼上下来，童雪突然从角落里冲出来。丁默邨每次外出都会带着四五个警卫，有车开道，甚至有时坐在警卫人员的车里，以掩人耳目。

丁默邨身边的几个警卫似乎还没反应过来，童雪已经冲到了丁默邨的眼前，大声地喊着：丁主任，你枪毙我吧！

丁默邨一惊，看着童雪冲过来的样子，不由得倒退了两步。警卫反应过来，两个警卫站到了丁默邨身前，另两个警卫一左一右把童雪架住了。

童雪就喊：丁主任，你下命令，枪毙我吧！

丁默邨反应过来，他毕竟见多识广，童雪这个漂亮的女人，他有印象，知道她曾经是王天木的手下，随王天木一起投诚而来，在院子里进进出出，他也曾经看到过她的身影。他们这些人的个人档案，他都仔细查看过，档案毕竟是一些枯燥的文字，因为随王天木投诚的这些人中，童雪是唯一的女性，他自然多留意了几分。此时，童雪突然站在他面前，片刻的惊悸过后，很快他就镇定下来，用手拨开警卫向前走了两步，又示意另外两个警卫放开童雪。他面对着童雪，看到面前这个容貌姣好的女人，因激动脸涨得通红，正用不满的目光盯着自己。他微笑了一下，轻声道：是童女士吧？为何如此讲话？

童雪似乎也平息了心绪，但目光并没有软下来，她一字一顿地说：丁主任，既然你不相信我们，为什么不把我们杀了？

丁默邨看了眼表，冲童雪说道：童雪女士，我还有个重要会议要参加，既然你有话要说，我开完会后，你随时可以找我。

说完径直走去。童雪望着丁默邨远去的身影，暗自松了一口气。接近丁默邨，让他对自己有一个深刻印象，她的第一步计划已经实现了。她的脸上露出自信的微笑。

丁默邨是在傍晚的时候走回七十六号的，童雪在配楼的窗子里看得很清楚，十五分钟之后，她出现在了主楼的警卫面前。她先是出示了七十六号的通行证，提出约见丁默邨，警卫仔细看了她的证件，然后不紧不慢地拨通了丁默邨的电话，通报了她的姓名。不知丁默邨冲警卫说了什么，警卫伸出了手，她不解，问警卫：什么？

警卫处变不惊，公事公办地说：交出你的佩枪。

童雪扬了下手臂：我没带佩枪。

警卫上前还是在她周身上下摸了一遍，这才放行。

当她出现在丁默邨面前时，丁默邨正坐在办公室宽大的沙发上抽雪茄烟，茶几上摆好了正冒着热气新沏好的茶。

丁默邨见到童雪，很绅士地站了起来，并做出一个请的手势，嘴里说：请坐。

童雪并没有坐，而是站在丁默邨面前，表情是一副无辜和委屈的样子。

丁默邨见童雪没坐，只好自己先坐了下来，他把雪茄烟放在玻璃烟缸里，任由雪茄不紧不慢地燃着。他说：童雪女士，有话请讲。

童雪就盯着丁默邨道：丁主任，你不信任我们。既然不信任，干吗还要养着我们？

丁默邨面对眼前的童雪，戒备心似乎已经放松下来，年轻漂亮的一位女性，立在一个男人面前，情绪自然就会变得微妙起来，这是化学反应，作为男人的丁默邨自然也不例外。他审视地望着童雪，又是一笑：此话怎讲？

童雪不紧不慢地说：我们随王区长投奔了七十六号，原以为会得到重用，你看见了，我们这阵子做什么了？除了干一些粗活杂活，这些活都应该是那些警察去做的，我们在军统受过正规训练。既然七十六号不相信我们，又不肯放我们走，那还不如干脆杀了我们。

丁默邨听了这话站了起来，他背着手离开沙发，在屋子里踱了两步，然后转过身，面对着童雪：那你想干什么？

童雪不卑不亢地说：干什么我说了不算，我们就是想得到重用，这样的日子，我过够了。

丁默邨怔怔地望了眼童雪，干咳两声道：我明白了，既然童小姐你有一腔热情，我自然不会辜负你的，容我考虑考虑，一定给你个满意的答复。

童雪见丁默邨这么说，也暗自松了一口气，她立正站好，用一个军人的语气说：打扰丁主任了，告辞了。

说完转身走了出去。

丁默邨走到办公桌前，从抽屉里又找出童雪的档案资料研究起来，就两张纸，其实不用看，早就装在丁默邨的脑子里了。他放下那两张纸，笑了。他想到了自己，现在努力拼命地想做出成绩，还不是要给汪精卫看。汪精卫正在组建伪政府，丁默邨和李士群都想在汪精卫面前露一手，让汪精卫看中自己，弄个政府的部长干一干。在蒋委员长手下，他们没捞到想得到的，汪伪政府的召唤，让他看到了希望，才满腔愤懑地投奔了汪精卫，他们的目的就是要捞到一些好处和实惠。随着日本人逐渐占领中国，汪精卫政府的权力自然也会越来越大，虽然这个政府是日本人的傀儡，但也毕竟是一届政府，整个中国鹿死谁手还不知道呢。七十六号充其量只是汪精卫手下的一个工具，虽说是特务机关的总部，但无论如何也是上不了台面的。他的目的和雄心自然不在此。想到自己的处境，他自然理解了童雪这些人的心情，他们的目的是一样的，只是追求的层次不同罢了。他又拿起了童雪的简历，最后在职务那一栏停下了目光：机要秘书。他望着白纸黑字，笑了。

两天之后，童雪突然接到了一份任命，她被调进了七十六号主楼，职务是丁默邨的秘书。

童雪看着这份任命，激动不已。她用电台把这一消息向戴笠做了汇报。很快重庆方面回电道：恭喜进步，乘胜追击。

童雪知道，她现在所做的一切只是接近丁默邨的第一步，除掉丁默邨才是她最终的任务。

童雪取得了初步的胜利。刚上任不久的毛森也正在招兵买马。

沦陷的上海，散落着许多没来得及撤走的国军，这些人没来得及撤走，有许多原因，有的是和部队失散了，也有的是负了伤，还有一部分干脆就是逃兵，换了服装，隐名换姓地蛰伏下来，等待着时机。这些人因为在上海无亲无友，居无定所，一遍遍受到日本人和伪警察的盘问，稍有不慎，便会成为重点怀疑对象，轻者被抓起来，进一步拷问，重则当场击毙。那些被抓起来的，经受不住拷问的，说出实话者被拉出去枪毙；能扛住的，死活不说的，仍被关在大牢里，无人问津，漫漫长日，看不到出头之日。这些人想离开上海，也并不容易，城外的日军对进出城的人盘查更严，因为这些散兵居无定所，又没个固定职业，自然不会发给他们良民证，没有良民证，在沦陷的上海可以说寸步难行。他们三五成群，过着东躲西藏的生活。

毛森却看中了这批人，很快他便召集了一百多号散兵，这些散兵中，有的是军官出身，就是士兵，也大都是身经百战，经过在上海这段东躲西藏的生活，也练就了他们的机敏，他们有足够的办法对付日本人的盘查和警察的抓捕。他们之所以投奔军统，是因为他们过够了这种东躲西藏的日子，群龙无首让他们失去了安全感，没有保障的生活让他们受尽了苦难。当毛森的大旗在上海一竖立，便有许多热血士兵投奔而来。他们在毛森这里终于又有了用武之地。

戴笠对毛森出山也是充满了信心。王天木和陈恭澍的叛变，让戴笠在蒋介石面前丢尽了颜面，他想通过毛森找补回来，于是对毛森的信任和支持也是史无前例的。他通过香港的银行，给上海的好运来商贸公司汇来大量美元。

毛森有了钱便开始置办家当，当时上海散落的武器到处都是，只要肯出钱，黑市上都能购买到机枪大炮。很快，毛森不仅重新购置了德国造的电台，枪支弹药也囤积了不少。因为有了士兵，戴笠委任毛森为军委上海区特别总队的总队长，他的任务不仅是搜集情报和暗杀了，甚至拥有了发动一场战争的能力。很快，这支队伍由一百多人扩充到三百余人。当然，这支队伍已经分散到上海的各个角落了，只要毛森一声令下，这些潜伏的士兵就会随时出击。

毛森来到上海后，不想轻易出手，抓一批汪伪的小特务，杀几个日本士兵，这不是他的初衷，要干就要干点有影响的。要让戴笠知道，让蒋委员长知道，让全国人民都知道，在上海沦陷区还有个叫毛森的人，在为这个国家流血牺牲。毛森一接到上海赴任的命令，便有一种杀身成仁的悲壮感。

毛森终于等来了这样的机会。毛森接到了戴笠的指令，依据内线提供的情报，汪精卫正准备和日本人签订一份卖国的协约，时机成熟便向外界公布，用伪政府取代国民党的合法政府，逼重庆临时政府就范，如果汪精卫和日本政府的这份密约得逞，国民政府将处于被动之中。戴笠命令毛森要不惜一切代价，拿到这份丧权辱国的秘密协议，变被动为主动。

毛森接到戴笠的指令，深知责任重大。虽然他来到上海，发展了三百来人的队伍，这些人也算是亡命之徒，搞暗杀、爆炸还可以，但执行这么高级别的行动，显然谁也派不上用场。强攻更不行，汪精卫的上海伪政府在六三花园办公，那里戒备森严，六三花园周围就是日本宪兵队和警察局，不仅岗哨林立，还有许多暗哨，别说区区二三百人的队伍，就是一两千人的部队想拿下六三花园也不是件容易的事。况且，这事只能秘密行动，让日本人和汪精卫发现了，即便拿到他们签署的秘密协定，也将是废纸一张。

思来想去，他想到了杜月笙。杜月笙不仅在上海有势力，甚至江浙一带也是他的天下，黑道、白道、商道他都能混得开，他的朋友什么样人都有。没来上海前，在浙江时，他和杜月笙便有了联系，并且建立了私交往来。当时杜月笙还挂着国民党军事委员会浙江委员会主任委员的头衔，当然这个头衔是蒋委员长给的，为的就是利用杜月笙在上海和江浙一带的影响，让他的组织为党国做一些事情。

当年毛森被捕后，杜月笙没少在私下里为他活动，让自己的商号、公司的负责人出面。这些商号的老板和负责人在当地都是有头有脸的人物，他们联名保毛森，最后日本人和警察局能把毛森放出来，很大原因也是迫于社会各界的压力。日本人怕因为毛森把事情闹大，不好收拾，在证据不足的情况下，才被迫最终同意放了毛森。

毛森对杜月笙的搭救之恩，自然是千恩万谢，他和杜月笙虽然有了这样的交集，但毛森知道此番事情重大，为了稳妥起见，还是把希望杜月笙出面帮忙的想法汇报给了戴笠。戴笠以个人的口吻发来一封向杜月笙求助的电报。毛森带着这份电报，带着肖扬连夜拜见了杜月笙。

自从肖扬向毛森汇报内部有内鬼的情况后，毛森一面观察着动向，一面暗中指示肖扬任何事情都要单独向他汇报。肖扬近似传奇的经历，让毛森对肖扬深信不疑。毛森初来上海，便有了如此作为，和肖扬的出谋划策、鼎力相助是分不开的，在交往过程中，毛森渐渐喜欢上了肖扬。这种喜欢更加深了对肖扬的信任。

肖扬在怀疑半路加入军统的李陆，虽然在这之前，他们对李陆的出身进行了核实和调查，但这件事很蹊跷。中统人员投奔军统，在已沦陷的上海，按理说也并不奇怪，况且又通过军统核实李陆确有其人，年龄、经历和李陆的自述也都一一吻合。让肖扬怀疑李陆的唯一理由，就是他身上那股他所熟悉的气味。后来，他经过苦思冥想，终于想了起来，这个气味他在七十六号监舍里就曾闻到过。李陆为何去了七十六号监舍，这令肖扬不得其解。怀疑只是怀疑，并没有真凭实据。当他把自己怀疑李陆的理由汇报给毛森时，毛森对他的嗅觉也半信半疑。出于好奇，毛森当即把肖扬的眼睛蒙上了，找了十几个人轮番进门考验肖扬，肖扬不仅能准确说出房间内的人数，就是他们重新组合后，再一次进门，他也能够分清楚。毛森这才对肖扬这一特异功能深信不疑起来。

从那以后，他便让肖扬监视李陆的一举一动。凡是涉及重大机密情报时，都会启用自己从重庆带来的电台，这部电台就藏在他的家里，保姆如萍就是他的秘密报务员。戴笠这封发给杜月笙的电文，就是启用了家里这部电台。

杜月笙果然黑白通吃，没几日便差人秘密找到毛森，通报事情已经搞定，让毛森派专人接洽。

杜月笙买通了汪精卫身边的一个大人物高希武，这个高希武追随汪精卫多年，可以说是汪精卫的一个高参，就是汪精卫投敌叛国，成为日本人的傀儡，也是高希武两面撮合的结果。高希武也觉得自己是汪精卫手里不可或缺的棋子，最近汪伪政府改组，高希武本以为自己会得到重用，没料到，汪精卫根本没有重用高希武，仍然给了一个闲差。这对高希武来说，打击很大。跟随自己主子这么多年，关键时刻又被一脚踢开了，苦闷的高希武没少和杜月笙发牢骚。

杜月笙接到戴笠的指示后，他第一个就想到了高希武。虽然高希武没得到汪精卫的重用，但他毕竟是汪精卫身边的人，出入伪政府的办公地点也可以说是如入无人之境，汪精卫身边的警卫和各路大员，对高希武也是恭敬有加。两人酒过三巡之后，杜月笙便把自己的想法说了，让杜月笙没想到的是，高希武把酒杯往桌子上一放道：我帮你，这个单我接了。杜月笙一怔，马上换成笑脸道：事成之后，我不会亏待你的。

突破口在高希武身上打开了，重任便落到肖扬身上，他与高希武取得了单线联系。高希武让他等待通知，时机成熟，他立马通知肖扬过来。

这一天，汪精卫和日本人影佐祯昭刚离开伪政府所在地六三花园，高希武便给肖扬打了一个电话，约他晚八点在六三花园门口见面。当天下午，汪精卫和影佐已经在伪政府和日本人之间的协议上，双双签了字。那份秘密文件就放在档案室里，一旦时机成熟，便对外宣布。这份密件的阴谋是，等待时机成熟，便对外宣布，由汪精卫的伪政府取代重庆国民党的临时政府。汪伪政府和日本人的阴谋一旦成功，不仅将改变中国当时的格局，甚至会波及世界格局。如果汪精卫这份投敌卖国的协议真的成功了，中国的历史也将被改写。

肖扬来到六三花园外接头的时候，高希武的轿车已经等在那里了。高希武把肖扬拉到车里，低声地道：兄弟，会说日语吗？

肖扬有些茫然，但还是摇了摇头。

高希武就从车后座上抓来一顶自己平日戴的帽子，扣在肖扬的头上道：你就装日本人，什么也不用说，听我的指示行事。

肖扬只能点点头。

高希武随后就让汽车驶入六三花园的大门。六三花园其实是几栋连在一起的办公楼。因为是伪政府，把门的都是中国警卫，也就是警察局派驻到六三花园的警察。高希武的车经常出出进进，这些警卫自然认识，敬礼，放行，车来到楼下停了下来。

肖扬随高希武下了车，楼门前又是一道岗，几个警察荷枪实弹地站在大楼前警戒着，见到高希武一边敬礼，一边伸手阻拦随在后面的肖扬。肖扬把帽子压得很低，随在高希武身后。高希武见警卫在拦肖扬，走过去恶狠狠地扇了警卫一个耳光道：大胆，这是汪主席请来的日本客人，我陪他到楼上说事，这个你们也敢挡？

小警卫自然没见到过这个阵势，忙立正敬礼，捂着一张发烧的脸。

当高希武带着肖扬来到保密室时，情况就没那么简单了，机要重地，这里不仅加了岗，而且管理得极其严格。领班的是个小头目，见了高希武皮笑肉不笑的样子，高希武就说，汪主席在和日本人影佐喝酒吃饭，白天刚签署的协议有些要改动的地方，派他专门回来查看文件，汪主席和影佐正等着他们的消息呢。

小头目把手伸了出来，高希武一怔：什么？

小头目就说：证件。

高希武想在气势上压倒这个警卫，便大声地说：连我也不认识了！

小头目道：你是高大人，是汪主席身边的红人，当然认得。

高希武佯怒道：既然认得还要什么证件！

小头目忙低头哈腰地道：高大人，这是规矩，不查证件放你进去，那是我的错。汪主席怪罪下来，我脑袋就得搬家。

高希武只得把证件亮给小头目，小头目看了，把证件还给高希武，又用眼睛去看肖扬。

肖扬正盯着小头目，高希武就上前解释道：这是影佐身边的人，派来和我一同完成文件的审查。

小头目又把手伸了出来。

肖扬突然把枪拔了出来，迅雷不及掩耳地顶在了小头目的头上，动作之快，就连高希武也没反应过来。两秒钟之后，站在小头目身后的两个警察才拔出枪来。

高希武没反应过来，站在那里张口结舌。

肖扬嘴里不知哇啦了一通什么，高希武这才反应过来，把小头目拉过来，小声地说：太君发火了，他可是影佐的助手，杀人不眨眼，就连影佐都让他三分。

小头目真的没见过这种阵势，眼前这个太君怎么说发火就发火了？小头目身后的两个哨兵显然也听到了高希武说的话，胆战心惊地把亮出的枪又收了回去。

高希武趁势拉过肖扬就往前走，小头目和两个警卫站在那里。

保密室的钥匙高希武早就拿到了，打开门，让肖扬进去，小声地说：文件就在这里，你抓紧找，外面的警卫我去对付。

肖扬点了一下头，高希武转身又走了出来。

小头目惊怔过后，正望着眼前的电话机在犹豫是否向警察局报告。高希武走过来，一屁股坐在电话桌上，似乎觉得电话碍事，又把电话挪了挪，掏出一盒烟来，递给小头目一支。小头目受宠若惊地接过来，夹在耳朵上，高希武就说：别为刚才的事费心思，日本人就那样，就连咱们的汪主席都敬日本人三分。

小头目点头哈腰地说：那是，那是。

回过头又向档案室望了一眼。

高希武把小头目的注意力吸引过来道：小兄弟，你是哪儿人呢？

高希武和警卫东拉西扯地在拖延时间，肖扬已经找到了那份丧权辱国的协议，他在用微型照相机拍照。不一会儿他拍好照，把协议又放回原处，关上灯，打开门走了出来。

高希武见肖扬走了出来，知道已经大功告成了，便拍拍小头目肩膀道：打扰了，我们任务完成了。两人扬长而去。

出了六三花园，仍然是高希武送肖扬出去。车驶出六三花园不远，高希武便命令司机停下了车，肖扬走出来，高希武也下车道：该做的我都做了，剩下的就是你们自己的事了。

高希武说完便钻进车里，车一溜烟就消失在黑暗的街上。

正在肖扬准备离开时，一辆车停在了六三花园门口，确切地说是被警卫拦下的。丁默邨走下车，随他一同下车的身影让肖扬的目光停了下来，熟悉的身影刺激得他瞳孔放大，他定睛去看，确信那人正是童雪，再去看童雪身边的那个人，正是丁默邨。丁默邨正是军统刺杀的对象，照片他们已经看过无数回了，只一眼他便认出了丁默邨，肖扬下意识地伸手握住了怀里的枪。就在他拔枪那一瞬间，他碰到了怀里揣着的胶卷，一个声音在提醒他：不能因小失大，他还没有完成自己的任务。他松开了手里的枪，丁默邨和童雪经过与警卫的沟通，警卫已经放行了，肖扬看到童雪和丁默邨成双入对地坐进车里，车便驶进了六三花园。

肖扬来不及多想，一转身也消失在了黑暗中。

肖扬带出的这卷胶卷，辗转被送到了重庆，重庆方面自然如获至宝。不久，汪精卫和日本人签订的这份丧权辱国的协议，在香港《大公报》上发表了出来，引起社会震动，各界工商联还有学生，开始大规模游行，声讨汪伪政府。重庆临时政府也做出反应，宣布不承认汪伪政府，就连伪满洲国也概不承认。重庆临时政府做出的反应，得到了社会各界的大力支持。

日本人和汪伪政府这一秘密协议过早地被公开，让他们处于被动之中，这个协议自然也就夭折了。这给了日本人和汪伪政府沉重一击。

戴笠在蒋委员长面前脸面上自然有光，政府奖励了军统，戴笠自然也奖励了上海军统的工作人员。

仇恨的情人

上海军统人员因为立了大功，个个扬眉吐气，毛森还特意从奖金中拿出两万元奖励了肖扬。可肖扬无论如何也高兴不起来，他脑子里一直闪现着丁默邨和童雪出入六三花园时的画面。

在这之前，肖扬对童雪现在的状态有过多种猜测。也许童雪是迫不得已，暂时委身于七十六号，毕竟是个女人，天性胆小，面对七十六号特务的淫威和暴行，暂时避免遭受皮肉之苦，把七十六号当成一个避风港，以为权宜之计，因为即便回到队伍中来，风险也要比躲在七十六号大得多。王天木和陈恭澍的先后叛变，让军统上海区的人员像过家家一样，今天还在为军统舍生忘死，转眼间便成了七十六号的特务。比起这种不确定性，童雪不显山不露水地躲在七十六号，也不失为一种办法。

肖扬也曾想到童雪会另有任务，潜伏在七十六号，这种可能不能说没有，但如果是那样的话，陈恭澍也许会掌握更多情况，他是王天木的接任者。陈恭澍投降后，他很是为童雪提心吊胆了几日，但即便陈恭澍归顺了七十六号，童雪也并没有发生任何意外。他又等来了毛森，他向毛森汇报过以前上海区的军统人员，着意强调了童雪还有陶天成，毛森的表情没有一丝一毫的变化，甚至用阴冷的语气说：这些叛徒都该杀！

童雪等人另有任务的设想被毛森的一句话否定了，于是他只能按第一种情况去设想童雪的做法了。

让他没有料到的是，童雪竟然和他们军统最大的仇人丁默邨混在了一起，两人如此亲近，同时坐在车的后排，看来童雪已经越走越远了。

肖扬的心一丝一缕地感到了痛，这种痛不仅是因为恋人的背叛，还因为他们的信仰已经背道而驰。为了打探童雪，肖扬背着毛森潜伏在七十六号附近，他在等待童雪再次出现。如果有机会，他要亲自质问童雪，甚至把她带走；即便无法说服童雪，也要劝她离开七十六号，离开上海，只要她重获自由，他也不会再这么牵肠挂肚了。

肖扬一连在七十六号附近守候了几天，结果他没有等来童雪的出现，却看到了另一个熟悉的身影，陶天成出现在他的视线里。陶天成戴着墨镜，左顾右盼了一阵，穿过马路，走到那条公共马路上，又向前走了几十米才伸手招了一辆黄包车。看来陶天成机警得很，似乎怕人跟踪。肖扬也叫了一辆黄包车，一直尾随在陶天成身后。陶天成在一个弄堂口下了车，他并没有急着走，而是显得很悠闲的样子，双手插在风衣口袋里，不紧不慢地向一个烟摊走去。他拿起一盒烟，把一张纸币递给卖烟的人，甚至没等找零，便闪身走进了弄堂。

肖扬跟过来，疾步向弄堂走去，两人前后脚也就十几米的距离，肖扬随后跟上，在弄堂口却不见了陶天成的身影。突然一个硬硬的东西顶在了他的腰眼上。肖扬一个激灵，他没回头，一股熟悉的气息已经进入了他的大脑神经。他咬着牙说了一句：陶天成。

陶天成也小声地说了句：老朋友了，不想喝点什么吗？

肖扬依旧头也不回地点了点头。陶天成就像老友相见似的拥住了肖扬，用风衣作为遮挡从肖扬怀里掏出了枪，装在他自己的衣服口袋里，然后才小声地说：老朋友，对不起了。说完扶着肖扬的肩头，两人走进了一家酒吧。

因为是中午的时间，酒吧里并没有太多的人，有三两桌客人，吧台上一部留声机放着三十年代上海流行的唱片。陶天成又是熟门熟路地推开了一间雅间的门，两人走进去。一张桌子，两人各坐一边。

这时肖扬才认真去看陶天成。陶天成摘下墨镜冲肖扬一笑道：肖扬，对不起了。

肖扬别过头去，没理陶天成。

陶天成低下头，看着自己的手又说：对不起，肖扬，咱们现在是各为其主，我不得不防。为什么跟着我，有什么事你说吧。

肖扬这才转过头，盯着陶天成。

陶天成摆了一下手道：别的都不用说了，你有自己的信仰，我不反对，也请别干涉我的活法，时间宝贵。说完他还看了眼表，然后又补充道：咱们毕竟共事过，虽然各为其主谋口饭吃，你放心，我不会对你下手邀功的，有什么话你就说吧。

肖扬终于忍不住，压低声音说：童雪到底怎么回事？

陶天成摇了下头：我说过，人各有志。我知道你们以前是恋人，今天你让我说，那我就告诉你，放弃对童雪的幻想吧，她不是以前的童雪了，我陶天成也不是你以前的组长了。

肖扬听了这话，一时怔在那里。

陶天成公事公办地道：还有别的事吗？

肖扬没说话。

陶天成从风衣口袋里掏出肖扬的手枪：对不起，我还有公务，不能奉陪，告辞了。

说完把枪放到桌子上，看见一条餐巾在桌子上，用餐巾把手枪盖上，转身走了出去。

肖扬快速地抓过枪，想冲出去，走到门口他又停住了，想了想，把枪揣在怀里，这才奔了出去。站在街上，他已经看不见陶天成一丝影踪了，但空气中仍弥漫着陶天成的气息。

肖扬突发奇想，要亲自进入七十六号一次，不为别的，就是为了见一次童雪，他要亲耳听到童雪自己如何解释。七十六号在肖扬眼里并不神秘，以前他被捕时进去过，虽然蒙着眼睛，但方位他已经在心里记了下来。他潜伏在七十六号门口，发现七十六号有两个门。一个正门在北侧，紧邻着那条公共公路，公路以南归租界管，公路是公共地面，人流很多。七十六号西侧还有个偏门，不能走车，进出的人从这里出入，因为西侧为租界所在地，这条街道就显得有些冷清。他仔细观察了进出这个门的人，每次都要亮出通行证，在卫兵眼前晃一下，便进去了。再往里走就是一排房子，房子中间有条路，顺着这条路就是七十六号的配楼了，那里还有一道岗哨，那道岗哨似乎不像第一道岗这么严格，许多人在那里出入时，有时都不需要亮明证件。

肖扬知道，想进入七十六号就得先弄到一张通行证。这一天，他又潜伏在七十六号西门附近观察时，机会终于来了。里面推出来一辆垃圾车，垃圾车直奔垃圾站而去，从七十六号到租界垃圾站得斜穿两条街，那个最近的垃圾站就在拐角上。肖扬见负责垃圾的只有一个人，便尾随过去。清理垃圾的人没想到在这时会被捂住嘴，他甚至都没来得及挣扎，脖子被狠命地一拧，便一命呜呼了。

肖扬快速地在这个小特务身上翻找，不仅搜出了一张通行证，还搜出了一把枪。原来这个倒垃圾的人并不是专职清理垃圾的人，向外运送垃圾，都是由一些小特务负责，每人每天轮班。肖扬看到这名小特务的通行证上是七十六号行动队的字样，通行证上还有一张小特务的照片，一个清瘦的男子，冲着镜头呆痴地咧着嘴。有了这张通行证，肖扬心里就有了底，回到住处，他小心地把那张小特务的照片从通行证上揭了下去，把自己的照片贴上，照片上盖章的地方用印泥描了，不仔细辨认没人能看出破绽。

做完了这一切，肖扬就等着走进七十六号了，他一整天都在七十六号附近观察着。傍晚时分，见出入七十六号的人少了起来，喧闹的七十六号渐渐冷清下来，他径直向七十六号西门走去。西门只是一扇铁门，门上有一个验明身份的小窗子，他学着七十六号的人进门时的样子，拍了三下铁门，片刻小窗子开了，他把早就准备好的通行证在小窗子前晃了一下。又是片刻，他听到里面门闩的响动，铁门打开了一条缝，他挤了进去，头也不抬地就往里面走。他听见身后开门的警卫在喊：铁子，这两天你去哪儿了？

他哼了一声，头也不回，急匆匆的样子。那个警卫疑惑地看了眼他的背影，咣当一声把铁门关上了，并落了门闩。

他穿过一排平房，快步向第二道门走去，他知道，童雪住在配楼，想走进配楼，必须经过第二道门岗。第二道门岗是个栅栏门，门口有哨位，还设有警卫室。他来到第二道岗时，同样晃了一下通行证，警卫并没有开门，盯着他的脸疑惑地望着。

肖扬故作镇定地说：怎么，连我都不认识了？

那个警卫就再接再厉伸长脖子又仔细端详了他一阵子。天已经黑了，警卫室门口一盏孤灯已经亮了起来，肖扬的脸一半明一半暗地呈现在那里。

警卫摇摇头，说了一声：对不起。

他拿起肖扬的证件转过身进入警卫室的里间，那里摆放了一本厚厚的相册簿子，所有七十六号人分门别类地都存有照片。照片和证件上的照片是对应的，凡是有警卫吃不准来人的，都要调取原始照片进行比对，只有一致时，才会放行。

正在这时，肖扬看到了童雪的身影从配楼里走出来，她似乎是想往七十六号主楼方向走，走了两步停了下来，转过头，望了肖扬一眼，两人的目光碰在了一起。肖扬的注意力一半在警卫室，一半在童雪的身上，一时间他僵立在那里，没有做出反应。

童雪意识到了什么，几步奔过来，她直接闯进警卫室，对正在低头翻找照片的警卫说：小张，不用查了，是找我的。

说完抓起桌上放着的肖扬的那张通行证，走了出来，“咣当”一声打开门，拉起呆怔的肖扬向外走去。两人的样子，似乎有紧急公务，离门口还有几步远，童雪就冲警卫说了句：快开门。

警卫自然认识童雪，还不失礼节地冲童雪敬了个礼，叫了一声：童秘书。然后跑过去开门，在这期间，童雪一直用身体把肖扬挡在身后，用自己的身影遮盖了肖扬。门一开，她拉着肖扬快速走出去。童雪并没有停下来，越走越快，肖扬只好跟上。

终于，童雪把肖扬带到了一个租界的酒吧内，因为是租界，这里人并不多，几个外国男女正坐在一张桌前聊天。童雪来到靠墙的一张桌前停了下来，似乎直到这时，她才松了一口气。她坐了下来，望着对面的肖扬，有些急促又有些生气地问：为什么要这样？

肖扬也望着童雪，多日不见，眼前再熟悉不过的童雪似乎已经有些陌生了，包括她身体里散发出的气息。他压低声音说：为了见你。

童雪不说话，睁大眼睛问询他。

肖扬急促地道：你在七十六号是暂时的，还是想永远？

童雪看了肖扬一眼，低下头，下了很大决心似的说：肖扬，我已经不是以前的童雪了，你忘掉我吧。

肖扬设想了许多种和童雪再次见面的方式，但没想到在今天会以这样的方式，他觉得有许多话要对童雪说，从他们相识、相恋，到理想、信仰。可此时面对着既熟悉又陌生的童雪，他什么都不想说了，只是用迷惑不解的目光望着童雪。

童雪瞥了肖扬一眼，目光马上又转向了别处，她说：肖扬，我们已经不可能了，在你们军统面前，我是你们的敌人。

肖扬陡然提高了声音：那你干吗要救我？你可以把我抓住，去向你的主子请功。

童雪勉强笑了一下：我虽然是七十六号的人，但肖扬你记住，我不会向昔日的同事下手，这一点我可以保证。

肖扬用力靠在椅背上，几乎有些仇视地望着童雪，那是一道失望至极的目光。

童雪盯着肖扬的目光：肖扬，现在虽然我们各为其主，但我不会做对不起同事、对不起国家的事。

肖扬猛地把头探过来：可你现在正在做。

童雪躲开肖扬的直视，望着自己纤细的手指，手有些颤抖。此时，她多么想把自己的身份和任务告诉肖扬啊，可是军统的纪律让她不能这么做。她抬起头，冷淡地说：肖扬，这里不能久留，我童雪是什么人，留给未来吧。以后我们如果相见，请你抬高你的枪口，给我留条活路，我也可以保证，我不会向昔日的同事射出我的子弹。

说到这儿，她站了起来，向前走了一步，在肖扬身边又停住了，她抬起手，似乎要把手落在肖扬的肩膀上，但一瞬间，她的手又改变了轨迹。她扬起手撩了一下自己的头发，然后决然地走了出去。

肖扬立在酒吧门外时，心已经平静下来，因为在这之前，他已经把最好的和最坏的结果都想到了。今天童雪的表现，也在他预料之中。在当下这种特殊时期，肖扬心静如水，他什么都可以释然了。他竖起风衣的领子，毅然决然地向黑暗走去，似乎在向过去的某一段经历告别。他孤独的身影越走越远，经过一盏路灯，灯光拉长了他的影子。

童雪在一个拐角处探出头，目送肖扬远去，直到他的身影消失在黑暗中，她才从拐角走出来。当她转身离去时，泪水已经湿了脸颊。有风吹过来，她的泪水冷冷的，凉凉的。

赴汤蹈火

童雪奉命接近了丁默邨，她明白，结果将是以牺牲自己为代价。像一名军人那样去牺牲，自从她加入军统，已经做好了准备。上级把她当成一件武器，她仍然像一名战士一样去面对，但这种牺牲，并不是一件轻松的事情。

童雪破例成为丁默邨的秘书，并不意味着丁默邨对她有多么信任，刚开始的时候，丁默邨是出于好奇，面对这样一个女性，他有着强烈的探究欲，或者说是一种征服欲望。丁默邨生得文弱瘦小，经常咳嗽，因为他得过肺结核，当时的治疗手段，并没有让他的病痊愈，他不停地犯病。于是他三天两头像痨病鬼一样不停地咳嗽，也因为如此，他的脸色是苍白的。童雪接近丁默邨后，发现丁默邨这个人天性出奇多疑，甚至多疑得有些神经质。他交代童雪去锁保险柜，明明他亲眼看见保险柜锁上了，还要亲自用手去拉一拉，确信真的锁上了，才放下心来。还比如，他自己抽屉已经锁好了，钥匙已经放进他的公文包里了，只要走出门，他都会把公文包拉开，一件件检查所带的东西，一遍又一遍确定之后，他才拿起公文包。

他对并不是很了解的童雪更谈不上信任了，有时趁童雪不注意，他会把审视偷窥的目光射向童雪，童雪甚至都能感受到丁默邨像刀子一样的目光，让她不寒而栗。她知道伴君如伴虎的道理，虽然丁默邨把她调到了自己的身边，但并没有相信她。争取丁默邨对她的信任，才是她成功的关键。最初的童雪只能以不变应万变，她唯一的方法就是坦然处之，该干什么就干什么，对丁默邨交给她的工作，她努力去完成，并且尽可能地做得出色。同时，她与丁默邨保持着适当的距离，既让丁默邨感受到她的存在，又不让他有所怀疑。她冷静地处理着和丁默邨的这种微妙关系。

丁默邨把一个毫无根基和信任感可言的童雪调到身边工作，曾遭到李士群和陈恭澍的极力反对。三个人在丁默邨的会议室有如下的对话。

李士群：丁主任，干吗把这么个人放在身边？

丁默邨的目光从镜片后透过来，把李士群看了一眼，才道：干吗不能用她？如果她是内奸，随时可以解决她。

李士群：主任，你可别小看了一个小姑娘的能量，她可曾经是军统的人。

丁默邨笑了，看了眼李士群，又看了眼陈恭澍：二位，别忘了，我们曾经也是军统的人。

丁默邨这么一说，李士群和陈恭澍都一怔，然后不尴不尬地也笑了笑。

丁默邨就把目光投向了陈恭澍：恭澍兄，你在军统时，听说过童雪什么吗？

陈恭澍探出身子说：这些人，是王天木的兵，他应该对他们更了解。我这儿没听戴笠说过下面什么人，更没人提起过他们这些人有什么名堂。

丁默邨把身子靠在沙发上，头枕在靠背上：咱们这些大男人，干什么事还知道知难而退，良禽择木而栖，自古不变。人生短暂，谁会和自己过不去，何况是一个如花似玉的小姑娘，她与咱们为敌，对她有什么好处？

这是丁默邨对别人的托词，但他嘴上这么说，心里并没有对童雪放松任何警惕。

李士群一笑：主任，我只是想提醒你一下，别被美色迷住了双眼，误了自己的大好前程。

丁默邨听了这话，只是神经质地动了动嘴角，算是对李士群提醒的回答。

有一次，仍然是在自己办公室，童雪从机要室找出一份丁默邨需要的文件，当递到丁默邨面前时，丁默邨并没有马上接，他看到了童雪那双白皙圆润的手，突然有了种想试探一下童雪的欲望，他直接抓住了童雪的手。童雪一惊，本能地把手抽了回去。因为丁默邨早有准备，他是下了力气的，童雪并没有挣脱开丁默邨的手。丁默邨看见童雪的脸颊红了，低垂下目光，惊慌失措的样子，这才放开了她的手。

童雪气急地低声说了句：丁主任还有什么吩咐？

丁默邨没有反应，低头看文件去了。童雪立了一会儿，后退两步转身走了。丁默邨这才抬起头，望着童雪婉约的背影，心想：女人就是女人。想到这儿，他笑了笑。

丁默邨不是心血来潮想孟浪一次，他是想试探她的反应，想借此试探一下童雪这个女子到底是什么反应。他是过来人，男女之事经历无数，如果童雪将计就计，像风月场所的老手一样，这样的人他是要戒备的，甚至不敢留在身边，可能对方早就设计好了，想利用他、算计他。然而童雪的第一反应是下意识地躲避，和普通正常女孩遇到这样的事反应一样，这就说明她并没有心理准备，完全是下意识反应。

这一次试探让丁默邨心安了一些，他对童雪的好感进一步提升。从那以后，他开始以一个男人的姿态对待童雪了，比如没事时，他会把童雪叫到自己办公室里来，闲聊一些比如天气之类的话题，也会说到童雪的家庭父母亲人，等等。在这种闲谈中，他更了解了童雪，对她单纯的出身更是满意。有时，丁默邨也会以一个男人的角度去关心童雪，比如吃得好不好，休息得如何。

有一天，变天了，外面阴冷着刮起了风，童雪不知是有意还是疏忽，她穿得单薄，脸冻得有些苍白。丁默邨看在眼里，打了个电话，让司机上来一趟。他从保险柜里拿出一沓钱递给司机道：去买些女人穿的衣服来。

司机不知深浅地问了一句：谁穿，要多大号的？

丁默邨就说：照着童秘书的身材买就是了。

司机似有所悟，拿过钱走了出去。途经童雪房间时，见门正开着，他狠狠地把童雪看了几眼，似乎在努力记住童雪的身材。

快下班时，丁默邨把童雪叫到了自己的办公室，把一堆衣服推到童雪面前道：变天了，要多穿衣服。

童雪不解地看着衣服，又看着丁默邨。

丁默邨就轻描淡写地说：送给你的。

她心里暗喜，但脸上又表现出又惊又怕的表情，说了许多客气的话。丁默邨摆摆手，童雪只好把衣服抱走了。

回到宿舍，童雪看着几件衣服，知道自己离丁默邨又近了一步，但只是接近，离信任还有着漫长的距离。

她把接近丁默邨的进展向重庆方面做了汇报，远在重庆的戴笠又三番五次地发来电报，让她早日对丁默邨下手。

乱世之中，党国对她的信任变成了压力，同时也是一种动力，她躺在床上，想起古时那些留下历史英名的女人，花木兰、穆桂英，都是在国难之时，扛起了重担。童雪虽然身为女性，但她从小受家庭的影响和教育，明白国家和个人的道理。她小的时候，就曾无数次地幻想着自己能成为一名女中豪杰，在惨烈悲壮中践行自己的事业，让后人瞻仰。如果没有这种壮士一去兮不复还的心理，她就不会选择报考南京军统训练班，当年弃笔从军就是为了实现自己英雄的梦想，在当时战乱纷争的中国，只有通过军人这种身份才能完成夙愿。

为国家和民族牺牲自己，她早已做好了准备，从考取军统特训班开始，包括戴笠对她献身的考验。此时，面对着戴笠的指令，她当然明白这一切意味着什么，她深知不入虎穴焉得虎子的道理。

她懊恼自己接近丁默邨的速度太慢，只有接近丁默邨，才能设法掌握七十六号的重大情报，在这之前，她一直没有找到下手的机会。

这样的机会正悄然地在她身边降临。那天，她随丁默邨、李士群等人参加汪精卫在六三花园的一次庆祝活动。自从汪精卫伪政府成立以来，经常会有各种名目的庆祝活动，不仅邀约各路官员，同时受其邀约的还有各大新闻媒体。汪精卫所做的这一切，当然是日本人授意的，汪精卫政府动静闹得越大，他们的影响才越大，他们要和重庆政府抗衡，于是制造出各种与重庆政府对立的声音，通过这种杂音显示出汪伪政府的存在。

在宴席桌次的排位上，显然丁默邨和李士群被排在了边缘。汪精卫不断地举杯，慷慨陈词，以鼓动下属们忠于政府，下面不断地爆发出迎合的掌声。丁默邨和李士群因明显地被边缘化了，无论如何也高兴不起来，会议还没有结束，丁默邨就悄悄离席。在回来的车上，丁默邨坐在后排，一句话也没说，坐在前排的童雪在后视镜里打量着丁默邨一脸深沉的表情。前面是开道的车，车里坐着几个警卫，车后还有一辆警卫人员乘坐的车，三辆车在夜路上奔驰着。

车队进入租界区，离七十六号已经很近了，丁默邨叫司机停了下来，冲童雪道：陪我去喝几杯。

童雪这才看到，路边就是一家外国人开设的酒吧，正灯红酒绿地亮着。童雪只能随丁默邨往里走去。车上下来几名警卫，自动地留在门口担任着警卫工作。

丁默邨对这里一看就是熟门熟路的样子，他冲领班一歪头，领班便把他们带到了一个小包厢面前，推开门，丁默邨和童雪走了进去。

领班又说了一句：二位稍等。

领班带上门就退下了。

乐队的演奏声音被门隔在了外面，丁默邨长嘘了一口气，掏出雪茄来吸，他坐定之后，才把目光投向童雪。童雪自然没忘记自己的身份，一直很像秘书地坐在一旁。丁默邨打量着童雪，今天她穿的就是上次丁默邨差司机买回来的衣服，长裙，配一件女士西服。这身衣服是大东亚商场卖出的货，价格自然不菲，质量也无可挑剔，穿在童雪的身上，相得益彰，更衬托出职业女性的典雅与高贵。

丁默邨缓缓吐出口烟，才说：衣服还合身吧？

童雪恰到好处地一笑，红着脸答：谢谢主任。

丁默邨望着童雪满意地点点头，面对童雪的羞涩，他心动了，第一次他有意去拉童雪的手时，她就是这么羞涩的。只有不谙世事的女人才会有这种表情。丁默邨在几十年的时间里，经历了无数女人，后来围绕在他身边的，都是那些风月场所的女人，对她们的油腻与世故他早就厌倦了，偶尔交往，只是逢场作戏罢了，不动心思，甚至调动不起荷尔蒙，因此，他的心境寡淡得很。

自从那次握住了童雪的手，他便怦然心动，为了童雪少女般的羞涩表情。从那次起，他开始留意起童雪，花了心思研究这个纯洁的女孩。

酒吧的领班很快端上来一瓶洋酒，还有一些点心、坚果、水果拼盘。上完这一切，留下一句：丁先生、小姐请慢用。便退下去了。

丁默邨亲自为童雪倒上了酒，还夹了一些冰块放到杯子里，端起酒杯示意她喝酒。以前童雪很少有机会碰酒，丁默邨让她喝，她只能硬着头皮喝了。不一会儿，酒便上了脸，她先是脸红、脸热，很快周身也跟着热了起来，这种感觉让她无比放松，甚至还有些兴奋。

丁默邨一直有一搭无一搭地和她聊着，从现在的汪伪政府到重庆，从现在又聊到过去。最后，丁默邨话锋一转，他问到了她为什么要主动寻找工作、不甘平凡的话题上来了。

童雪知道，虽然丁默邨喝了酒，看似和她有一搭无一搭地这么聊天，其实从一开始就是在考验她。

她从进门那一刻开始就没让自己彻底放松下来，此时，见丁默邨这么问，她警惕起来，对丁默邨的每句话，她都仔细斟酌了才回答的，让丁默邨找不到任何把柄，甚至让他对她有些刮目相看。说到她的动机，她便从小时候讲起，讲父母对她的影响，然后读书，古代的女杰对她的影响，她也说到了梦想着成为一个女英雄的情怀。丁默邨饶有兴致地听着，一边听一边点头表示欣赏，有几次，丁默邨还露出了微笑。

童雪在酒精的刺激下，流利清晰地说了好一会儿。她自从来到七十六号，一直在寻找着接近丁默邨的机会，现在机会终于来了，她感到以前的郁闷一扫而空。

讲完了，她睁大眼睛望着丁默邨，丁默邨还鼓起了掌。她低下头，又显少女羞涩状地道：丁主任，让你见笑了，我一个小女子，只不过在精神世界里畅游一番而已。

丁默邨把手搭在她的膝盖上，她身子僵硬了一下，丁默邨像没有察觉地说：了不起，有这种想法就足以证明你和别的女人不一样，来，咱们喝酒。

两人碰了杯，丁默邨放下酒杯时，想起什么似的从提包里拿出一个精致的首饰盒，打开来，放到她的面前。里面是一条黄灿灿的金项链，还有一枚精致的鸡心形挂坠。

她望着丁默邨，并没有动这条项链。丁默邨望着童雪，要是别的女人，面对他送出的礼物，早就笑成一团，并把身子投进他的怀抱了。童雪却像一只受惊的小鹿，正用惊恐又清纯的目光打量着他。丁默邨就喜欢这种纯情的感觉。于是，丁默邨索性把项链拿出来，亲手给童雪戴上，然后笑眯眯地问道：喜欢吗？

童雪低下头打量了一眼项链，又抬起头惊恐地望着丁默邨道：主任，这么贵重的礼物，我怕受用不起。

丁默邨听了哈哈一笑，顺势搂住了她的肩，凑近她的脸颊道：因为我喜欢你这样的圣洁姑娘。说完还在她脸上亲了一下。

童雪瞬间浑身的毛孔奓了开来，一种排斥感从每个细胞中泛起，她有了一种呕吐感。当然这一切不能挂在脸上，她依旧笑着，嘴里低声说着：谢谢丁主任。

她心里明白，要把这出戏演好，为国家和民族献身的时候到了，她有了一种悲壮感。她意识到，自己的计划又成功地向前迈出了一步。

丁默邨放开她，起身去了洗手间。手包就放在离她不远的沙发上，她心里挣扎了一下，身子凑过去，听着丁默邨的脚步声渐渐远去，她终于鼓起勇气，拿过了丁默邨的手包。手包的拉链并没有拉严，她把手伸进去，摸到了里面装着一把勃朗宁手枪。这种手枪很小，只有一个男人的巴掌大小，许多男人都喜欢这种小巧的手枪，携带方便，又可以防身，在乱时的上海，许多人都拥有一把这样的手枪。那一瞬间，她真想把手枪抓在手里，这种枪她是会用的，在军统特训班时，他们学过各种武器的使用，别说这支小小的手枪，就是机枪她操作起来也不在话下。如果她掏出枪，只需一秒就会让子弹上膛，面对走进门来的丁默邨她可以开枪，看着丁默邨躺在自己的眼前，第二天所有报纸的头条都会写着她的名字。她有一种亢奋的冲动，这种冲动让她热血沸腾。门外的脚步声打破了她的幻觉，她用最快的速度把丁默邨的手包放在了原处，并坐好，依旧是丁默邨离开时她的样子和姿势，丁默邨进来时，用余光瞄了一眼放在沙发上的手包，然后才坐过来。

丁默邨就说：时间真的是不早了，今晚有你相陪，我的心情好多了。

她马上让自己进入到秘书的角色之中，轻声说：主任，是不是回去？你该休息了。

丁默邨拿过手包，把拉链拉上，又想起什么似的再一次把拉链拉开，一伸手把手包里那支手枪掏了出来，看了看道：对了，我还有一样礼物要送给你，就是这把枪，它跟了我好多年了，放在我身上也没用，今天送给你。

说完把枪递过来，童雪受惊似的做出推拒的样子。

丁默邨又把她的手拉过来，把那支小小的手枪拍在她的手上道：拿着，留着它防身。

她怕烫似的接过这支枪，却故意说：主任，有那么多警卫跟着，这枪对我没用。

丁默邨就哈哈一笑道：说的也是，那你就当成个玩物吧，算是我给你的一件纪念品。

童雪做出一副生疏的样子把玩着：那要是走火伤了人怎么办？

丁默邨接过枪，打开保险，又拉开枪膛，展示给童雪看了看道：没子弹。

说完把枪拍在了童雪的手上。

童雪的毛孔瞬间张开了，刚才设想的让子弹穿透丁默邨的想法太可怕了。假如她那时真的掏出枪，结果可想而知。她被丁默邨的老谋深算惊出了一身冷汗。她暗自提醒自己，以后和丁默邨的交往，一定要警惕再警惕，绝不能因小失大。

对于丁默邨而言，这支手枪就是对童雪的又一次试探。他一面喜欢着青春貌美的童雪，但又在提防着她。他是个玩弄政治的人，不能因为一时贪图美色，搭上自己的性命。乱世上海，有许多人打他人头的主意，他的小心谨慎可是非常必要的，命都没了，何谈理想抱负。

他走出包厢，设想过回来进门的时候，会有一支枪口对着他，结果没有，他灵机一动，把这支手枪当作礼物送给童雪。如果童雪有什么反应，也会在瞬间暴露。这支手枪成为他试探童雪的一支道具，结果他是满意的，他心里安然了下来。

童雪回到宿舍，把脖子上的项链摘了下来，狠狠地摔到桌子上，又从包里拿出那支手枪，她又开始幻想这支手枪的用途。她拿枪在手，冲丁默邨的头连续开枪，丁默邨睁大眼睛在她面前缓缓倒下的情景一次又一次地在她眼前浮现，她战栗着，因为兴奋，也因为渴望。

丁默邨对童雪一连串的试探，让他渐渐打消了对童雪的猜疑，他开始欣赏起这个女子来了。他知道，面对童雪这位学生型的女性，不能盲目轻易下手，要谈感情、信任，最好让她爱上自己，再得到她，这样的关系才是牢固的，也是浪漫的。如果他急于下手，会吓着这个女孩，她是青涩的，他作为情场老手知道这种火候的把握，他要把她当成一棵葱，一层层地去剥，露出里面的嫩芯，这才是他想要的。

丁默邨对着镜子梳洗着自己，看到那张中年人的脸，他笑了。心里想着，既然官场上不得志，情场上也该轮到他春风得意一番了吧。他把自己的胡须刮了个彻底，看着镜子中的自己，满意地又笑了一次。

劫　　杀

毛森最大的愿望，是能刺杀汉奸中的大鱼，最大的那条鱼当然是汪精卫。

在汪精卫出山之前，日本人一直想找合适的傀儡，最终找到的就是一直主张和日本人和谈的汪精卫。

汪精卫时任国民党副总裁，国防部最高会议副主席，国民参政会议长。汪精卫与蒋介石分分合合，貌似共同为党业大计图谋，其实从一开始，两人便不睦。因为孙中山先生去世前，让汪精卫这位广东同乡为其代写遗嘱；孙中山去世后，他的地位也跃升至广州国民政府主席，集军事委员会主席和国民党中央政治委员会主席于一身。1927 年，蒋介石发动“四一二”政变，汪精卫也指挥手下，效仿蒋介石向北伐中的革命者大开杀戒，以积攒自己的声名和权势。

汪精卫从没把蒋介石放在眼里，两人争权夺利，面和心不和早已经是世人皆知了。随着各路军阀发表拥护蒋介石的电文，尤其是东北军张学良也发来了拥蒋电，汪精卫才觉得自己势单力薄，遂与蒋介石进行谈判，以合作者的姿态与蒋开始合作。蒋介石只给了他国民政府行政院院长和中央政治委员主席的头衔，其他的权力仍牢牢控制在蒋介石自己手中。汪精卫一直不满，在寻找机会与蒋一争高下。

“九一八事变”之后，日本人的本相终于露了出来，成立了伪满洲国还不够，还要鲸吞整个中国，于是派出代表和中国政府进行谈判。汪精卫觉得时机已到，他觉得这时如果傍上日本人做自己的靠山，与蒋一争天下的资本将得到大大的提升，从谈判一开始他就努力讨好日本人，先后力主签订了《淞沪协定》《塘沽协定》等一系列卖国协定。这些协定的签署深得日本人的欢心，不断给国民政府施压，汪精卫则不断出面两方调停，大有未来领袖非汪精卫莫属的意思。

1935年11月1日，政协开了个公开讲坛会，其实这种级别不高、影响不大的集会，汪精卫大可不必出席，他却有自己的打算。彼时他的身价与日俱增，他不想放过任何抛头露面的机会，他不仅要参加，而且还要隆重。于是，汪带着夫人陈璧君盛装出席。就在走向主席台，接受众人欢呼之时，看台上一支手枪瞄向了他，一连三枪之后，汪精卫倒在了血泊之中。也算汪精卫命大，他身中三枪却都不是要害部位，大难不死。没有死掉的汪精卫确信暗中派人刺杀他的人就是蒋介石。从此之后，他一面提防蒋介石对他的谋害，一面加紧与日本人勾结，希望通过日本人的力量推翻蒋介石。

这样的机会终于又来了，1937年，举世震惊的卢沟桥事变之后，蒋介石迫于抗日统一战线和英美对他的压力，开始高调抗日。汪精卫当然力主和谈，公然和蒋介石唱开了反调。

此时的汪精卫卖国之心早已彰显无疑，其倒行逆施引起了社会各界的抵制，蒋介石也暗自筹谋了抓住汪精卫的把柄除掉他的计划。

日本人得到了蒋介石要除掉汪精卫的消息，通报给了汪精卫，汪精卫自知大事不妙，于是带着一行人逃到了香港。

蒋介石遂派戴笠带着人马追到了香港，香港人多眼杂，戴笠和他的手下一直没找到下手机会。

汪精卫自然知道在香港的凶险，于是乘船又逃到了越南的河内。即便这样，戴笠仍派手下的军统追杀到河内，虽然刺杀没有成功，但也让汪精卫彻底变成了惊弓之鸟。

淞沪会战之后，上海、南京等地沦陷，日本人急于效仿东北的样式，想寻找一个傀儡替他们扛起所谓的正义大旗。他们自然想到了汪精卫，派人到河内亲自去做汪精卫的工作，请他出山与蒋介石的重庆政府抗衡。此时的汪精卫早已按捺不住，于是在日本人的护送下，乘了一条商船，途经台北，辗转来到了上海，成立了汪伪政府，公然支持日本的侵略行径，和蒋介石摆开擂台唱起了反调。

伪政府名义上设立在南京，但汪精卫还是喜欢上海，大部分时间他都在上海办公。汪精卫知道，自己倚仗日本人和蒋介石如此这般对立，一山不容二虎，蒋介石是不会放过他的，他也深知军统戴笠手下那些人是无孔不入的。他入住六三花园之后，便为自己的安危花了很大心思。他的车是防弹的，每次出行，都是一个车队，他从不固定坐一辆车，这就让他的行踪变得不确定。他的办公室选择在办公楼中间的位置，只让一个厅对着窗外，自己在内间办公，几乎不去客厅，即便来了客人，他也会让人把客人引进内室谈话。他居住的地方有好几处，每一处住的时间从不超过一个星期，有时三两天就换一个地方。门外的警卫自然也是精心挑选过的得力干将，还有日本人的岗哨。他的警卫都是他的心腹，跟随了他多年，忠心耿耿。即便这样，有时半夜醒来，仍觉得不踏实，他就会抱着被子，从这个房间窜到另外一个房间，就是一宿觉也要分几个地方睡完。

这么多年，汪精卫一直提防着蒋介石，他已经养成了凡事谨慎的习惯，也因此，他才有机会躲过了一次又一次的暗杀。虽然上海早已是日本人的天下，他又多次命令七十六号的丁默邨等人对潜伏在上海的军统进行全方面围剿，一拨又一拨军统被杀，但他知道，蒋介石会把新的一拨又一拨军统人员再派过来，和他较量下去。

毛森无疑成为戴笠最后的救命稻草，随着大半个中国的沦陷，戴笠的地位在蒋介石眼里正摇摇欲坠。以前军统的任务是清查自己队伍内部，随着汉奸投敌者的增多，此时的军统在一段时间内，便成了锄奸队。当然，在蒋介石眼里，汪精卫是中国最大的汉奸，昔日的合作者，摇身一变成了他的敌人。

汪精卫不仅是汉奸，在日本人的辅佐下，他还成为瓜分蒋介石手中权力的人，甚至有取代蒋介石的迹象。这是日本人的伎俩，即便没有汪精卫，还会有“李精卫”“张精卫”被日本人扶植起来，成为他们的傀儡，为他们所用。

毛森在上海果然并没有辜负戴笠的信任，他不仅建立了上海区的军统特别行动总队，而且把人数发展到了几百人，他一面杀汉奸锄日本人，一面想方设法地把战时紧缺的物资搞到手，运送到部队前线。毛森的成绩让戴笠很满意，不断地把资金通过香港汇过来。然而，对于这一切成绩，他们并没有满足。隐藏在他们内部最大的敌人不除，仍然是他心头最大的隐患。

毛森经过一段时间的考查，肖扬成为他最为信赖的一员干将。他委任肖扬为刺杀汪精卫第一行动小组组长，为了安全，也为了掩人耳目，上官逸飞成了肖扬的助手。他们的行动代号为“云雀”。当然整个云雀行动不仅只有肖扬和上官两个人，但每组的行动都不是交叉的，他们只知道自己的行动。当然，毛森是老牌军统了，这样的行动，一切都是为了保密。毛森最担心的就是内鬼，种种迹象表明，他们中间就有内鬼，但究竟是谁，毛森和肖扬只是猜测，并没有真凭实据。

为了保密，几组“云雀”各自单飞了。

肖扬和上官的任务是监视汪精卫的行踪，摸清他的行动规律，再制订刺杀汪精卫的行动方案。也就是说，两人的工作任务是前期侦察。肖扬和上官以一对情侣的形象，出现在汪伪政府的办公地点六三花园附近。想接近六三花园并不是件容易的事，外围有日本人的流动哨，每隔几分钟就可以看到一队日本宪兵荷枪实弹在六三花园外的马路上走过。

再往里面走，便是三两人一伙的特务，他们占据有利地形，不时地流动搜索，一旦发现可疑的人便上前盘查，经常有可疑的路人被特务秘密带走，最后杳无音信，下落不明。花园正门前，是双警察站岗，即便有公务要进入六三花园，也会接受警察的盘问、登记，并被检查证件，核实身份之后，才被放行。即便进入六三花园，要见到汪精卫本人也并不是件容易的事，楼前还有警卫，进楼以后，汪精卫办公室左右就是他的警卫室和秘书室。

汪精卫的办公室是一个大套间，套间里又分成了一个个套间。刚一进门，是一个会议室，再往里走才是一间比较隐秘的会客厅。穿过会客厅又是一个套房，外面这间稍大一些，作为待客用，里面那一间才是他真正办公的地方。为了安全，窗子很小，因采光不好，整日里都开着灯。这间办公室的窗子正对着六三花园另外一栋办公楼。在六三花园，他这里已经成为一个死角。

肖扬和上官在六三花园正对门外几百米的地方看中了一个公寓楼，以前这栋楼里住了各国的商人，也有一些政界的人。政界的人住在这里，是为了偷偷和商界人员勾结。此时，大部分外国商人已经撤离到租界里，只剩下一些中国商人，在上海封锁期间，倒卖一些紧俏物资，做着发国难财的买卖。出入这幢公寓楼的人，不仅有中国人，也有日本人，偶尔也会有从租界里走出来的外国不法商人，在这里谈事，做紧俏生意。

上官不愧是现场专家，肖扬和上官围着六三花园转了两圈，察看了周边地形地势和交通之后，便一眼看中了这幢公寓楼。因为许多人都搬离了这套公寓，想租到一套房子，并不是一件麻烦的事。

公寓管理员是个驼背的中年男人，热情地接待了他们。管理员领着两人在看第二套房间时，上官便看中了，上官站在这户的阳台上，她招手把肖扬也叫到阳台上，肖扬也一眼就感觉到了这套房间位置的妙处。院内不远处，是这幢公寓楼的配楼，只有两层，里面住着公寓的管理人员，对面是条马路，马路对面就是六三花园的办公楼，左手边是日本的宪兵队，右手边是警察局。站在这里，可以看到六三花园正对面的大半景象。当即，两人就预付了定金。

公寓管理员五十多岁，驼着背，却穿西服，扎领带，因为腰挺不起来，领带总是在胸前晃悠着，显得很不严肃，更谈不上端庄。管理员从一串钥匙中掏出一把，递到肖扬手上，从镜片后翻起眼睛，还努力挤出一丝热情的笑容，礼貌地说：祝你们生活愉快。

说完还冲上官瞟了一眼，冲肖扬道：先生，你有一位漂亮的太太，祝福你。管理员说完便弯腰驼背地走了，系在胸前的领带吊在胸前晃悠着。

他们租住的房间朝南，是一个套间。进门是一个客厅，然后有一间卧室，卧室外是一个露台，露台的方向，正对着六三花园。他们的位置在四层，观察对面的动静已经足够用了。他们的任务就是二十四小时观察六三花园，寻找下手的机会。

肖扬和上官住进来不久，便摸清了汪精卫每天的作息规律。上午九点半到九点四十，三辆车会准时驶入六三花园，先是有警卫下车，打开汪精卫的车门，汪精卫在几个人的簇拥下，走进汪伪政府的办公楼，然后乘电梯上到三楼，秘书早已打开房门，等候在电梯旁，迎候汪精卫到来，然后在一些警卫人员的前后裹挟下，走进会议间，再穿过小会客厅，最后才走到办公室。走进会议室时，警卫们就会立住脚，分左右站立在门口，由秘书陪同他走进办公室。在这期间，秘书走在后面，这个秘书身材高大，他站在汪精卫身边，足足比汪精卫大上一号，秘书的身体已经成为汪精卫最好的掩蔽物了。

走进办公室的汪精卫，没有特殊情况，一般并不走出办公室，在这期间会有秘书手拿文件出出进进，也有拜访的客人前来。每次来的客人大都要在会议室内候上一阵子，由秘书为这些候着的人端上茶来，前面会见的一拨人走了，再由秘书依次把来人领到里间和汪精卫进行密谈，这时，门是会关上的。

傍晚时分，汪精卫又是在一干人等的簇拥下走出楼门上车。汪精卫的车队有三辆车，这三辆车都长得一个样子，有时他会坐中间那辆，有时也会坐另外两辆，坐哪辆车全凭心情而定。三辆车依次驶出六三花园。如果汪精卫没有活动，他便会径直回到自己的住所，住所离六三花园并不远，仅一壁之隔，但要走两个门，在另外一个院子一栋二层小楼里。院墙很高，几乎遮盖了小楼。小楼左右，各有两栋三层小楼，三层都住着警卫和随行人员，那里的戒备比六三花园更为森严。汪精卫被暗杀的经历就像一部惊险的电影，死里逃生之后，让他积累了许多逃避刺杀的经验，这种经验，体现在他的衣食住行，包括对身边人员的筛选，可以说，他所做的这一切，都和自己的性命攸关，也和日本人的事业相关。深居梅机关的影佐把汪精卫的命看得更重，保护好汪精卫的安全，就是维护日本人在中国的利益。日本人既然树立了汪伪政府，他们就有责任尽心尽力地保护他的安全。

汪精卫身边除了他自己精心挑选的中国人之外，影佐还派出了几名日本人对汪精卫进行更为精心的看护。名义是看护料理，其实他们对汪精卫并不完全放心，要二十四小时对汪精卫进行秘密监视。汪精卫的家政服务员小岛樱子就是梅机关训练有素的特务。当然，派驻到汪精卫身边时，她的身份便成了家政服务员。在汪精卫回到家里后，监视汪精卫一举一动的任务便落到了小岛樱子的身上了。

小岛樱子能说一口流利的汉语，还懂一些医学上的知识。汪精卫身体如有不适，她能很快地开出药来，并亲自服侍汪精卫吃下去。包括一日三餐，每次送上来，小岛樱子都要亲自尝试，确信万无一失，才亲自端到汪精卫的面前。她的全方位侍候，一方面让汪精卫有了安全感，另一方面也限制了他的自由。当然，精明的汪精卫自然知道这是日本人安排在他身边的一双眼睛，时时警醒着他，让他所有的言行都要十二分地替大日本帝国着想。

肖扬和上官了解了汪精卫的行踪规律之后，便开始寻找下手的机会了。

望远镜是必不可少的物件，但如果在这里开枪射杀汪精卫的话，手枪是远远不够的，不仅威力和射程不够，精准度也没有保障。两人在黑市上购买了一支组合式狙击枪，这支枪是德国制造的，说是组合，是因为枪身和枪管可以拆卸下来，需要时进行组装，就是一把威力无比的狙击步枪了。

枪就放在卧室的大衣柜里，已经组合完成了，子弹也已上膛，只要打开保险，随时可以击发。他们在接下来的时间里，就等着合适的机会出现了。

大部分时间里，两人坐在卧室的床边，透过阳台举着望远镜观察对面楼里的动静，他们在寻找着一切可能出现的机会。望远镜会轮流出现在他们各自的手中。

一天下午，肖扬在望远镜里看到了丁默邨。丁默邨的出现，肖扬并没有觉得有什么，恰恰是陪伴在丁默邨身边的童雪，让他的情绪出现了波动。两人被汪精卫的秘书安排在了大会议室里，丁默邨坐在一把椅子上，童雪坐在他的身边，两人不时地交谈着什么。肖扬在望远镜里看到童雪一脸笑容，甚至还有一丝媚态，她的纤纤素手就放在桌子上。丁默邨不时地伸出手拍打着童雪的手，嘴里说着什么，童雪则不避不躲地微笑着，听着丁默邨说。肖扬的呼吸有些急促，他握着望远镜的手不可抑制地颤抖着。

上官发现了他的异常，放下记录本，接过他手里的望远镜，调着焦距观察着。不一会儿，汪精卫的秘书把丁默邨带进了里间，秘书走出来陪着童雪说话，童雪站了起来，很放松地和汪精卫的秘书说话，两眼间尽显一个女人的妩媚。

上官放下望远镜，冲肖扬说：她就是童雪？

肖扬没有说话，来到了阳台上，他侧着身子，尽量让自己隐蔽起来，望着几百米远的那间房子。

丁默邨和童雪并没有在六三花园停留多久，出门后，两人上了一辆车，在警卫车的带领下驶出六三花园。

这一过程被肖扬看在眼里，一直到丁默邨的车消失在视线之外，他仍然没缓过神来，呆定地站在阳台上。直到上官出现在他的身边道：你在这里不安全。

他们的任务是观察对面的六三花园，而不引起敌人的注意。也尽量避免长时间在阳台上停留，因为对面那些特务也在观察周边一切人的活动，包括几百米远的这栋公寓楼。

肖扬走回房间，上官把望远镜放在他的手里，似乎不经意地说：我知道跟在丁默邨身边的那个女人叫童雪。

肖扬望着上官，他的心被什么东西重重地捶击了一下。关于他和童雪的关系，上官来到军统上海区便知晓了，这并不奇怪，他们现在从事的是地下工作，了解对手和同事这是他们的必修课。肖扬叹了口气，他心里很乱，有一种说不出的情绪在他周围弥漫，正如他对待童雪的心思一样。即便童雪成为他们的敌人，但两人的过往还是让他难以忘却，他感到的不仅是心痛。

上官也叹了口气，望着对面的楼房的某一处，似乎在安慰他，又似乎在自言自语：人在特殊的环境下，都会面临选择，连汪精卫都选择了日本人。

肖扬走到大衣柜旁边，拿出了那支狙击步枪。他把枪筒探出窗外，像一个狙击手一样向对面瞄着。他的眼前又一次出现了战场，一个又一个战友倒下了，部队撤退到了四行仓库，谢晋元团副说过的话又一次在他耳边响起；还有为了掩护他冲出日本人的包围，那一个班的士兵前仆后继的画面。他仿佛又嗅到了战友的血，一个又一个年轻的生命，用一腔又一腔热血迎着日本人的子弹，犹如一朵又一朵绽放的鲜花，蓬勃生动。每每想到这样的场景，都会让他狂躁的情绪暂时得以稳定。他清醒地意识到，此时他眼前的任务是寻找机会刺杀最大的汉奸汪精卫。几百米外的六三花园，汪精卫办公室外的警卫，通过瞄准镜肖扬能很清楚地看清他们的五官。然而谨小慎微的汪精卫此时躲在房间尽头的一个角落里，他看不见。自从住进这间公寓里，他一直在寻找这样的机会，哪怕汪精卫给他三秒钟的机会，他都肯定能刺杀成功。子弹是他在黑市精心挑选的，每个弹头都有爆炸功能，只要子弹能准确地击中汪精卫，就会爆炸。除了这样的子弹，还有毒弹，那些毒弹的弹头在毒药里浸泡过了，只要沾上汪精卫的血，毒菌就会在他的血液里扩散，即便击不中他的要害部位，也足以让他在二十四小时之内中毒身亡。

肖扬做过了种种置汪精卫于死地的设想，他就是在这里寻找机会的一名狙击手。他要像猎犬一样机敏。只要他进入伏击位置，每个毛孔都是张开的，他在寻找着这样一枪命中的机会。

背水而战

陶天成也接到了暗杀汪精卫的任务。

陶天成对六三花园一带并不陌生，以前在军统工作时他无数次地来过这个地方。上海沦陷之前，这里曾经是一家饭店，那时这里经常招待各种会议。这里对陶天成来说是熟门熟路了。陶天成身在七十六号，他一直在等待着戴笠的命令。王天木叛变后，陶天成和上海军统自动脱线，变成了和重庆方面单线联系。他的任务都是戴笠亲自下达。他是戴笠手中的一颗棋子。没有领受任务前，他的任务就是蛰伏，蛰伏得越深越像才越安全。平日里陶天成和七十六号的特务们并没有什么两样，吃饱喝足之后，等待着丁默邨和李士群的调遣。没有任务的时候，这些特务会聚集在七十六号的配楼里打麻将，丁默邨和李士群基本上没到配楼来过，有任务都是通过电话或者是丁李的秘书做指示。于是，配楼里居住的这些下属们，活得就很放松。陶天成和其他特务们一样，没事就打打麻将，或者喝几杯小酒。陶天成很大方，玩麻将输了钱从不欠账，别人欠他的钱也懒得去要，经常自掏腰包去买酒，很多人都爱往他宿舍里跑，喝几杯小酒，谈论下时局，感叹一番当下的生活。渐渐地他对七十六号的特务们的状态就有了了解，许多人并没有死心塌地想为七十六号献身，都是为了谋口饭吃。这些人中，有许多是前军统的人，也有一部分是丁李各自带来的，还有一部分是从淞沪会战撤退下来的逃兵，无路可去，为了寻找一条求生之路，投靠到了七十六号。所有人的状态都是能过一天是一天，不奢求大富大贵，只求平安温饱。拿人钱财与人消灾，做一天和尚撞一天钟，日子得过且过吧，谁又知道未来的局势将会如何呢？

陶天成混迹于这些人之中，就有了如鱼得水的样子，渐渐他的威望就高了起来，许多人遇到大事小情都来和陶天成说一说，陶天成便如兄长般地劝慰一番。一来二去，陶天成混了一个好人缘，四面八方的信息也接踵而至，这些信息不仅让他对目前的七十六号了然于心，甚至日本人的信息他也了然于心。他把搜集来的情报带到交通站，让报务员苏婉蓉发往重庆。三天两头就会有他发出去的情报在重庆汇总。接下来，他一直在等待重庆的指示，可重庆方面一直没有指令，他甚至怀疑重庆方面已经把他遗忘了。他在焦灼的等待中，突然接到了戴笠的指示，电文如下：斑虎出击，目标上海一号。斑虎是陶天成的代号，上海一号自然指的是汪精卫。

陶天成知道，想要对汪精卫下手并不容易，六三花园自汪伪政府成立以来，便作为伪政府的办公地，他随丁默邨和李士群出入过成为伪政府之后的六三花园。此时的六三花园已戒备森严，今非昔比了。

这一天，他奉丁默邨之命到六三花园领一份文件，他骑着三轮摩托，身边还带了一个七十六号的小特务马小六。马小六二十多岁的样子，几乎成了陶天成的跟班。这小子以前当过兵，战事吃紧时当了逃兵，后来游荡在上海的大街上，七十六号招兵买马时，他便成了七十六号中的一员。这小子长得鬼头蛤蟆眼的，一会儿一个主意，看脸色行事，墙头草，随风倒，谁也不得罪。他称陶天成为师父，嘴甜得很，就是希望能找个大哥罩着他，让自己的脊梁能挺直几分。从那以后，陶天成不论去哪儿，他都要跟着，自称是陶师父的保镖。

摩托车开进六三花园并没有费太大的力气，就是例行检查证件，然后验车、放行。陶天成带着马小六来到办公楼外的传达室之后，便不再让进去了，两人只能在外面等。不一会儿，楼内机要室的一个参谋把一份封了口的文件拿了出来，陶天成签字，确认之后，他再也没有理由停留在六三花园了，只能上了摩托和小六子一起，一溜烟地离开了六三花园。

他和小六子出入六三花园，被对面公寓楼里的肖扬看到了，从陶天成进入六三花园到离开六三花园的全过程，都清晰地呈现在肖扬的望远镜中。每次见到陶天成，肖扬的心里都有一种说不清楚的滋味，昔日的战友，各为其主，分道扬镳，形同陌路，他有种恍若隔世之感。每到这时，他都会想起那些在战场上出生入死的战友，阵地上一片又一片战友倒下了，血腥气息弥漫在他的记忆里，还有那一发发在身边爆炸的炸弹，硫黄气味和血腥气混杂在一起，让他终生难忘。

他望着消失的陶天成，又想到了童雪，他的心又疼了一次。他放下望远镜时，上官正在望他。上官接过他手里的望远镜，透过窗子望着外面，头也不回地说：肖扬，我能理解你的心情，战友、恋人都成了我们的敌人，说不定有一天我们也会形同陌路。

上官说到这儿时，回头冲肖扬笑了一下。肖扬从怀里掏出枪，冲着上官说：如果那样的话，我会在第一时间解决了你。

上官歪着头，唇红齿白，说道：你敢说你不会投敌？

自从两人单独执行任务，住进了一套房子里，上官对他的态度就发生了微妙的变化。她经常和他开玩笑，肖扬却一丝不苟地对待着上官。

陶天成在等待着接近汪精卫的机会，汪精卫却没有让任何人得到这样的机会。陶天成决定冒险一试了。这天夜里，他趁日本宪兵的流动哨刚走进去，便把一枚铁钩子搭在了六三花园的墙头上，顺着绳索翻进了六三花园，回身把翻墙的工具放到草丛中掩盖了起来。对熟悉地形的陶天成来说，潜伏在六三花园一夜并不是问题。为了潜伏，他戴了头套，身穿夜行衣，怀里揣了一把手枪，腿上绑了一把匕首，这就是他刺杀的工具了。

陶天成潜进六三花园时，躲开了日本宪兵和警卫的眼睛，却没有躲过肖扬的望远镜。他已经把陶天成潜进六三花园的全过程记录了下来，当然，他并不知道这个夜行人就是陶天成。他举着望远镜站在阳台上注视着这个夜行人的一举一动，这个夜行人最后爬到一棵树上，便再也不动了，浓密的树冠掩住了这个夜行人。

肖扬看到这儿时，心里怦怦跳了起来，仿佛潜进去的不是夜行人，而是他自己。上官刚洗完澡，穿着睡衣从浴室里走出来，他小声地冲上官道：有情况。

上官走到他的身边，女人湿热的气息瞬间包裹住了他，他差点把一个喷嚏打出来，忙用手捂住了鼻子。上官接过他手里的望远镜，并没有看到什么，肖扬指着六三花园内的一棵树道：一个黑衣人，上了那棵树。

肖扬知道即将要有故事发生了，那人究竟是什么人，他并不清楚，但他知道这个人就是奔六三花园来的，他预感到了什么，心脏又一次狂乱地跳了起来，手心也有汗沁出。上官并没有看清什么，她只看到了那浓密的树冠在晚风中轻轻摇曳着。

肖扬命令道：你去睡吧，今晚我要守在这里。

说完他又拿过望远镜，盯紧那棵树，仿佛他一不留神，那夜行人会在他眼前消失一样。

上官没说话，来到外面，换下睡衣，又搬了一把椅子放在阳台上，和肖扬肩并肩地坐在了一起。

以前的夜晚，他们并不会这样，汪精卫的车队一离开，他们就算完成了监视任务。有时他们会到街上走一走，有几次他们还去酒吧坐了坐，偶尔也会在外面小馆子里吃点。但大部分时间，他们都是自己做饭，做饭的任务自然落到了上官的头上。为了不引起别人的注意和怀疑，每天早晨，两人也要做出上班的样子，和这楼里租住的人一样，准时出门，过了一会儿，两人又前后脚偷偷溜回来，打开门，锁上，两人便尽可能地不发出一丝声响，在悄然中完成他们一天的监视任务。汪精卫离开六三花园，他们便完成了一天的工作。上官住在里间，肖扬住在外间。因为房间里只有一个卫生间，设在里间，每次肖扬要上厕所时，都会先敲门，然后目不斜视地去用卫生间，用完卫生间又目不斜视地离开。每每这样，上官有时睡着，有时醒着，醒着时，她看到肖扬一本正经的样子就想笑。肖扬一出去，她就再也忍不住了，用被子捂上头，钻到被窝里，笑得浑身乱颤，弄得一张床也跟着抖动。上官在睡不着时，也会隔着门和肖扬聊会儿天，漫聊式，也没什么话题，东一句西一句的。聊着说着肖扬就没了动静。上官就问：睡着了吗？肖扬不答，她又问：真睡着了？肖扬自然还是不答。上官就不再问了，仍睡不着，她就开始数羊，数着数着就睡着了。

每天早晨，肖扬都是先起床，他会像一个丈夫一样，出去买早点，然后把新鲜的早点提回来，这时上官已经开始梳洗了。每次外出时，上官都会以一个撒娇妻子的样子挽着肖扬的手，像每对新婚夫妻一样，甜蜜恩爱地出门。门口的驼背管理员都会礼貌地叫一声：太太早，先生早。有礼有矩的样子。他们出了门，转了一圈之后，公寓楼冷清下来了，管理员又忙别的事情去了，两人分头再走回来，这就是他们一天工作的状态。有两次，肖扬回来时，驼背管理员并没离开，他低着头正在记录着什么，用眼角余光发现肖扬又走了回来，他装作没看见一样，头埋得更低了。

这一晚对肖扬和上官来说是一个不眠夜。两人期待着有件大事会发生。那棵树立在六三花园院内，风动树摇与平时并没有两样。静了一会儿，又静了一会儿，肖扬把望远镜递给上官，自己打开大衣柜，柜子外面挂满了上官的衣服，他一打开衣柜，上官的气味便扑面而来，他又想打喷嚏，不知为什么，一闻到上官的气味他就有打喷嚏的反应。他忍住喷嚏，打开衣柜，拿出那支狙击枪，放在阳台上，那是最佳射击位置，他早就试验过多次了，正如他的视线一样，六三花园在他眼里没有死角。那一夜，两人几乎没有说话，他们的目光一分钟也没离开过六三花园那棵树冠。

天亮了，在太阳的照射下，树叶折射着阳光，细碎斑驳。肖扬以前从来没有刻意地观察这棵树，此时，这棵树在他眼里神秘而又端庄。

汪精卫的车队如期而至，汪精卫在警卫的簇拥下，从中间那辆车里走下来，肖扬和上官期盼已久的枪声终于响了。两声枪响之后，汪精卫不知是被射中了，还是被警卫扑倒了，总之，警卫死死地压在了汪精卫瘦小的身体上。那个黑衣人迅速地溜下树来，快步向草丛狂奔。

肖扬趴在狙击枪后面，透过瞄准镜，他在寻找机会。几个警卫忠于职守，他们把汪精卫抬离了现场。警卫并没有去追赶凶手，这就给黑衣人留下了逃跑的空当，黑衣人在草丛里摸出铁钩子，只一甩便搭在了墙上，然后一跃上了墙头。

一个警察奔跑过来，他举枪欲冲黑衣人射击，肖扬下意识地射出了子弹。狙击枪经过了消音处理，只是闷闷地一响，一枚弹壳清脆地落在了阳台上，奔跑而来的警察应声倒地。

肖扬做完一连串的射击动作，冲上官说了句：收枪。

人便奔了出去。

当肖扬来到六三花园墙外的那条街上时，日本宪兵和警察还没有封锁那条街。那条街道两边站满了惊骇看热闹的人群。肖扬出现在人群中时，他张大鼻孔嗅到了一股熟悉的气息。这股气息让他心里一震。他想到了一个人的名字：陶天成。

在肖扬的嗅觉里，每个人的气息都是不同的，就像每个人的姓名，名字可以偷梁换柱，但气息却不能。以前，那颗炮弹没在他身边炸响时，他没有这样的功能，恰恰是那颗突如其来的炮弹，让他七窍相通。在他有了这种奇异功能之后，他拥抱过陶天成，近距离接触过他，陶天成的气息已经深深地镌刻在他的大脑深处。虽然空气中混杂着其他气息，但熟悉的陶天成气息还是在残留的空气中准确无误地传递到他的神经中。为了验证自己的感觉，他顺着那个黑衣人逃走的路线又奔跑了一段距离，空气中留下的气息一定是陶天成的。他这么确信之后，停止了脚步，心里突然涌出一种莫名的兴奋。他猛然意识到，陶天成还是自己人。军统的工作经验告诉他，陶天成另有任务，他的上线发生了变化，肖扬意识到陶天成已经潜入了七十六号。他马上又联想到了童雪，难道童雪也另有任务？

警察局和日本宪兵几乎把六三花园围了起来，在戒严封路前，他离开了现场，回到了公寓房内。

上官似乎已经等他多时了，他一进门，上官就拉住了他的胳膊，急切地问着：外面到底怎么样了？

他没有理会上官，径直走到阳台旁，身子留在屋内，蹲下身子向外观察着。

上官呼吸急促地道：刚才我看到有医生进入了汪精卫的房间。

肖扬在望远镜里看到汪精卫门前多了几名警卫，会议室的门已经关死了。那几个警卫很严肃也很紧张地站在门前。不时地有人出出进进，每次进入都把外间的门关上了，里面的情况观察不到。肖扬判断，汪精卫并没有受到太大的伤害，如果伤势严重，不可能现在还在办公室里，早就会被送到医院抢救去了。肖扬的判断果然没错，不一会儿，汪精卫的房间里走出两名穿白大褂的医生，白大褂里面穿着日本军装，是两个日本军医。

肖扬失望地放下望远镜，说了一句：汪精卫没有死。

他说完这句话，看到了仍放在阳台上的那支狙击步枪，他又一次向外望去。六三花园内外站满了警察和日本宪兵。有几个日本人和警察站在那名死了的警察周围议论着什么，并不时地朝这栋公寓楼里望过来。肖扬把枪提到屋内，拉上了窗帘。

上官不明真相地问：怎么了？他们发现我们了？

肖扬一边把枪拆解开，一边说：他们肯定要搜这栋楼，我得马上把枪转移出去。

肖扬像来时一样，把拆解的枪放到一个提箱里，又拾起那枚弹壳装在衣兜里，走到门口，回过头冲上官道：你盯在这里，我去去就回。

说完头也不回地走了出去。

肖扬走到公寓大厅时，正看见楼房管理员提着一串钥匙站在大厅里，他看见肖扬下楼，惊诧地道：先生，外面戒严了。

说完望了眼侧门。这栋公寓楼的正门，就是通往六三花园那条主路，也是必经之路。他顺着管理员的目光望去，看见了这栋楼的侧门，此时侧门已经落锁了，平时侧门都是锁上的，走出侧门是一条小路，这条路通往另外一条主路。

肖扬见正门无法走脱，便冲管理员道：我急着要去办事，麻烦能把门打开，让我走小路吗？

管理员打量了一下肖扬，看到了他手里的提箱，没说什么，驼着背快速地向侧门走去。钥匙叮当乱响一会儿之后，门开了，一股新鲜空气挤了进来，肖扬回望一眼管理员，说了一声“谢谢”，便头也不回地走了出去。

这事过去了许久，他回想起管理员的眼神，仍让他久久难忘。每天进进出出这幢楼，管理员就住在一层大堂旁的值班室里，不是填写入住记录，就是摆弄手里那串钥匙，他还从来没有和他这么直接对视过。管理员的目光是那么犀利，似乎看透了自己，也看透了他手里提着的箱子。这目光让他汗毛倒立，久久挥之不去。

肖扬把枪又放回到了租界里，等他再次回来时，这幢楼已经被日本人和警察封上了，他们在挨门挨户地检查。肖扬已经回不到楼内了，他只能站在警戒线外，这里还有许多过路看热闹的人。

不知过了多久，两个男人被捆绑了双手，被两个警察推搡着走出大门。两个男人情绪很激动的样子，他们大声地操着外地口音说：抓我们干什么，我们是来上海做生意的。

警察并不听两个男人的解释，粗暴地把两人推到警车里。警车开走了，警察和日本人也随之撤离了，人群也随之散去。

肖扬走回公寓楼时，又看见管理员提着一串钥匙叮当作响地从楼上下来，他动作迟缓，弯下的腰，让胸前的领带看起来格外别扭。当肖扬走到他身边时，管理员又恢复了常态，小声地说：受惊了，对不起。接着发出一声叹息，他很慢地向值班室走去，一串钥匙在他手里晃来晃去。

肖扬回到房间，上官正在沙发上坐着，屋里很凌乱，客厅里摆放的家具已经被翻过了，里间的床上散乱地扔着上官和肖扬的衣服。肖扬靠在门上。

上官望着肖扬心有余悸地说：多亏你动作快，你刚走十几分钟，这幢楼就被敌人包围了。

肖扬说：四一五的两个房客被抓走了。

他们搬进来时，就发现四一五住了两个男人，他们平时说话听起来像温州口音。两个人经常把大包小包的东西拎进来，又倒腾出去。他们隔壁住了一对老年夫妇，年纪有六七十岁了，男的腿脚不便，夫人经常会搀扶着先生出门遛弯，他们住在四一三房间。肖扬他们住在四〇九房间，单数的房间朝南，正对着六三花园方向。他们住进这栋楼后，对周边的邻居也做了大致调查。

刚入住时，那两个行色匆匆的男人的确让他们警觉了一阵子。但后来发现，这两个男人作息很规律，总是提着大包小包的东西出门，有时也提着东西回来。肖扬为了核实两人的身份，曾暗中跟踪过他们，后来他发现这两个男人进入了离这儿不远的一家服装市场，这才放下心来，看来他们是做服装生意的。

肖扬正打量着房间，突然有人敲门，上官从沙发上站了起来。肖扬示意上官开门，自己的手放到了胸前，那里是一把勃朗宁手枪。上官和他对视一眼，突然打开门，门外站着的却是隔壁那对老年夫妇。

夫人用上海话说：你们没事吧？

上官也嘘了口气，客气地说：我们没事，谢谢你们。

夫人似乎还心有余悸，惊魂未定地道：来了那么多日本兵还有警察，吓死人了，那两个小伙子被他们带走了。

先生看着上官，目光又透过上官看见了站在客厅里的肖扬，他道：他们非得说凶手就在我们这栋楼里，我们都没听到枪声，怎么就出来了凶手？

夫人搀着先生一脸讪笑地说：没事就好，住在这里也不太平，天天提心吊胆的，真是罪过呀。

说完扶着先生走了。

肖扬关上门，望了眼阳台，突然想起什么似的问：望远镜呢？

上官走到床前，示意肖扬一起帮助挪下床，肖扬移开床垫，那支单筒望远镜就横在床垫的缝隙处。肖扬知道自己犯了一个致命的错误，只想着转移枪了，望远镜却忘记了。他嘘了一口气，暗中佩服上官的机智。一开始毛森让两人做搭档，他曾担心上官会成为他的累赘，虽然上次在四行仓库他对上官刮目相看，但一直觉得她就是个女人，打个下手可以，单独完成任务他心里没底。因为自己的疏忽，没有把望远镜转移出去，把上官置于危险境地，这使他心里多了些惭愧。

上官似乎并没把刚过去的危险放在心上，她歪着头，调皮地说：那你就为你的错误付出点代价吧，晚上好好请我吃一次西餐。

肖扬爽快地答应了，自从两人合作以来，他第一次这么心甘情愿地请上官吃饭。

就在当天晚上，肖扬和上官两人在一家西餐厅里吃了一次西餐。席间两人心情不错，开着玩笑，在轻松的氛围中吃完了一顿晚餐。两人走出餐厅的门，上官挽住了肖扬的手臂，肖扬的手臂僵了一下，上官感觉到了，但并没有放开的意思。肖扬的手臂，以这种状态有两个女人挽过，他在这时，毫无道理地想到了童雪，一想到童雪，刚才美好轻松的心情顿时打了折扣。此时他的心里，有些忧伤也有些沉重。自从证实了刺杀汪精卫是陶天成所为之后，他对童雪的身份更加怀疑起来，也许童雪也在执行属于自己的任务，但这只是一种推测。忧伤和沉重笼罩了肖扬。上官意识到了肖扬的沉默，她把身子更凑近一点，小声道：怎么，不适应啊？

她索性把身子偎过来，像一对真正的情侣，肖扬并不习惯这样，半个身子都是僵直的。自从进入到这栋公寓以来，两人进进出出，都是以情侣的身份作为掩护，每次进出，上官也是这么挽着他。可一旦离开人们的视线，上官都会主动放开他。偶尔上官放松得晚了一些，他也会装作系鞋带或者用手摸一摸头发，趁机离开上官。

这次，上官并没有放开他的意思，紧紧地挽了他，又偎了他向前走去。他不仅清晰地嗅到了上官的气息，还感受到了她半边身体的体温。

上官自然意识到了他的不适，他的不适，莫名地却让她兴奋新鲜。于是，她更近地偎向他道：怎么，是不是又想起童雪了？

他没有说话，童雪又一次在他心里加重了分量，那种忧伤和沉重也随之加重了一些。上官又说：别忘了，咱们这是在工作。

他仍然没有说话，以工作的名义和上官如此这样，让他心安了一些。他左右看了看，街上没人，只远处有两个流浪汉走过，他想抽出被上官挽在怀里的臂膀，前方不远处出现了一个人影，那人穿着风衣，竖着衣领，戴着帽子，帽子压得较低，几乎看不见那人的脸。来人似乎并不急于走路，犹犹豫豫左顾右盼的样子。肖扬手臂用了些力气，夹紧上官的手，上官接收到了他的信号，两人警惕起来，快速地向前走去，肖扬已经用上官的身体作为掩护，手放到了胸前，手枪正沉甸甸地在那里坠着。

两人走过这人身边时，那人侧了下身子，似乎故意不让他们看清自己。就是在他们交错的一瞬间，肖扬被一种熟悉的气息击中了，走过两步之后，他甚至放慢了脚步，又深吸了一口空气，没错，他嗅到过这种体味。当他再次回头时，那人已经消失了。

肖扬已经来不及多想，他拉着上官三步并作两步地回到了公寓房间内。关上门的一瞬间，上官白着脸问：怎么了，发现什么了？

他坐在沙发上，手插在头发里，他在回想刚才嗅到的熟悉的气味。他脑子里飞快地运转着，他肯定嗅过这人的气息，可他还是想不起来在哪里嗅到的，就像看到一个面熟的人，却叫不上人家的名字。

上官洗完脸，一边擦脸一边冲他道：哎，你不洗洗脸吗？

他下意识地走到水龙头前，打开水龙头，洗了一把脸，看着镜子中的自己。当他用毛巾擦脸时，脑子里呼啦一声，记忆的闸门打开了。他把毛巾丢在一旁，冲上官道：你在这里待着，哪儿也别去！

说完他拉开门向外跑去。上官不明白发生了什么，惊怔地立在那里。

走到一楼大厅时，管理员在值班室里怪怪地看了他一眼，似乎想对他说什么，他已经蹿出公寓了。

肖扬找到毛森时，毛森已经睡下了。在外间的客厅里，毛森披着衣服接待了他。他一见到毛森便急切地说：李陆就是内奸。

原来肖扬记忆的闸门打开之后，以前一直困惑着他的那股熟悉的气味，他一下子串联了起来，源头就在七十六号的关押室。当他见到李陆时，就联想过那种气味，可他却想不起来在哪儿经历过。刚才，他又一次嗅到了那股熟悉的气味，这熟悉的气味呼啦一下子点燃了他的记忆。李陆如何出现在关押室，他已经无法去解释了，但李陆投靠上海军统，却隐去了在七十六号关押室这一段经历，一定有问题。刚发生刺杀汪精卫事件，李陆就现身了，这不是个巧合。

当他把自己的嗅觉功能和连成串的记忆讲给毛森时，毛森站了起来，在他面前走了两圈。毛森一面安排军统人员暗杀汉奸，一面在破坏敌人的军事物资，日本人在码头囤积了许多军火，内线已掌握了情报，毛森正组织人手准备对这批军火下手时，却被敌人发现了，不仅没有成功，还让十几个兄弟被捕。毛森正为这事焦头烂额，听肖扬汇报了这个重要线索之后，一下子联想到了李陆这人的种种异常。

毛森想到这儿之后，停下脚：如果李陆是内奸，那你们肯定有危险，今晚他一定是冲你们去的。

肖扬想到了独自一个人待在公寓里的上官，马上立起身冲毛森道：区长，我得离开了。说完转身就往外冲。

肖扬赶到公寓时，还是晚了一步。他刚走到公寓门前时，几个特务已经把上官带了出来。上官刚洗过头发，头发还湿漉漉地披在她的眼前，睡衣外面只披了件外套，她被特务左右扭着胳膊，从公寓门里推了出来。

他见此立即躲进暗影里，上官被推上车的一瞬间，似乎向他这面的暗影里望了一眼，就在被推进车里时，她又挣扎着站了出来，探出头冲外面大喊了一声：老家发水了，老家发水了……她还想继续喊下去，特务意识到了什么，狠狠地把她推进车内，一溜烟地消失了。显然上官并没有发现他。老家发水，是他们约定的暗号，遇到危难时，他们就要发出这样的信号传达给对方。

上官在最后时刻仍然想着他的安危，他望着绝尘而去的带走上官的车，心里一下子空了。朝夕相处时，他并没有觉得什么，此时，他鼻子一酸，眼睛一热。这种情绪只是一瞬间，既然特务们没有抓到他，肯定不会死心，否则上官不会在上车前这么大声地呼喊，把危险的信号传递给他。他躲在一个角落里，向自己居住的四楼阳台望去，隐约地看到了两个人的身影，那肯定是留下来的特务。公寓回不去了，他又望了眼一楼，大厅的角落里也有陌生的身影。特务们无疑把他视为下一个目标。他回望了一眼公寓，又看见管理员提着一串钥匙站在公寓门口，似乎在等他的房主回来再锁门。

肖扬来不及多想，一转身消失在暗夜里。

毛森带着肖扬等人抓捕李陆时，李陆还在睡觉，肖扬踹开门时，一股浓烈的酒气扑面而来。李陆被惊吓得一下子坐了起来，当他看到眼前这一幕时，什么都明白了。他扶起歪倒在床边的酒瓶子，又喝了一口，一边穿衣服一边道：大水冲了龙王庙了吧，这是做什么，咱们可是自己人。

审问李陆是毛森和肖扬两人在秘密中进行的，逮捕李陆并没有让军统局更多的人知道，除了几名执行队的队员。

起初李陆一副无辜的表情，坐在两人对面的一张凳子上，他为自己喊冤，又把自己的经历叙述了一遍，从中统在上海失去联系，投奔了军统，他一口咬定军统是在排外，滥杀无辜。

肖扬已经捋清了思路，在七十六号关押室，被枪决的麻录其实是李陆，而贪生怕死的麻录李代桃僵，成了李陆。麻录做到这一点并不费力气，因为他太了解李陆了，他们是同事，关于李陆的身世和经历，麻录可以说得天衣无缝。在以李陆的身份投奔军统时，麻录抓住了战乱的上海没人指证这一漏洞，轻而易举摇身一变成了李陆。

肖扬还记得枪决李陆时，自己被戴着头套，只在李陆被枪决后看见了李陆的后脑勺，并没有看清李陆的面部。然后，他被放掉，成为麻录已死的见证人，再让麻录以李陆之名打入军统内部。这是七十六号一箭双雕的做法，不仅是双雕，而是三雕，还有肖扬肚子里埋下的窃听器。起初军统屡屡失手都和这一切有关。但敌人千虑必有一失，他们没想到肖扬的嗅觉帮了大忙。他被关进七十六号地下室时，他的关押室和麻录的关押室是相邻的，几天时间里，他对麻录的气味太熟悉了。起初麻录以李陆的名义投奔军统时，他多次想到过这种气味，因为敌人的李代桃僵，迷惑了他的判断，他才迟迟不敢下定论。

昨天晚上的事件，是叛徒麻录去六三花园对面的公寓楼内做侦察，不巧，在公寓楼附近，碰到了肖扬和上官。麻录把他们出卖了，同时也出卖了自己。因为肖扬和上官是在执行毛森的秘密暗杀任务，军统的其他人并不知道肖扬和上官的行踪。他们的任务只有毛森一人掌握。

当肖扬说出这些事实时，化名李陆的麻录冷汗流了下来，他脸色苍白，浑身发抖，他无法为自己辩白，因为肖扬分析得天衣无缝。最后麻录在毛森和肖扬面前低下了头。

毛森拍了一下桌子，咬牙切齿地道：没想到党国出了你这样的败类。

麻录仰起头，颤抖着声音说：别杀我，我悔悟了，给我一条生路，让我将功补过吧，我还想为党国做些事。

毛森冷冷地望着麻录：敌人面前你贪生怕死，出卖了自己，现在你又要出卖你的主子。你想想，你还是个男人吗？你活得不如一个妓女。

毛森的枪已经拔出来了，他走到麻录身旁，把枪口抵在麻录的胸前。

麻录早已寡白了一张脸，一迭声地说：饶命，饶命，我再也不敢了。

毛森手里的枪响了，很闷。血像一朵鲜艳的花，绽放在麻录身后的墙壁上。

肖扬望着已死的麻录。下一个任务是营救刚刚被捕的上官。

营救上官

上官被关进了七十六号的关押室，肖扬以前对她描述过七十六号，因此，她心里对七十六号并不陌生。虽然特务们把她带到关押室的过程中她一直戴着头套，但作为现场专家，她还是用心记住了周围的环境和地形。

下车时走了三十六步进入地下室的门，通往地下室有十六级台阶，又走了五十三步来到关押室，地下室的基本状况，她已经了然于心。地下室的入口，与七十六号院子有四十米距离，离地面大约有三米的深度。地下室差不多就是一个楼基的面积。当特务取掉她的眼罩，她打量这间关押室时，发现这是一个正方形的关押室，面积有十二平方左右，依据总体面积，刨除通道，她很快估算出，这地下应该有三十间这样的关押室。职业的习惯，让她对地下室的状况有了一个大致的印象。她在心里画好了草图。她坐在一堆乱草上，背靠在墙上，似乎只有这样，才是安全的。作为军统人员，她以前办过的案件，抓人、审问、处决，那是她经常经历的一种工作状态。此时，她被七十六号抓来关押在这里。她在执行特殊任务时，也曾想过有一天会被敌人抓到，然后面对种种审讯，但那只是想象，一旦成为现实，她起初有些手足无措。所幸的是肖扬并没有被捕，肖扬一定把她被捕的消息告诉了军统，也许他们会想办法全力营救她。这么想过之后，她心稍安了一些，拢拢头发，困意侵袭了她，她便昏昏沉沉地睡去。

不知过了多久，她被开门声惊醒了，进来两个特务，不由分说架起她就走。拐了一个弯，又向前走了几米，两个特务把她带到一个审讯室里。审讯室有一张桌子，桌子后面坐了一个人，这人的身后亮着一盏灯，越过他的肩头照射在桌子对面那张椅子上。她被两个特务按坐在椅子上，灯的光束便照在她的脸上。强烈的光线让她看不见对面审讯她的人。

审讯的人似乎端起杯子喝了一口水，放下杯子后，那人问：姓名？

之前，肖扬和她执行任务时就起好了化名，两人就是用化名租的房子。

她答：赵月。

她低下头，尽量不去看那束强光，她盯着自己的脚尖，脚尖在暗处，那里一片漆黑。

陶天成坐在桌子后面，他望着眼前的上官。上官是他们被捕后加入的军统，他对她并不熟悉。不论上官说的名字真假，都不会瞒过陈恭澍，她是陈恭澍带来的人，能蒙过陶天成，但不可能蒙骗过陈恭澍。

陶天成觉得有必要提醒一下上官，便说：你认识陈恭澍区长吧？

上官想看一眼坐在椅子上的人，但强烈的光线让她打消了这样的念头，她只能低下头，陶天成再问什么，她一句话也不说了。她只能以静制动。

陶天成例行公事地问询了一番，便起身走了，桌子上那沓白纸上只写了“赵月”二字。陶天成离去，特务并没有把她带离审讯室，只是很响地关上了门。

过了一会儿，门外传来了脚步声。门开了，一个人走了进来，又坐到刚才那把椅子上。进来的人就是陈恭澍，他现在的身份是七十六号特务机关的副主任。

陈恭澍望着上官，在灯影后笑了笑。陈恭澍一出声，上官立刻明白，坐在她对面的是陈恭澍。她心里什么地方响了一下，但她的表面仍然无动于衷的样子。

陈恭澍就说：上官，好久没见了。

上官抬起头，眯了眼睛朝陈恭澍望过去，怯怯地叫了一声：陈主任。

陈恭澍就笑了，从座位上站起来，移开身后的灯，走到上官面前，微笑地打量着上官。上官看到陈恭澍，有种冲动，真想伸出手去掐死这个叛变者。她这么想了，当然不会这么做，即便这么做了，也是徒劳的。她镇定地望着陈恭澍，老熟人似的又叫了一声：陈主任。

陈恭澍又坐回到椅子上，很主任地说：上官怎么到这儿来了？

上官就把早就想好的说辞说了一遍。她当然不会承认军统的身份，只说自己早就离开了军统，已经嫁人结婚了，自己和丈夫在上海做小生意，不想却被抓了起来，为了和以前的经历彻底告别，她连自己的名字都改了。上官说这些时，依然很平静。

陈恭澍望着上官。他当然不相信上官编织的这套谎话，因为麻录早就把上官的真实身份传给了七十六号，包括他们所执行的任务。

陈恭澍望着眼前这个既熟悉又陌生的女人，他真不明白，是什么魔力让这个女人如此淡定。

他轻叹了一声道：上官，你这么做是何苦呢？

上官不再说话了。

陈恭澍又说：把知道的都说出来吧。如果你想加入我们的组织，我们欢迎；如果不想，可送你离开上海。只要你说出你们的秘密，并发誓不再参与军统的任何行动，我保证让你自由。

上官不再说话了，她只能用沉默对抗着陈恭澍。

陈恭澍最后还是走了，扔下一句话：上官，军统那些人给你什么好处了，为了他们，你值吗？

陈恭澍离去，连同他的脚步声也消失了。

接下来，上官就面临着拷打了。特务们用刑的手段是千篇一律的，承受拷打的精神却有着千差万别。她只能用沉默抵抗着来自肉体的疼痛。

上官被捕，让肖扬有了一种罪恶感。他们是战友，是工作的搭档，阴差阳错，他躲过了敌人的追捕，上官却落入了敌人之手。他认定自己是有责任的，没有保护好战友，他眼睁睁看着上官被敌人带走，走之前还向他传递着危险的信息，而他却只能躲在黑暗之中无能为力。作为一个男人却让一个女人去承受危险，肖扬的内心沉痛而又内疚。

上官被捕之后，毛森也极为重视，除掉了内鬼麻录，让他们卸掉了包袱。能否把上官救出来，成为重振军统上海区的关键。潜伏在敌占区，这些军统人员隐姓埋名，提心吊胆地在执行任务，他们最担心的就是自己的安危。上官被捕之后，许多人都在观察着事态的发展，如果军统上海区的毛森放弃了对上官的营救，会失掉整个军统人员的心。

毛森当然知道这样的民心，民心可鼓不可泄，他当即召集了一次会议，研究营救上官的方案。肖扬进入过七十六号，知道七十六号三道门岗戒备森严，别说从里面带出一个大活人，就是一只苍蝇飞过，他们也会扒开翅膀检查一番。武力解决肯定不行，即便现在调集所有上海区的军统力量对七十六号进行一次围歼战，也许还没等攻进七十六号院子，日本人、警察和租界巡捕房的人都会被招来。既然不能硬拼，只能智取。毛森思量着，只能调动内线的力量，采用收买敌人的办法，对上官进行营救。

虽然当时的上海被日本人占领，但给日本人卖命的大都是一些中国人。日本人并不相信中国人，只是把这些汉奸作为工具。汉奸们当然知道自己在日本人心中的地位和分量，自己混一个营生，也就是为了谋口饭吃。除了汪精卫这种为了自己的地位，才会真心投靠日本人，他自己也知道，自从成立伪政府，当上了主席之后，就踏上了一条不归路，胜者为王，败者为寇。军统人员和汉奸打交道，掌握了一条规律，那就是收买加利用。

毛森一面安排人员收买七十六号的特务，一面完成戴笠交给他的重要任务。最近一段时间以来，日本人出动了大批的飞机，轮番对重庆进行了大轰炸，每次日本人飞机出动，都像长了眼睛，准确无误地轰炸到重要的军事目标，这让重庆的国军损失巨大。戴笠判断，重庆地区一定有敌人的眼线和耳目在指挥日本空军的行动。临时政府每天都要几次躲防空，几乎无法正常办公。戴笠已经派出手下人进行了反侦察和搜捕，却没有收到成效。戴笠想到了从外围入手的办法，他指示毛森以上海和南京两地作为突破口，寻找潜伏在重庆的真凶。毛森一面派人锄奸，一面派人收买情报，寻找重庆大轰炸的幕后黑手。

肖扬突然想到了陶天成，既然陶天成能刺杀汪精卫，不管他是受谁指使的，都足以证明，陶天成是可以利用的对象。凭着他和陶天成的关系，凭着前几次和他的接触，他断定陶天成不会出卖他，即便陶天成帮不上他的忙，也不至于帮倒忙。

上次利用李代桃僵的假出入证，他曾经进入七十六号，虽然在童雪的掩护下，他没有露出破绽，但他也知道，这次不能再去冒险。他采用了守株待兔的方式接近陶天成。他已经掌握了七十六号那些特务的行动规律，白天一般躲在屋里睡大觉，到傍晚时这些特务才开始行动，每到傍晚，三个一伙两个一队的特务们走出七十六号，开始他们见不得人的勾当。

当陶天成出来时，刚开始肖扬只是远远地跟着，过了两条街，见四周无人，肖扬快速地跟上去。陶天成似乎发现了后面有人跟踪，快步闪进了一条弄堂。肖扬以前跟丢过，这次他有了经验，既然熟悉了陶天成的气味，陶天成无论如何甩不开肖扬了。在一个弄堂的拐角处，陶天成走了出来，他没想到跟踪他的人又是肖扬，见到肖扬，他似乎松了一口气。肖扬也松了一口气，他责怪地冲陶天成道：师父，干吗躲得这么快？

陶天成一把拉住肖扬，说了句：少废话，跟我走。

陶天成在前面引路，肖扬紧紧跟上。走了一段，两人又进了一家酒吧。白天刚过，傍晚来临，酒吧里的人并不多。陶天成找了一个角落坐了下来，肖扬坐在他的对面。

陶天成望着肖扬，并不说话。

肖扬压低声音道：师父，我不管你是什么人，我只求你帮一个忙。

陶天成还没等肖扬继续说下去，便截断他的话道：是不是为了那个上官？

肖扬看着陶天成的眼睛：无论如何这个忙你要帮，你开个价吧。

陶天成扭过头，并不看肖扬：七十六号你进去过，门岗就有三道，那个上官被关在地下室的最里面，地下室还有两道岗，你让我怎么帮？让我去抢人？

肖扬盯着陶天成的脸，他只好露出自己的底牌：是你去刺杀汪精卫没有成功，才使上官被你们的人抓去的。

陶天成突然转过头，吃惊地望着肖扬。

肖扬看着陶天成的表情，知道自己的底牌起了作用，点到为止，他不再往下说了。

陶天成探过头，压低声音道：你说我刺杀了汪精卫？

肖扬不说话，望着陶天成的眼睛。

陶天成一字一顿地说：肖扬，你活见鬼了？

肖扬见陶天成渐渐从惊怔中缓过神来，开始反击了，他只能再一次反击陶天成：六三花园那棵树上，你穿着夜行衣。

陶天成望着肖扬的眼睛足有半分钟，才又说：即便你看到的是真的，怎么知道是我？

肖扬见收到了效果，不紧不慢地道：还记得追你的那个警察吧，你刚上墙头，是我开的枪，否则，你不会坐到我的面前了。

陶天成一下子靠在椅子上：你在威胁我？

肖扬摇了摇头，放松语调道：师父，不管你给谁干，我可以不关心，我只求你帮忙把上官救出来。

陶天成吐了口气：要是我不答应呢？

肖扬：你不会，你能刺杀汪精卫，证明你还有正义，是个男人，是个中国人。

陶天成不再说话，他把要来的一杯鸡尾酒一饮而尽。

肖扬趁热打铁，又说：需要什么，我配合你。

陶天成站起来，走了两步，又立住：明天，还是这个时候，你在这里等我。

肖扬目送陶天成走出去，他笑了一下。

陶天成万万没有想到，自己的行动被肖扬尽收眼底，虽然自己穿着夜行衣，只露出两只眼睛，但肖扬把过程描摹得细致入微，他不得不相信，是肖扬救了他。虽然他没有听到枪声，但在他逃离六三花园院墙时，分明看见追赶自己的那个警察中了一枪，子弹击中额头，那个警察仰面倒下去。当时，他并不知道是肖扬救了他。许多天过去了，种种疑惑仍然困扰着他。今天肖扬说出了谜底，好在是肖扬，他知道肖扬不会出卖他，但自己行踪暴露还是让他暗暗大吃一惊。他的行动只受戴笠指挥，可以说他在和重庆单线联系，他的任务就是刺杀汪精卫。如果他这个任务完成了，不仅轰动全国，甚至可以震惊世界。也许他的名字会被后人写进历史。一想到自己的壮举，他就血脉偾张。他知道，自己在履行一个军人的责任，也是一个男人的仗义。陶天成被一种悲壮的豪情所笼罩。

其实在提审上官之前，他就意识到也许那颗子弹来自军统人员。刺杀未遂，惊动了汪伪特务，七十六号的丁默邨接到梅机关的指令：要在三天之内抓到凶手。上官这时被捕，无疑成了他的同谋，或者说成了他的替身。

当他接受陈恭澍的命令，提审上官时，他无法把上官和那个开枪的人画等号。也许上官背后还隐藏着一个开枪的人。当时他并没有想到这个开枪的人会是肖扬。今天，既然谜底被揭开了，他反而有了一种轻松感。他决定营救上官。

能否营救成功，陶天成心里并没有把握。他可以收买看押上官的特务，把上官营救出去，但接下来有可能暴露自己。刺杀汪精卫的任务还没有完成，就暴露了自己，不仅戴笠不会饶了他，男人的壮志未酬，他也心不甘。他知道，成功刺杀汪精卫，对当时的中国意味着什么，他会成为改写历史的人。既然不能暴露自己，他只能设想出一个万全之策。

第二天，同一个时间，他准时来到了那家酒吧，肖扬早就在那儿等他了。他刚一落座便说：我需要十根金条。

肖扬似乎早就有准备，从怀里掏出一个布包，沉甸甸地放在陶天成面前道：这是二十根。

陶天成望着肖扬。

肖扬看着陶天成的眼睛：这不是我的钱，我也不会有这么多钱。这是重庆给我们的经费，中国人的血汗钱。

陶天成把布包拿到桌子下，从包里拿出十根金条，揣在兜里，剩下的又用布包好放到肖扬面前：用不了这么多，剩下的你拿回去。明天把你两张照片给我送过来，不要多问。

陶天成说完就走，连头都没回一下。

肖扬望着陶天成，突然鼻子有些发酸。

肖扬按照陶天成的安排，在一天深夜把一辆轿车开进了七十六号院内，因为事前陶天成已经为肖扬办理了七十六号出入证，此时并没有遇到麻烦。车停在距离地下室出口十几米远的地方，不一会儿，四个穿便衣的人抬着一个麻袋走出来，打开车门放到了车的后座上。陶天成从暗影里探出身子，冲肖扬挥了一下手，肖扬明白，那是让他开车的命令。他一踩油门，车冲了出去，像来时一样，三道门岗并没有严格检查，很快放行。月黑风高，肖扬开着车一路疾行，拐到一个路口时，毛森派来的军统另外两辆车，一左一右护卫着肖扬这辆车快速地驶离。

车刚驶离，七十六号内传来一阵激烈的枪声。

这一切都是陶天成事前安排好的，他收买了当班的看守组长，又收买了今晚警卫的班长。发生了这么大的事，他们谁都明白，无论如何是过不了关的。他们只能逃离七十六号，隐姓埋名，流落他乡。他们既然要离开七十六号，就要伪装一下现场。看守人员和警卫在离开前冲天放了一阵枪，陶天成带着人一路追过来，有不识真相的警卫冲过来，陶天成开枪放倒几个警卫，这几个警卫也许目睹了事件的经过，他不想让把柄留在敌人手中。

当七十六号调动大批警力冲出来时，一切都已经晚了。

在四个中枪的警卫中，当场死了三个，只剩下一个警卫虽然中了枪，但并不致命，被七十六号的人送进了医院。这为陶天成埋下了隐患。

绝处逢生

七十六号好不容易抓来了上官，丁默邨和李士群等人正准备利用上官的身份和毛森进行谈判。起因是军统上海区在上海港劫走了一批军用物资。这批军用物资是日本人花了高价从德国买来的，因为疏忽大意，船还没有进入上海港码头，在吴淞口便被上海军统的人截获了。日本人得知这一情况，立刻封锁了江面，企图夺回丢失的军火。这批军火都是重武器，日本人是准备用来武装侵华日军部队的。没想到，在他们眼皮子底下愣是把军火丢了。

日本人一面下令封锁丢失军火的机密，一面命令梅机关的日本特务追查这批军火的下落。日本特务虽然凶狠，但在中国腿却不够长，于是影佐又把这一任务交给了七十六号。丁默邨和李士群见这是他们在日本人面前证明自己的大好机会，于是派出了大批眼线，明察暗访，却没有查到一点下落。

日本人判断，这批军火仍然没有离开上海地界，因为他们已经封锁了江面。运送这批军火时，为掩人耳目，他们采用的是民间商船，船上只有便装的日本押解人员。也正是因为这样，被得到情报的上海军统人员钻了空子。他们封锁了江面，这批军火不可能在海上运走，一定还在上海地界。但他们却查不到半点影踪，仿佛人间蒸发了。他们明白，这是上海军统干的。

这批军火日本人看得很重，下令七十六号限期彻查。也就在这时，上官被捕了。

丁默邨和李士群就想到利用上官作为交换条件，换回那批军火，没想到刚把交换条件传给毛森，上官却意外地被救走了。救走她的人，还是他们的内鬼。丁默邨和李士群的心情可想而知。

那个没死的警卫成了威胁陶天成的一颗定时炸弹。陶天成是第二天一早才得知还有一个警卫活着的消息，他赶到医院时，从楼下到楼上都是七十六号的人，他已经没有下手的机会了。一切已经晚了。

陶天成担心的事果然得到了应验，那个警卫把他供了出去，说昨晚在院子里射杀他们的人就是陶天成。

陶天成于是被关进了七十六号的关押室，铁门在他身后响亮地关上，落锁的声音在他听来是那么的刺耳。他坐在草堆上时，想到了他的下线苏婉蓉。

他和苏婉蓉相约每天都要碰一次面，重庆的指示苏婉蓉会传达给他，有关敌人的一些情报，他也会通过苏婉蓉的电台发往重庆。这是他们约定好的，如果打破这样的约定，就意味着对方发生了意外。

苏婉蓉在一天的焦急等待中，没有等来陶天成，第二天她又在焦灼不安中等了一个上午，这是他们约定的最后等待期限了。她先是向重庆发了一封电报，电报内容是：斑虎失踪。很快重庆发来一份急电，内容只有一个字：撤！

作为军统人员，他们的常识便是当搭档遇到险境，另一方必须撤离原来的接头地点。这么做是为了减少损失。

苏婉蓉收起电台，把电台装到一个皮箱子里，就像平时出门一样，锁好房门离开。

陶天成在被审讯之前，同样经受了拷打，这是七十六号惯常的做法，这种方法最管用，是丁默邨和李士群在中统那儿学来的，他们又把这种手段搬到了七十六号。许多人只受了几种拷问的手段便招了。他们对待陶天成也不例外，在审问前先上手段，摧毁他的意志。

在这期间童雪接到了重庆的密电：营救陶天成，自己人，代号斑虎。直到这时，童雪才知道陶天成原来是自己人，以前深入虎穴的孤独感一扫而空，原来她的身边就有同伴。丁默邨现在已经越来越信任她了。她知道，这份信任是因为她是个漂亮的女人。闲暇时，丁默邨有时会把她叫到房间，让她坐在沙发上陪他喝一杯咖啡。丁默邨和她聊以前的军统，一副壮志未酬的样子，也聊七十六号，聊他的卧薪尝胆，当然也抒发自己年届五十还没有成为中流砥柱的遗憾。每每这时，都是他说，童雪听。童雪听着，不时地鼓励评点一番丁默邨，一切都恰到好处，既有下属对上司的尊敬，也有一个女人对一个成功男人的体悟，总之，她的话语让丁默邨感到既宽慰又妥帖。

说到兴致处，丁默邨会站起身来在空地上踱步，望着童雪姣好的面容，就把男人的弱点显露出来。他一面叙说自己很孤独，连个说知心话的人也没有，有时也会吟几句诗，都是风雅的内容，顺着诗境感叹自己如今还没遇到红颜知己。说这话时，他用热烈的目光望向童雪，童雪就一副手足无措、不谙世事的样子。

丁默邨自然知道肖扬和童雪那段恋情，当初把肖扬放虎归山，原以为会派上大用场，没想到那么快就被肖扬识破了他们的计中计。丁默邨说这些时，是一个中年男人焦渴中的真性情流露，但他对童雪并不放心，不仅仅是因为她和肖扬做过恋人。他对谁都不放心，七十六号聚集起来的人鱼龙混杂，既有青洪帮打手，也有残兵败匪的投靠，当然也有日本人安插进来的眼线，军统是不是有眼线安插进来，他没有证据。表面上他一视同仁，但暗地里他也在观察着每个人的一举一动，包括眼前这位迷人、颇有姿色的童雪。

有一天，他去六三花园开会，会后和几位部长聚了一下，因为有几位部长在座，他表现得活跃了一些，就多喝了几杯酒。回到七十六号时比平时稍晚了一些，让他没想到的是，童雪还在他的办公室里等着他，见他回来，又是打洗脸水，又是泡茶。他看着一个女人在他的飘飘然中忙来走去的身影，突然有了一种冲动，他拉起童雪道：跟我走。

童雪不知要去哪儿，但从丁默邨的语气中，她还是感觉到，今晚要有大事发生了。丁默邨穿好外衣走到门口，她还站在原地，丁默邨回望了她一眼，她才清醒过来，关上灯，锁好门，随丁默邨离去。

汽车带着两人驶离了七十六号，在租界地拐了几条街，停在一个院落门前。这是丁默邨隐藏在租界内的一处秘密住地，平时他很少来到这里居住，大部分时间都住在七十六号的房间里，那里戒备森严，比这栋住宅要安全许多。平时，这里也放了两个警卫在看家护院，见车驶来，两个警卫立马把门拉开，一个警卫训练有素地替丁默邨拉开车门，用身体护卫着丁默邨。

丁默邨下车，童雪只好跟在他后面下车，一路向院内走去，身后的汽车消失在黑暗中。另一个警卫关上大门，丁默邨小声吩咐了一句：机灵点。

警卫应了一声，随即，丁默邨一把拉过童雪的手向楼上走去。

灯开了，一个宽大的套间，窗帘厚厚地遮着，一看这里就是很久没有人住过了，好在有人料理，一切都是一尘不染。一张大床很显眼地摆放在屋子中央，既不靠窗也不靠墙。显然，这一切都是为了安全的考虑。

童雪站在屋内，明白了今天晚上要发生的大事。在这之前，她曾无数次地想到过这种场景，自从特训班毕业前夕，戴笠给她上了那最后一课开始，她似乎已经从心里做好了牺牲的准备。现在终于来了，她明白，要完成任务，一定要让丁默邨相信自己，只有零距离接触丁默邨才能取得这份信任。今天，考验她的时机到了。她站在床前，看见丁默邨一件件把自己脱光，然后上床，上床前拉了她的手，她只能随着丁默邨向床又靠近一些。丁默邨先解开了她上衣的纽扣，她低下头，脸一定是红了，她觉得脸上热热的、辣辣的，她想到了戴笠曾经搭在她肩上的那只温热的手。她拨开丁默邨的手，开始解衣扣，她想到了牺牲。

灯灭了，厚重的窗帘无法使外面的路灯光线透进屋内，屋内一片漆黑，她有种透不过气的感觉。她被丁默邨拉到身边，身体便被覆盖了，一切都是被动的，整个过程，她一直想着牺牲。

从那以后，她和丁默邨的关系似乎发生了微妙的变化。在丁默邨的眼里，她已经不是下属，而是他的女人，他的红颜知己。在她的眼里，她已经接近了目标，就等着下手的时机了。戒备在丁默邨心中渐渐消失了，随着一个男人得到了一个女人之后，那种紧张感变成了一种松弛。这样的感觉让丁默邨陶醉也沉溺其中不能自拔。大部分时间里，丁默邨都要回到这套房子里过夜。

丁默邨选中这套房子作为自己的后花园，也是经过精心设计挑选的。在租界地，外人一般很难进来，尤其这里离七十六号很近，发生情况一个电话打出去，七十六号就会来增援。他挑选的两个警卫是跟随他十几年的人了，他对他们的忠诚完全放心。从第一次带童雪回这个后花园过夜之后，他再来时，会随身多带几名警卫过来，安插在院内的角落里。几次下来之后，安然无恙，这使丁默邨放下心来。

就在这时，童雪接到了重庆的命令，让她营救陶天成。

在陶天成又经历了一次拷打之后，她出现在关押室内。七十六号的人都知道现在的童雪已经是丁默邨身边的红人，自然一路放行。她来到陶天成面前，陶天成满脸是血地望着童雪。童雪蹲在陶天成眼前，背对着关押室的门，很像秘书地说：陶组长，怎么混成这样了？是不是冤枉的，你也不用着急，我们会把这件事调查清楚的。

她说完这话，把一张小纸条塞到了陶天成手里，然后慢慢站起身来道：陶组长，我们不会冤枉一个好人，也绝不会放过一个坏人。说完转身离开关押室。她一离开，关押室的门咣当一声就关上了。

陶天成转过身，打开手里的纸条，看到了一行字：扛住，组织会想法救你。

陶天成再去望门口时，童雪已经消失了，包括她的脚步声。陶天成的脑子开始清醒起来，他要配合童雪对他的营救。没想到，七十六号还有自己的人，他的力量一点一滴地在体内生长出来。

陶天成在七十六号吃尽了皮肉之苦后，审讯便开始了。脑子清醒后的陶天成，把那天的行动又梳理了一遍，包括每个细节。活着的都离开了七十六号，唯一那个受伤的警卫，是见证他那天晚上存在的人，具体细节陶天成料定那个警卫并不知情。这么想过之后，他决定孤注一掷，瞒天过海。只有用这种方法才能扛过去，为童雪营救他争取条件。

审问他的人是李士群和陈恭澍。因为七十六号对这起事件极为重视，他们想把上官作为一条大鱼去交换失踪的军火，既然上官逃走了，又发现了陶天成这条更大的鱼，他们就要抓住这样的机会，也许会有更多的意外惊喜。几轮拷打之后，他们觉得差不多了，于是李士群和陈恭澍亲自出场了。为了营造审讯的气氛，把陶天成从身体到精神都摧垮，他被吊在刑讯的十字架上，两盏大灯烤着他。李士群和陈恭澍端坐在桌子后面，四五个打手赤裸着身体，随时准备招呼的样子。

清醒之后的陶天成，此时脑子里只有一个信念，那就是扛着。

李士群用威严的语气说道：陶组长，你就招了吧，免得受皮肉之苦，你的身体可不是铁打的。

陶天成横下一条心，矢口否认不停地喊：我冤枉，我什么都没做，我一直在宿舍喝酒睡觉，我有证人。他所说的证人就是他的搭档马小六，在这之前，他一直在马小六的宿舍里和马小六喝酒，这也是他行动的一部分，万一行动失败，他可以找到证人。后来的枪声惊醒了七十六号里的人，随着警卫冲出去，其他人才不明真相地各自从宿舍里冲出来，当他们跑到门口时，一切都安静了下来，只剩下警卫和租界巡捕房的警察在交涉了。

马小六被人带来，他望着陶天成，此时的陶天成早已是衣不遮体，遍体鳞伤了。马小六痛心地闭了一下眼睛，不再敢看陶天成了，他哆嗦着身子，已经语无伦次了。

陶天成知道马小六是个聪明人，也是个胆小怕事的人，这样的人十有八九都是小气的人，既然小气就有可利用的地方。陶天成先入为主地冲马小六说：马小六，你要是饿了，我宿舍抽屉里还有留给你吃的饼干。

陶天成所说的饼干不是饼干，而是金条。马小六在陶天成抽屉里看到过金条，当时眼馋得眼珠子都快掉下来了。陶天成轻描淡写地把抽屉关上，说了一句：什么金的银的，最后都得换成饼干。

马小六当时咽了口口水：哥哥，你真逗，这得换多少饼干哪。

陶天成一笑道：兄弟，千金万银有什么用，最后不都是换成吃的用的了，金银是能吃还是能用？

马小六想了想也笑了，冲陶天成道：还是哥哥说话到位。

之后，陶天成就提着酒瓶子拉着马小六到他宿舍喝酒去了。

马小六果然是个聪明人，一点就透。他知道，陶天成想让自己帮他，代价是陶天成的金条。既然这样，马小六也豁出去了，一口咬定陶天成那天晚上一直和他在宿舍里喝酒，直到听见枪声陶天成才从宿舍里冲出来，后来看到几个警察跑进来，门岗警卫都没有了，陶天成才开始射击……

马小六的证言完全推翻了活口警卫的举证，依据马小六的证言，陶天成不仅无辜，而且还无辜得很。

马小六说完，还举起手冲着天棚发誓：两位主任，我说的句句是实话，我要是说一句谎话，出门就让军统的人打死。

七十六号的人都明白，他们最大的敌人就是军统那些暗杀人员。他们有时发毒誓时，就拿军统的人说事。

陶天成一直闭着眼睛，此时他睁开眼睛，强烈的光束让他看不见马小六，但还是冲马小六说：兄弟，谢谢你说了实话，等哥哥没事了，出去请你吃饼干。

马小六望着陶天成在灯影里笑了。

马小六的证言完全打乱了审讯陶天成的计划，但他们并没有死心，把那个受伤的警卫抬到了审讯室。这个警卫肚子受了伤，子弹穿过肚子，从后面穿了出去，所幸的是，他没死。这个警卫一被抬进审讯室，陶天成就用一双狠狠的目光将他盯住了。警卫看到了陶天成凶狠的目光，不再敢直视，甚至闭上了眼睛，当着陶天成的面，把陶天成要杀人灭口的逻辑又说了一遍。

陶天成就说：赵五，我平日里和你无冤无仇，我灭什么口？你们冲进来，我是在防卫，现在弄成这样，充其量就是个误会……

陶天成理直气壮地质问这个叫赵五的警卫。

马小六的证言让陶天成一块石头落了地，有马小六的证言，不论赵五说什么，七十六号抓不到核心证据，就不会置他于死地。陶天成知道，七十六号表面上相安无事，其实内部矛盾重重。因为这些临时拼凑起来的人马面和心不和。陶天成这些军统过来的人，瞧不起青洪帮和那些逃兵。那两拨人对军统过来的人也心存戒心，他们都想争宠得势，暗中较着劲。丁默邨和李士群也心知肚明，为了少惹麻烦，也是得过且过，到处安抚，收拢民心。

赵五就是个逃兵，无路可去才被七十六号征召而来的。

赵五指认陶天成是放走上官的人，陶天成则咬定自己开枪是场误会。面对两种截然不同的证据，七十六号无论如何下不了结论。不论是放还是杀，后面也许会出现更大的混乱。

童雪暗地里串联了前军统的那些人，集体找到了丁默邨为陶天成请愿，他们声称，陶天成是受到了敌对派系的陷害。丁默邨面对着昔日这些军统的人，在他心里，他既不完全相信这些人，又不能不利用他们。没料到陶天成事件招来了前军统人员的集体抗议，不论怎么处理都会让前军统人员不满，除非放了陶天成。但放了陶天成，丁默邨心有不甘。陶天成的案子就陷入了僵持之中，没有定论，人暂时就关在关押室里。

陶天成面对着每天送来的饭菜，先是见到了荤腥，后来就有鸡鸭鱼肉了，甚至还有了酒。陶天成知道，危险终于过去了。

又过了几日，童雪见丁默邨还没有放掉陶天成的意思，于是她走进丁默邨的办公室，立在丁默邨面前小声地说：主任，陶天成的事不能这么放下不闻不问呢，前军统过来那些人，意见很大。

丁默邨正在为陶天成的事发愁，拖着不放，暂时似乎平息了矛盾，可并不是长久之策。如果放了，漏掉了危险分子，便成了他最大的威胁。

他抬起脸，望着童雪，此时童雪无疑是他可以信赖的人了，他说：你说怎么办？

童雪就见机行事地说：陶天成看起来是一个人的事，他的身后可有那么多前军统的人，如果证据确凿，杀了他也不会有人说什么。现在就凭赵五的证言就治他的罪，恐怕要伤了一些人的心，现在能替七十六号卖命的，可就这么几个人了。

丁默邨点了雪茄，烟雾笼罩了他半张脸：依你的意思呢？

童雪就上前一步，更轻声一些道：放人吧，也许这是最好的办法，安抚一下也许就没事了。

丁默邨把雪茄放到烟缸里，在他犹豫不决、举棋不定的时候，童雪这几句话，无疑让他有了倾斜。狡猾的丁默邨心生一计，既然暂时无法掌握陶天成的证据，那就只能放长线了。

丁默邨抬起头，看着童雪说：放人，这个命令你去执行。

丁默邨想来想去，由童雪去执行释放陶天成的命令是最合适不过的了，因为这样不显得张扬，也不会太轻视，万一有一天陶天成信不过了，他不会授人以柄。他完全可以推卸这是受到了前军统人员的压力才做出的决定。

当童雪把盖着七十六号特务总部鲜红印章的命令交到警卫手里时，她才长长呼出了一口气。

陶天成在童雪的陪伴下走出七十六号地下室时，他眯上了眼睛，好一会儿才适应了外面的太阳。只几日时间，他就有了恍若隔世之感。他望着眼前的童雪，心里有种说不出的滋味。还是那个童雪，仍然是他的同志。他们为一个信仰在战斗着。他心里有一种温暖弥漫开来。

不一会儿，童雪又一次来到他的宿舍，给他送来几块银圆。她把那几块钱放到桌子上道：这是丁主任代表七十六号对你的慰问，给你三天假，让你把身体养好。

童雪说完，用力地看了眼陶天成，并没多说什么，转身走了出去。

陶天成知道，这一切又是童雪为他争取来的。他出事被关到七十六号地下室，外面的联络点一定发生了变故，他要利用这三天时间去安排打理。童雪的目光让他明白，他现在并不完全是安全的，也许自己前脚走出门，后面就会有人盯着他。

果然，他一走出七十六号，就发现有人在跟踪他。他叫了一辆黄包车，径直来到了一家妓院门口，他大大方方地走进去，回头再看那两个盯梢的人时，那两人已经守候在了门外。他前脚从正门进去，后脚从侧后门又溜了出去，他要用最短的时间寻找到苏婉蓉把情报传递出去。然后他还要从妓院后门溜进来，再次从正门出去。

初杀丁默邨

童雪取得了丁默邨的信任，重庆方面见时机已经成熟，便下达了刺杀丁默邨的命令。因为刺杀丁默邨事情重大，重庆又指示陶天成配合这次行动。两人以前是各自单线行动，童雪营救陶天成的过程中，已经暴露了各自的身份，没有必要相互隐瞒了。这次刺杀丁默邨的行动，以童雪的行动为主，陶天成只是外围配合，重庆把这次行动命名为：风暴一号。

在一间酒吧里，两人面对面地坐在了一起。在军统工作时，两人曾经是同事；自从来到了七十六号，虽然两人也是同事，但各自的关系和以前相比已经没法同日而语了。他们之间往来说话的机会并不多，甚至有许多戒备和提防。此时两人坐在一起，又是昔日的同志和战友了。

童雪在一步步接近丁默邨，这种关系全七十六号的人都看在眼里，因为她是个年轻漂亮的女人。一个年轻女人，为了自己的前途命运，出卖自己，以换取自己的利益，这是除童雪之外所有人一致的看法。表面上，大家都不敢得罪童雪，但他们的心里早已把她当成出卖肉体和灵魂的女人了，以前在陶天成眼里也不例外。而此时，当陶天成面对童雪时，从心底里生出了深深的敬意，她在牺牲自己，忍辱负重地默默接近任务目标。

因为丁默邨的神出鬼没，还有他的戒备，想在七十六号或者租界地下手，肯定不行，弄不好，会偷鸡不成反蚀把米。对于丁默邨只能智取。两人想到了投毒的办法，毒药由陶天成负责获取，童雪见机行事再下手，事成之后，由陶天成掩护童雪撤离。二人分工明确后，便在酒吧门口分手了。两人分手之前，一双手又握到了一起，这是同志式的握手，温暖有力，他们把各自的力量和信仰传递给对方，最后化成一股更大的力量。

陶天成很快便从黑市上购到了剧毒毒药，当他把毒药送给童雪时，童雪看着这一小包白色粉末，想到了丁默邨那张狰狞的脸，想象他中毒后挣扎，然后七窍流血，一头栽倒在她的面前。只要刺杀成功，她就会成为民族英雄，以前所有的委屈和耻辱都会得到洗刷，她就会是一个清白的人。她在这一瞬间想到了肖扬，甚至看到肖扬冲她露出了钦佩的笑容。她一面忐忑着，一面幸福着。

这些药每天带在身上肯定不安全，她低头看见了脖子上的项链，链子上有一个桃心形的金坠，那是一个可以打开的小盒子。这条项链还是丁默邨送给她的，为了讨丁默邨的信任和喜欢，她一直把这条项链戴在身上。无巧不成书，此时，这条项链还有那个项坠派上了用场，她把剧毒倒入了项坠里，这样就可以时时带在自己的身边了，只要有下手的机会，丁默邨必死无疑。

这样的机会终于来了。有一天晚上，丁默邨参加了梅机关的一个会议，日本人影佐对七十六号非常不满，不仅说了许多难听的话，甚至大骂了丁默邨。在日本人面前，丁默邨有理说不清，只能听着影佐对他暴跳如雷的训斥。会议结束后，日本人是安排了晚宴的，丁默邨因为情绪不佳，饭都没吃，便回到了租界区自己的家。

童雪早就等在这里了，见丁默邨进门有些不高兴，时间又早，便关心地问：主任，晚饭吃了吗？

丁默邨一边脱去外衣一边说：气都气饱了，还吃什么饭。

童雪上前接过丁默邨脱下来的衣服道：要吃点消夜吗？

丁默邨望着如此殷勤懂事的童雪，气已经消了一半，他把一只手放到童雪柔弱的肩头上说：那就辛苦你帮我做碗面吧。

童雪应了，很快地走进了厨房，她等待的机会终于来了。这碗面她做得异常精心，不仅用油炸了锅，放了葱花，还卧了一只荷包蛋，在面条上还撒了一些葱花。做完这一切，看着眼前自己满意的作品，她把项坠打开，把毒药均匀地撒在那碗面条里，然后满含笑意地把一碗冒着热气的面条端到了丁默邨的面前。丁默邨已经洗过了，坐在沙发上正在看一张报纸，见面端了上来，还冒着热气，他示意童雪把面放到茶几上，又让童雪坐到自己的身边，他手揽在童雪的肩头。望着童雪一张年轻俊美的脸，他的心又舒展了一些，笑眯眯地说：有你真好。

童雪心里有事，恐生变故，她一门心思都在那碗面上，便催促道：主任，快吃吧，一会儿就凉了。

丁默邨望着那碗面，挑起一筷子面条道：手艺不错，真香。他正要吃时，电话铃突然响了起来，童雪下意识地要去接，丁默邨制止了童雪，亲自走到电话机旁。电话是李士群打来的，在向他汇报工作。

童雪心里焦急万分，她一会儿看眼面条，面条起初还冒着热气，现在热气已经消失了，李士群冗长地汇报完工作，丁默邨又开始向李士群吐开了苦水。他一边大骂日本人，一边说着七十六号的不容易，他终于找到了发泄对象，于是喋喋不休地和李士群互倒苦水。

童雪眼见着面条都凉了，丁默邨还没有放下电话的意思。童雪担心那碗面，用筷子搅动了一下，她吃了一惊，发现那碗面在毒药的作用下已经变黑了，明眼人一看便知，这碗面有问题。好在丁默邨仍然在冲电话叙说着，她端起面向厨房走去，她把面倒进下水道，又打开水龙头拼命地冲洗了一番。

当她又一次打开火准备再给丁默邨煮一碗新面时，丁默邨站到了她的身旁问：怎么了，那碗面呢？

她忙说：见你接电话不知什么时候结束，面凉了也坨了，我想重新再给你做一碗。

丁默邨见童雪这么说，并没有多想，看了眼表，时间已经不早了，他这一个电话居然打了一个多小时。他说：算了，气都气饱了，时间不早了，不吃了。

说完揽了童雪向卧室走去。

初次暗杀丁默邨的行动就这么夭折了，童雪只能等待下一次机会。既然决定下毒暗杀丁默邨，总要等待丁默邨下口的机会。

童雪一个人的时候做了许多次实验，比如往茶里下毒，把毒药放到茶杯里，不一会儿茶水就变了颜色；还有在水果中下毒，她切了一个果盘，把毒药撒在水果上，也是很快便有了反应。明眼人是不会吃这种水果的。最好的办法就是在饭菜里下毒。

丁默邨几乎从来不在住所里吃饭，即便没有饭局也会在七十六号里用餐。用餐的过程也是极其严格的，厨师做好的饭菜要由厨师亲自端到丁默邨面前，当着丁默邨的面将各种菜都要尝一遍，丁默邨才开始动筷。在这种时候下手，几乎是不可能的。

已经如此接近丁默邨了却找不到下手机会，童雪心里暗自着急。她又约见了一次陶天成，两人仍然是在那间酒吧内，童雪把自己的困难说了。陶天成想了半晌，就说：既然这条路走不通，那就想办法把丁默邨调出七十六号和租界地，只要他能离开这两个地方，其他的事由我安排。

童雪只能另做打算了。

搭　档

上官被营救出来后，受了惊吓又受了些皮肉之苦的她很快又恢复如初了。

肖扬一直认为，是自己的计划不周，才让上官冒了如此大的危险，他心里一直内疚。在上官养伤期间，只要他一有时间便出现在上官的住所里，为她做饭，甚至洗衣服。为了让上官不寂寞，他还不停地给她讲故事，讲自己的童年，讲自己成年以后的经历，每次讲到淞沪会战时，他便讲不下去了。一讲到这里，他就会想起那场惨烈的战争，一个又一个倒下的战友，仿佛所有的一切就发生在眼前。战友的性命并没有换来上海的安全。上海沦陷之后，日本人又向中原挺进，每一天中国的土地都在一座城市接一座城市地沦陷。他想到了阻击日本人伤亡惨重的部队，还有沦陷后受苦受难的群众。他无法忍受这样的伤痛，更不敢去想象更为悲惨的现实。

他每次讲，上官都会认真地听，有时上官也会流下两行眼泪，他总是默默地为她擦去眼泪。

渐渐地，上官身体恢复了。上官坐在沙发上，他在为她削水果。上官说：肖扬，我给你唱首歌吧。

肖扬一笑道：好哇。

她唱了一首家乡儿歌，曲调清新悠长，歌词虽然古老，但却动人。

她唱完了，望着窗外说：肖扬，我想家了，想爸爸，也想妈妈。她的眼圈红了。

肖扬又何尝不想家呢，但他们现在是战士，为了能早日和亲人团聚，过上充满亲情的日子，他们只能战斗。为了信仰，为了自己，他们要战斗下去。

还有一次，上官望着肖扬的眼睛问：肖扬，我不明白，童雪为什么会丢下你，改投七十六号？

肖扬没有说话，走到窗前望着窗外。租界的路旁长着梧桐树，此时正是落叶时节，宽大的梧桐树叶飘落在地上。肖扬就望着那些落叶在风中旋转飘逝。童雪是他心底里永远的痛，他最为纠结的就是不明白她对他为什么会这么绝情绝意。在当时，也许如果童雪不肯依附于七十六号，她也会像其他人一样被处决。每每想到这里，他的心情便平复了一些。但童雪和丁默邨打得火热，侦查员不仅有照片不时地传递回来，每次他们跟踪丁默邨时，童雪还总是出现在丁默邨身边，两人的亲密程度已超出了肖扬的想象。负责跟踪丁默邨的人不仅带回了这些照片，还告诉他一个更为难以接受的事实：童雪现在每晚都住在丁默邨的私宅里。

起初肖扬并不相信这些人的话，直到有一次他潜伏在丁默邨私宅附近，亲眼看到童雪和丁默邨一起下车，又一起走进私宅，一直到熄灯。那一刻，他才信了。他的心已经不再疼了，只剩下绝望和麻木。

上官见肖扬如此，便站在他身后说了句：对不起肖扬，我不该提她。

肖扬回过身，似乎已经和往昔告别，他平静地说：没什么，人各有志。

作为工作搭档的肖扬和上官，两人的关系已不知不觉地渐渐走近了，他们因为彼此熟悉了，就多了某种默契，甚至对方心里在想些什么，他们也心有灵犀。从那以后，上官没有再当肖扬的面提过童雪，她知道那是肖扬心里的一道伤疤。

有一次，肖扬陪上官散步，上官已经基本痊愈了，休养是为了让心情恢复如初。晚霞隐在楼后，若隐若现，夕阳拉长了两人走在路上的影子。因为上官被成功营救，毛森并没有安排肖扬其他的工作，他的工作就是尽力陪伴守护上官，让上官的身体和心理早日从阴影中走出来。

在那个宁静的傍晚，两人一言不发地走着，上官的高跟鞋在地面发出清脆的响声。突然上官停下脚步，肖扬回过头：怎么了？

上官有些调皮地望着肖扬道：肖扬，你跟我说实话，你到底喜欢什么样的姑娘？

肖扬望着上官，眼神闪烁了一下：怎么问这个？

上官半低下头，手捏着衣角小声说：肖扬，我知道你心痛，我想帮你介绍一个姑娘。

肖扬苦涩地一笑，探过身来，抓过她的手臂道：走吧，别乱想，现在我谁也不想连累，更没心思谈恋爱。

两人又向前走着，上官的鞋跟依旧发出好听的声音，像一种节奏。

上官叹了口气：我有好多译电班的同学，当时她们都分在南京了，也不知她们现在在哪儿，她们可都是优秀的姑娘，我想起了她们。

肖扬沉默了，走了一会儿突然说：我们现在是在敌人的眼皮底下，我们的危险无处不在，谈儿女情长，我们没有资格。

肖扬说完这话时，迎面有一个拉黄包车的人跑过来，上官下意识地挽住肖扬的胳膊。那辆黄包车过去很远了，上官才试探着放开肖扬。

肖扬这才吸口气道：你掐疼我了。

上官马上挽起肖扬的衣袖，果然在肖扬的手臂上，看到了两块暗红的印记。上官不好意思地笑道：抱歉，我自己都不知道。

肖扬没再说话，伸出手握住了上官的手，他的手一点点在用力，他想把自己的力量和存在传递给上官，让她感到安全。上官刚刚的反应，是后遗症。

上次上官被捕，受伤的不仅仅是身体，更重要的是她的精神。上官首先是女人，然后才是名军人，被捕后她的无助和茫然，肖扬能够体会得到。作为搭档，作为男人，他没有尽到职责保护好上官，他有一种深深的愧疚感。他在努力让上官信任他，让她有安全感，他握着她的手，两人向前走去。

上海的毛森接到了重庆的指令：破译日本空军密电码。

毛森看着眼前的电令，知道这件事情关系重大。此时，重庆正在经受着日本空军的狂轰滥炸。因为重庆不同于上海、南京这样的城市，后者是一片平原，易攻难守；重庆山高林密，易守难攻。况且，蒋介石为了守住最后的家底，在大西南的山里屯下了重兵。日本人知道，如果地面进攻，将是旷日持久的，但为了达到让中国人屈服的目的，投入了大批的空军，在天上日军占有绝对优势，几个回合下来，中国空军伤亡殆尽，已经没有还手之力了。日军从不同机场起飞，目标就是国民党临时政府所在地重庆，一时间重庆上空成为日军新开辟的战场，逃难的人群到处都是。有几次百姓为了躲避空难，钻进了临时防空洞，结果防空洞被炸弹炸塌了方，上千人被闷死在防空洞里。除了对城市的轰炸，许多军事目标更是日军重点袭击的对象，有时一个团的守军刚刚驻防到此，第二天，便遭到了日军的狂轰滥炸，一次轰炸下来，损失成百上千名士兵。还有军火库、兵工厂更是反复遭到轰炸，兵工厂成了游击工厂，从这座山搬到那座山，没几日便又遭到了敌人的轰炸。明眼人都知道，这是有人在重庆出卖情报，有电报在引导日本空军轰炸的目标。破获日本空军的译电码便成为保住重庆的新任务。戴笠一面忙于在重庆抓内鬼，一面指示毛森在上海敌占区破译日本空军的译电码。他们要在源头掐死敌人的联络，让日本空军眼瞎耳聋。

戴笠也在请求美国情报部门的支援，美国也算大方，派出了被誉为电码之父的莱雅德来到了重庆。这个莱雅德是闻名世界的破译高手，人称“破译精灵”。

莱雅德登陆重庆的消息自然也引起了远在上海的汪伪特务们的注意，他们一面想方设法干掉莱雅德，又一面加强了他们通信联络的手段。一场看不见硝烟的战斗，就此拉开了帷幕。

毛森看着戴笠的指令，思考着手下这些人谁是合适的人选。他又拿出了上海军统人员的档案。为了保密，这些人的档案都采用了代号，外人很难对上号。当毛森看到上官逸飞的档案时，立马眼前一亮。上官逸飞在南京电码研究所工作过两年。这个研究所毛森听说过，也是当年戴笠一手组建的，创始人是清华大学教授温毓庆博士，这人曾经留学于美国，也算是莱雅德的学生之一。就是这个研究所，在 1936 年破译过一份日本外交密电，就是日本人即将全面侵略中国的密电。虽然 1937 年日本人对中国全面开战成为事实，但那份密电对蒋介石最后的决策还是起到了关键作用。

毛森恍悟了戴笠重组上海区把上官派到上海的真实目的。毛森立刻有了自己的计划，他在一天傍晚，敲开了上官的宿舍门。当时这些军统人员并不住在一起，为了安全，主要成员都住在租界区，以个人的名义租住住处。一是为了安全，二来也是为了便于行动。

肖扬正在为上官做饭，就在这时毛森走了进来。两人知道毛森一般不会轻易来找他们，必定事情重大，既然毛森是来找上官的，肖扬准备回避，毛森制止了肖扬离开，两人于是坐到毛森的面前。毛森拿出了戴笠的电令，不需多说，两人便明白了自己的任务。他们仍然以夫妻作为掩护身份，仍然把六三花园作为据点，因为那里离汪伪政府近，离日本人也近，敌人许多电台都设在那里，既然要破获敌人电台情报，自然离敌人越近越好。

准备电台并不是件麻烦的事，军统已经通过香港给他们运来了美国制造的最先进的电台，接下来就等着他们织起一张天罗地网了。

之前住过的那家公寓成为他们别无选择的选择，上官曾经在那里被捕，不是因为离六三花园近，而是因为叛徒的出卖。毛森说：最危险的地方，也是最安全的地方，只有深入虎穴，才有可能得到虎崽。

当上官和肖扬又一次出现在公寓管理员面前时，那个驼背的管理员怔怔地看了他们好一会儿。

肖扬首先开口道：老哥，又打扰你了。

管理员似乎这时才反应过来：没事就好，这次你们想住什么样的房间？

肖扬和上官对公寓已经很熟悉了，上次他们的任务是监视汪精卫的行踪，当然视野成了他们的首选；这次的任务是监听，不用眼睛，只用耳朵，当然越隐蔽越好。

肖扬把管理员拉到一旁，从兜里掏出一卷钱塞给管理员。管理员下意识地推拒，被肖扬拦了下来，肖扬小声地说：老哥，上次住在阳面，惹了那么大麻烦，这次，我们不住阳面了，以免引起误会，就找一套靠角落的吧。

管理员不停地点头，提着一串钥匙，叮叮当当地在前面走，他的背似乎又弯下去了一些。最后管理员在阴面的一套房间里打开了一扇门：这里阴，见不到太阳，许多人都不愿意住，你们看着合适就住下。

肖扬和上官察看了一下周围的房间。这套房间挨着一间水房，另一面没有房间，是一堵墙，水池的另一面是一间库房，库房另一侧才又是一套房间。

管理员似乎看清了他们的心思，才给他们选择了这套孤零零的住房。两人看过了，用眼神交流了一下，肖扬便冲管理员说：多谢老哥，我们就住这套了。

管理员把钥匙从钥匙圈里摘下来，递给肖扬，说了句：祝你们平安幸福。

说完驼着背叮叮当当地走了。

这套房间是一个两居室的套房，正适合他们架设电台。楼后面是一片树林，过去很远才有人居住，仿佛这里的一切都是为他们这次任务精心设计的。

两人分几次把电台运了进来，靠里的那一小间做工作间，电台就架在了那里。肖扬又把床进行了改造，平时电台就放在床下，需要电台时，把床铺打开，揭去上面的木板，就可以把电台组装起来。另外一个房间做上官的宿舍，肖扬仍住在客厅里。一切准备就绪之后，两人便开始工作了。

上官在南京电码研究所学习过，1936 年破获日本外交电文时，她正在研究所里，只要找到了日本通信密码的诀窍，破获日军电文并不是件难事，日本空军的通信方式使用的也是五十个日文字母的组合方法。国际通用的是摩斯电码，日本人当然也不例外，所不同的就是他们的语言。虽说上官对日语说不上精通，但一般的电文往来都不会用生僻的字词，对付这样的电文，她的水平也足够了。

六三花园附近驻扎了太多的军队，不仅有汪伪政府各种机要电台，还有警察局、日本宪兵总队的电台，多种频率和信号林林总总，一片嘈杂。想在这些电台中找到空军专门用来下达轰炸指令的电台频率并不是一件容易的事，首先得搜索、锁定，然后再依据通信内容来确定。

上官戴着耳机在搜索电台频率时，肖扬只能待在一旁陪着。他对发报收报还行，这在军统特训班时就学过，搜索频道并破译密码他就不在行了，只能作为一个旁观者陪在一旁，看着上官全神贯注地在搜索频率。因为电台开着，怕电台的声音传到外面去，屋子已经拉上了厚厚的窗帘，门也是紧闭着的，空间不大的房间里奇热无比。上官的额头不时地沁出一层细汗，肖扬便把用凉水洗过的毛巾搭在上官的额头上，有时肖扬都会打起瞌睡，他不停地为上官煮咖啡，咖啡的香气在小小的房间里弥漫着。

终于，上官锁定到了一个频率，她快速地抄录着一份电文。电文抄录下来后，她让肖扬找来日本人用的译电本，可怎么也翻译不出来。刚才截获电文时的欣喜一扫而空，她沮气地把电文纸扔在一边，盯着电台不断闪烁的指示灯发愁。

肖扬拿过电文纸和密码本来到了客厅，他审视着电文，也毫无头绪。他盯着那些拉丁数字，仿佛那些数字复活了，在他眼前舞蹈起来，像一群蚂蚁，有时又像一堆树枝。他被这些看似简单的拉丁文搅扰得头昏眼花。

上官走出里间，默默地在他身边的沙发上坐下来，很疲惫的样子。

肖扬突发奇想地冲上官道：你想没想过，如果他们发来的电报不是日文呢？

上官眼前一亮，拍了下腿说：完全有这个可能。

他们第一个闪念想到的便是中文，既然是重庆发往日本空军的电文，这些特务十有八九会是中国人，中国人不会日文很正常，用熟悉的中文发报也就顺理成章。接下来，他们试图用中文破译这些电文，但也没有个结果。两人四目相视，肖扬又试探地说：不会是英文吧？

上官开始用英文破译，突然她大叫起来：对，就是英文。

可惜的是，因为没有英文密码本，正式电文他们不得而知，但他们还是有了一个重大收获。这封电文的落款是“独臂大侠”。当然这是一个代号。

虽然没有破译正文，但这一条重要线索对重庆方面来说，无疑也是一个重大突破。

挖出“独臂大侠”便成为戴笠的当务之急。重庆毕竟不是上海，还是国民党的地盘，明察暗访之后，高炮防空部队的一个少校营长进入了军统视野。这个少校姓高，他的履历很快被送到了戴笠的案头，这个高少校曾经留学日本的经历让戴笠更加心中有数。在电讯专家莱雅德的帮助下，电台的监听人员在高少校住所附近进行了监听，果然发现了异常电波。目标锁定，接下来就是如何接近这个独臂大侠，人赃俱获了。

徐英这个名字浮现在戴笠的脑海里。徐英在重庆军统总部电讯组工作，业务精湛，凡是有重大情报都由徐英亲手发送出去，许多上海、南京、青岛的内线，都设立了专门电台，也是徐英在负责和这些内线单独联络，这位漂亮的女性，是戴笠能够信赖的。为了稳住独臂大侠并接近他，获取更多有价值的情报，徐英领受了任务。

经过暗中观察，这位高炮部队的高少校喜欢参加军人俱乐部组织的舞会。他舞又跳得很好，这就给徐英提供了接近高少校的机会。样貌出众的徐英很快进入高少校的视野，于是他不停地约徐英跳舞，跳了一曲又一曲，两人也进行了亲密的交流。徐英自然隐瞒了自己的真实身份，只说自己在政府里担任一般文员工作。显然，高少校已经被徐英深深地吸引了。舞会结束后，他还主动要去送徐英，两人走在重庆山城的街道上，随着路面起起伏伏，高少校也就一路心荡神摇。渐渐地，两人就熟悉了起来。徐英见时机已经成熟，突然有一天找到高少校，向他哭诉房东欺负她，要提高房价，她不同意，两人就吵了起来，现在自己已经无家可归了。高少校看着泪水涟涟的徐英，一副无家可归的模样，男人的大气和豪情便显现出来，他当即决定，让徐英搬到自己租住的地方去住。这正中了徐英的下怀，她的任务就是无限接近这个高少校。

当时重庆的守军都是临时撤到重庆的，临时军营只适合士兵和连排级军官居住，为了解决少校以上军官的居住问题，部队决定自己花钱在驻军附近租住房屋。高少校就是在这种情况下租的房子。

高少校租了一套两室一厅的房子，徐英住在其中一间，高少校自然住在了另外一间。白天的时候，两人分头去上班，傍晚的时候才回来。

高少校似乎很忙碌，每次回来都冲徐英说：你做饭，我回房间睡一会儿。

说完便一头扎进自己的卧室，窗门紧闭。有时徐英把饭菜做好了，去敲他的房门，里面没有一丝声响，她去推房门，房门也是紧闭的。徐英意识到，秘密就在那间卧室里，她要走进这间神秘的房间。

在军统和防空高炮部队的配合下，一天傍晚，客厅的电话铃突然响了起来。高少校接完电话，说了一句：部队有任务。说完便头也不回地走了出去。

徐英知道，这一切都是事前安排好的，她会有两个小时独自待在这个房间里，在这两个小时的时间里，她要找出独臂大侠的真实身份。高少校一走，她便进入高少校的房间。让徐英感到意外和吃惊的是，床上床下，包括放衣服的壁柜，这一切都很正常，并没有发现异样。她在高少校的房间里，把能想到的地方都搜寻了一遍，难道判断有误？徐英下意识地坐到放在桌前的一把皮椅上，她是想冷静下来认真想一想，结果一件让她意想不到的事情发生了。壁柜突然移开了，壁柜后露出一个门，原来这个房间做了夹层，里面还有一间暗室。开暗室的机关就在皮椅上，刚才一坐不小心碰开了。徐英走进暗室，一部电台正在工作，各种密令影印的工具都在桌子上摆着，还有一本书引起了徐英的注意，这是美国女作家赛珍珠一本名叫《大地》的长篇小说，是英文原版的。徐英一下子明白了以前没有破获电文的真正原因。这个独臂大侠把这本《大地》英文小说作为和日本空军联系的密码本。这一重大发现，让徐英茅塞顿开。

她来不及多想，拿起电话接通了军统。军统那里早就做好了准备，几分钟后几个人便赶了过来，在独臂大侠回来前，他的住所已布下了天罗地网。

独臂大侠刚一进门，便被军统的人戴上了手铐，他还想挣扎辩白，但当他面对自己洞开的密室时，只好低下了头。一切诡辩已经失去了意义。

独臂大侠绝望地望着眼前秀丽美貌的徐英，徐英已经冲他露出了胜利者的笑容。

独臂大侠秘密落网的消息传到上海上官手里时，她看着电文，一下子扑在肖扬的怀里，仰起脸激动地说：我们的情报是准确的，我们成功了，独臂大侠落网了。

一连串的欣喜，也让肖扬情不自禁，他抱起上官在房间里疯狂旋转起来，两人差点跌倒在沙发上。

回过神来的两个人都有些不好意思，迅速地放开对方，四目相视，连日来紧张工作，好消息让他们放松下来。上官平复了一下自己的心情道：我们接下来的任务就是切进敌人的电台，我们就是独臂大侠。

重庆方面是在秘密的状态下逮捕了独臂大侠，日本人自然不知道这一切。

两人很快在外文书店买到了那本赛珍珠的小说《大地》，以这本书为译本，编写了一条电文，发往日本空军。

在这份电文的引导下，日本大批飞机出动了，在这之前，独臂大侠早已经把重庆高炮防空部队的布防和火力射程通报了日本空军，所以日本飞机才能躲过高炮部队的火力，有恃无恐地在重庆上空狂轰滥炸。但如今，这份电报引诱日本军机飞往了高炮部队的伏击圈。结果可想而知，几十架日本军机，不仅没能偷袭得手，反而被重庆的高炮部队击落了十几架。

这一重创让日本空军醒悟过来，以前独臂大侠的情报都是精准没有差错的，他们开始怀疑独臂大侠了。

再杀丁默邨

肖扬和上官的情报让重庆取得了胜利，但在当时，这也只是一个小插曲。汉奸不除，无论如何也无法动摇汪伪政府的存在。暗杀特务头目仍然是当下最主要的任务。

潜伏在特务内部的陶天成和童雪接二连三地接到重庆的指示，让他们适时准确地出击。

童雪自从上次投毒未遂，一直在寻找着出手的机会，接到重庆接二连三的指令后，她的心情更加迫切了。

新年前夜，童雪看到了希望，依然是在丁默邨的私宅里。这天晚上丁默邨心情很好，在六三花园和汪伪政府的官员们新年联欢，汪精卫的一个心腹在席间偷偷向他透露了一条消息。汪精卫准备改组伪政府，丁默邨极有可能离开七十六号，担任部长一职。丁默邨早就对七十六号这种打打杀杀的粗活厌烦了，不论日本人和汪精卫如何重视他们特务总部的工作，他们这些人在一些政府要员人眼里，永远是最没地位的一群人。不仅丁默邨有这种想法，和他搭档的李士群也早在暗地里开始四处活动了。两人只是心照不宣罢了。在新年的前夜，丁默邨得到这样的消息，无疑像打了鸡血一样地兴奋。回想起五十来年的经历，在国民政府时不被重视，被戴笠等人排挤得只能告老还乡。汪伪政府成立，他像看到了救星，从昆明跑到上海，投奔到汪精卫门下，就是为了有朝一日东山再起，成为政府里一名要员，让人尊重，光宗耀祖。这是丁默邨的梦想。突如而来的好消息，让丁默邨兴奋不已，他频频举杯和人喝酒，和影佐就连喝了三杯。虽然他没和汪精卫坐一桌，也没机会过去敬酒，但在汪精卫眼神投递过来的瞬间，他举杯遥祝着汪主席，也一连喝了几杯。他喝酒时不知汪主席看没看到，但他是心甘情愿地把酒喝了下去。

回到私宅之后他仍然是兴奋的，喋喋不休地说着今晚的晚宴，憧憬着当上部长之后的雄心壮志。童雪见丁默邨如此高兴，便提出了一个小小的要求，说自己在一家商店里看上了一件大衣，希望丁默邨作为新年礼物送给她。童雪说这话时，是带着一个女人的娇气，样子也是千娇百媚的。丁默邨看着已经陪伴了自己许久的童雪，他对童雪早已经失去了戒心，便从钱包里拿出一沓钱来道：你买就是了，别说一件，十件也没关系。

童雪拉住了丁默邨的手，顺势坐在丁默邨的怀里，扭动着腰肢道：我想让你陪我，大元旦的，我一人孤零零地去逛商店，多悲惨呢。

丁默邨见童雪这么说，有些犯难，他首先想到了自己的安全。

童雪见丁默邨犹豫，便说：就一会儿，到时让你的车等在门口，咱们买完就走，然后你请我去吃法国牛排。

丁默邨想了想，这家商店他知道，一共有两个门，就在马路旁，去买件衣服也就几分钟时间。看到童雪千娇百媚、无比动人的样子，他心一横，就答应了。

童雪自然高兴地抱住丁默邨又温存了一番。丁默邨心血来潮，提出去洗澡，让童雪上床去等他。童雪巴不得有这样的机会，看着丁默邨走进了洗澡间，自己马上来到卧室拨通了陶天成的电话，把明天丁默邨陪自己去商场的计划传达给了陶天成。

陶天成是夜半时分敲开了肖扬的房门，肖扬没有料到陶天成会找到这里来。他打开门时枪已抵在陶天成的头上，当他看清是陶天成时，才收起了枪。

和重庆单线联系的陶天成，如果往重庆发报，再由重庆指示上海区的军统人员，他担心这么一折腾会走漏消息，同时也怕误事。他无法贸然去找毛森，那样他的身份就等于暴露了。既然肖扬知道了自己的身份，最可靠的方法就是找到肖扬支援这次刺杀丁默邨的行动。

肖扬得知丁默邨第二天的行踪后，他才真正意识到陶天成的真实身份，他送走陶天成，便连夜向毛森做了汇报。为了这次行动的保密，毛森在行动队调来了几个外围队员，这些人不是军统正式成员，都是单独在执行任务，相互之间也不会串通。毛森连夜安排了执行队的外围人员，第二天一早，肖扬就赶到了那家商场和外围队员会合了。

他把几个队员分成两组，一组在商场内装作顾客，另外一组由他带领，在商场外面设伏，何时动手，以他的命令为准。

两辆车如期地出现在了商场的东门，在马路旁戛然停了下来。先是头车下来三个警卫，跑到后面车旁，打开车门，丁默邨和童雪从车上下来，三个警卫把丁默邨围了起来，童雪还挽起了丁默邨的手臂。丁默邨左右看了看，拉起童雪大步向商场里走去。下车前丁默邨在车里已经把外面观察了一番，他确信并没有发现异常才下了车，下车之后，他便快速向商场里面走去。

两辆车开始掉头，这也是丁默邨交代过的，他要在最短时间内离开商场。掉转车头的车停到马路另一侧，离商场的门会更近一些，司机打开后座的车门，上车的过程减少到最少时间内。

丁默邨陪着童雪一起进商场，两个警卫留在商场门口，有一个贴身警卫随二人走了进去。丁默邨一走进商场，还没有走到卖大衣的柜台前，便有几个年轻人一起把目光射了过来。经历了无数次危险的丁默邨马上意识到商场里有埋伏，他一下子把童雪揽到自己身前，这时他看见那几个年轻人已经把手伸进了胸前，他一把推开童雪转身就跑。

差点被丁默邨推倒的童雪怔了一下，她没来得及多想便追了出去，一边追一边喊：丁主任，丁主任……

丁默邨冲到商场外，两个警卫见事情不妙，拔出枪来，先是冲天放了两枪，街上的行人开始大乱起来。眼见着丁默邨就要钻进打开车门的汽车，肖扬带着执行队员也冲了过来，开始射击。司机已经启动汽车，带着半截身子钻进车内的丁默邨向前冲去。执行队的人见肖扬已经开枪，便一同开枪，连同商场内的队员也冲了出来，先是把门口两个警卫放倒，接着又向疯跑的汽车射击。

子弹并没有击中丁默邨，他的车门车窗都是防弹的，因为车在运动之中，他是一头扑进车内的，上了车以后，他几乎趴在了后座上。车窗和车门留下了十几个弹坑。丁默邨大难不死，闯过了这场精心策划的猎杀。那几个警卫倒毙在商场门前，还有惊呆的童雪。

刺杀未成，商场内外已经大乱，肖扬等人自然不敢久留，按照事前察看好的撤离路线，闪身钻进了弄堂，消失在人们的视线之外。

童雪站在商场门前，她的身前脚后是已经死去的三个警卫，还有纷纷乱跑的市民。她在这之前，曾无数次幻想过暗杀丁默邨，但事情真的在她眼前发生了，她却起初大脑一片空白，然后是惊愕。她亲眼看见丁默邨狼狈不堪地被汽车带走，一连串的变故，让她竟一时不知如何是好。商场周围的人都远离了事故现场，唯有童雪还在那儿呆立着。

突然，一只大手抓住了她的手臂，她还没反应过来，已经被带离了那个是非之地。走出一段，她才看清，站在她身边的是陶天成。直到这时，意识才又重新回到了她的身体里，她忙问：你怎么来了？

陶天成只是说：快走！

陶天成几乎拉着她一路小跑闪进了一条弄堂，两人刚进弄堂，警察就吹着哨子封锁了出事的现场。

陶天成带着童雪穿大街走小巷，一闪身来到了一个房门前，他拿出钥匙开门，把童雪拉了进去。这是陶天成新的联络点，为了今天的行动，他已经让苏婉蓉事先转移了，此时他把童雪带到了这个联络点。

两人坐下，陶天成把一杯水放到童雪面前，才说：暗杀失败了！

童雪望着陶天成，有种想哭的感觉。付出这么大的代价，从假降七十六号，到处心积虑地接近丁默邨，就是为了这次的暗杀，眼见着就要成功，却又让丁默邨溜走了。在出发前，她甚至都想好了，只要暗杀成功，她的任务就算完成了，她就可以离开七十六号。一想到离开七十六号，她的心里就多了一种忧伤，她第一个想到的就是肖扬。她知道，自己再也配不上肖扬了，但她完成了一个任务。重庆方面事前告诉她，暗杀成功，马上把她转移出上海。虽然那样就意味着再也见不到肖扬了，也许永生永世。虽然她不配再去爱肖扬了，但她想，也许肖扬会理解的，她在为组织献身牺牲。她所幻想的一切都是成功暗杀丁默邨之后的事，然而现在没有成功，这一变故是她以前并没有想过的，重庆也没有过这样的指示。

陶天成直视着她的眼睛，焦急地问她：你下一步怎么安排？

她望着陶天成，半晌她才说：我的任务还没有完成。

陶天成摇了摇头，低下头又抬起头道：这样的任务，你只能冒险去执行一次，丁默邨不可能不怀疑你。

她望着陶天成，在这一瞬间，她想过丁默邨会怀疑她，可她觉得丁默邨并没有证据。他陪她买大衣，突然遇到了刺杀，她也是受害者。她把自己的想法告诉陶天成，陶天成摇了摇头：你把七十六号想得太简单了，马上请示重庆吧，你何去何从，听从重庆安排。

就在这时，童雪突然下定了决心，她站了起来，果断又坚决地说：我要回七十六号。

陶天成听了她的话，震惊地张大了嘴巴，望着童雪。

童雪用义无反顾的声音说：我要回七十六号，因为我的任务还没有完成。

陶天成站了起来：也许你这次回去，就再也出不来了。

童雪凝视着陶天成的眼睛：自从进入七十六号，我所有的努力都是为了杀掉丁默邨，我做了这么多，我不甘心。

童雪在这时坚定地意识到，她不向重庆方面请示了，如果这时重庆安排她离开上海，那她之前做出的所有牺牲都将付诸东流，她不情愿也不甘心。眼前的陶天成，同为潜入敌人中间的内线，没权力去阻止童雪这一决定。

面对童雪这一决定，陶天成只能无奈地摇摇头道：丁默邨不会轻易放过你。

此时的童雪已恢复了镇定，她已经横下一条心了：我回去也许还有一分希望，我不回去一分希望也没有了。

说完童雪伸出手，有些悲壮地说：再见！

陶天成犹豫一下，还是伸出了手。他握了一下童雪的手，发现童雪的手有些凉，但却很有力。

童雪决心已下，力量又回到了她的身体里，她走出弄堂，来到街上，伸手叫了一辆黄包车，直奔七十六号而去。

丁李之争

当丁默邨狼狈不堪屁滚尿流地逃回七十六号时，李士群是高兴的。自从七十六号组建以来，两人从来就没有一条心过。论资历论能力，李士群甚至都压丁默邨一头，可偏偏丁默邨却成了主任，李士群是副主任。当然，两人投靠汪精卫的伪政府，都志不在此，七十六号是他们的跳板，他们要飞得更高。只有跻身于政府，成为政府内的实权派大员，那才是他们的理想。于是从七十六号成立之初，两人便开始暗中较劲。

丁默邨把精力放在了汪精卫这边，因为有许多老熟人老朋友都成为汪精卫身边的红人。为了接近汪精卫，他和这些汪精卫身边的红人频繁往来，暗中疏通各种关节，只要一有机会便去讨好接近汪精卫。

李士群自知在这方面的人际关系上不如丁默邨，他要曲线救自己，他知道汪精卫的靠山是日本人，不论汪伪政府如何折腾，最后还是要听日本人的。于是他开始和梅机关的影佐打得火热。影佐似乎也很欣赏李士群的忠心和才能，甚至有许多次下达给七十六号的任务不经过丁默邨，而是直接下达给李士群。有几次土肥原来到上海，在影佐的安排下，李士群还有幸受到了土肥原的接待。土肥原也表过态，要向汪精卫举荐他这位满怀才情和抱负的中国人。不知是土肥原没有举荐，还是汪精卫没有平衡好各种关系，总之，李士群并没有得到汪精卫的重用。

最近关于要提拔丁默邨的消息，李士群已经有所耳闻。眼见着丁默邨就要得到提拔，李士群恨得牙根发痒，可又无可奈何。丁默邨突然出事，李士群觉得机会终于来了。

丁默邨被暗杀的过程早有人向他做了汇报，李士群第一个想到的嫌疑对象就是童雪。童雪和丁默邨的关系七十六号的人无人不知，李士群一面嫉恨着丁默邨老牛吃嫩草的艳福，一面找寻机会，试图通过童雪扳倒丁默邨。此前他却一直没有找到这样的机会。现在机会终于来了，又来得这么恰如其分，他一面命人满城搜捕童雪，一面又向梅机关做了汇报，顺便也把这个突发事件通报给了汪政府。机会既然到了手里，他就不能放过。

做完这一切的李士群走进了丁默邨在七十六号的寓所。丁默邨虽然虚惊一场，但也着实被惊吓得够呛，他寡白着脸，半躺半卧在沙发上，两个警卫又是按头又是揉脚地正忙活着。此时的丁默邨望着走进来的李士群，仍然是一副惊悸不已的样子。两个警卫见李士群进来，忙退了出去。李士群故作关心地坐在沙发的一头，抓住了丁默邨仍然冰冷的手道：丁兄，这次你可被人算计了，差点丢了性命。

丁默邨白眼仁多黑眼仁少地望着李士群，似乎没有明白李士群话里的含义。

李士群就摇了摇丁默邨的手，又道：丁兄，你还没明白，那个小婊子就是埋在你身边的一颗定时炸弹。

丁默邨猛然想起了童雪，刚才的忙乱和惊魂未定，他也曾想起过童雪，甚至他在惦记童雪的安危，起初事发的一瞬间他也曾怀疑过童雪。现在他还没来得及仔细分析这件事情的来龙去脉，听李士群这么说，他挣扎着坐起来道：你怎么知道这件事和童秘书有关？在丁默邨嘴里，他一直把童雪称为秘书。

李士群看着丁默邨仍然是一副执迷不悟的样子道：丁兄，都到这时候了，你还割舍不下那个小婊子，你想想你去商场，有谁知道？

丁默邨摇摇头，喃喃道：这是昨天夜里我定下来的，今天商场一开门我就去了。

李士群：这还不明白？这件事只有你和她知道，司机和警卫也是你出发时才知道的行车路线，这不明摆着吗，不是她还会是谁？

李士群这么一说，等于替惊魂未定的丁默邨理清了思路。丁默邨张口结舌地盯着李士群，他不敢相信这件事真的和童雪有关系。

正在两人说话时，一名警卫进门报告道：童秘书回来了。

丁默邨对童雪回来是抱着某种期望的，但却出乎李士群意料之外。李士群快速反应了几秒之后，下令警卫：马上逮捕童雪。

丁默邨站起来道：这不妥吧，如果真的是她干的，她干吗回来？

丁默邨这个思维逻辑也并没有错，因为他是当事者，此时当事者迷的古训在他身上体现得淋漓尽致。

李士群一笑道：丁兄，我知道你舍不得她，不过是与不是不审怎么知道。干咱们这行的，宁可错杀一千，也不能放过一个。放过了他们，咱们就是个死！

既然李士群这么说了，丁默邨也觉得并没有错，惊吓之后，他的反应和智商明显降低了，他还来不及做出什么反应，便只能按着李士群的思路去做了。

当李士群派人把童雪关进审讯室之后，丁默邨才回过味来。自己被暗杀，李士群的态度比自己还要积极。童雪是自己的人，她被抓，意味着自己也不干净，如果证实童雪就是军统，那么自己就是窝藏军统的人。想到这里，丁默邨才意识到自己上了李士群的当，可已经晚了。

李士群抓捕了童雪，一面派人上报给日本特务机关，一面向汪伪政府做了汇报，他要双管齐下，齐头并进。对童雪的审讯，他也要亲自执行，对抓捕一个军统，他并没有多大兴趣，他感兴趣的是通过这件事可以扳倒丁默邨。

他坐在审讯室里，望着被灯光照射得没处躲藏的童雪，李士群突然有了一种优越感，仿佛对面坐着的不是童雪，而是他的政治对手丁默邨，心里的快意像浪一样一波又一波地涌动着。

李士群这么近距离观察童雪还是第一次，他看着面容姣好的童雪，突然明白丁默邨为什么舍生忘死地去喜欢眼前的童雪了。他对丁默邨的嫉恨，因为漂亮的童雪而有增无减。

童雪冒险又回到七十六号，是想做最后一搏，关于结局她也设想过两种。一是她被捕，被七十六号怀疑为刺杀丁默邨的元凶之一，可他们并没有一手证据，只是怀疑而已。凭她对丁默邨的了解，丁默邨不一定会忍心杀她。第二种可能就是，丁默邨并没有怀疑她，也许事后还会安抚她，日子又回到从前，那她就还有再次出手的机会。既然努力牺牲了，她就想看到一个成功的结果，否则她心不甘情不愿。让童雪没料到的是，下令抓捕她的不是丁默邨，而是李士群，审讯她的人也是李士群。在七十六号这么长时间，虽然她并不真正了解丁李两人之间的真正矛盾，但是两人面和心不和她是有所耳闻的。丁默邨曾在她面前骂李士群，说他忘恩负义，吃里爬外，等等。既然李士群来审她，丁默邨也许并不想置她于死地，虽然她身陷囹圄，只要丁默邨没有杀她的心，她就还有一丝活下去的希望，况且在这件事情上，她料定七十六号并没有真凭实据。

李士群还没有说话，童雪主动出击了，她盯着暗影里的李士群道：李副主任，我可没得罪过你，干吗用这招对待我？

李士群没料到眼前这个女人会反客为主，他意识到，自己也许遇到对手了。于是他在灯影里发出一长串冷笑，这笑声让几个看押的小特务也感到浑身毛骨悚然，偷偷地去望李士群。

李士群突然一拍桌子，挺直了身子道：童秘书，你马上交代还来得及，如果拒不说出实情，你以为有人能保住你的命吗？

李士群要摧毁童雪，如果可能，再挖出点丁默邨的什么把柄来，那可真是一箭双雕了。

童雪侧过头，让光束打在自己另一侧脸上，也毫不示弱地道：李副主任，我不明白把我抓到这儿来是什么意思。你问我，我什么都不知道，想了解更多，你可以去找丁主任。

李士群没料到眼前这个看似普通的女人，竟有如此大的韧性，果然他遇到对手了。他凶狠着声音道：童小姐，别以为你和丁主任穿一条裤子，就没人敢把你怎么样。告诉你，抓你的命令是我下达的，你在这里说不清楚，就别想再见到太阳。

童雪的分析是对的，既然丁默邨并没有怀疑她，她还是有救的，自己现在被抓也许和刺杀事件毫无关联，只是两人斗争的牺牲品。想到这儿，童雪心里暗自有了分寸，她便低下头什么也不说了。李士群问急了，她便说：我说不清楚，要问你问丁主任去吧。

李士群面对童雪这般，一时束手无策，他不想马上在童雪身上动刑，动刑那是没有办法的办法。如果刺杀事件真是童雪干的，她也不一定会说，即便说了，也不会对他有什么好处，如此，丁默邨还能以受害者的身份把自己洗干净，顶多就留下一个贪图美色的名声，仅凭这点小事扳倒丁默邨那是不可能的。他最想看到的结果是希望童雪反戈一击，和他站在一起，如果这样，那丁默邨就说不清楚了。想到这儿，李士群把灯光推开，他要采取怀柔策略，如果能把童雪拉到自己的阵营，对丁默邨反戈一击，那真是件美妙的事情。

他命令打开童雪的手铐，拉着凳子坐到童雪对面，摆出一副长谈交心的架势。他先是干干地笑上一阵子，然后才语重心长地说：童秘书，自从你来到七十六号，我李某一直认为你是个人才，现在丁主任只安排你做了个秘书，真是太屈才了，你受委屈了。

童雪望着李士群，突然笑了：李副主任，既然这样，那为什么还不把我放了，委我重任？

李士群呵呵一笑：童小姐，放你出去，我一句话的事。

说到这儿他看了一眼身旁站着的几个打手，冲他们一摆手，那几个特务便走了出去。

李士群：现在就咱们两个人，刺杀丁主任的事我不问了，丁主任交代了你什么任务？

童雪一下子明白了李士群的用意，她也稳下声音道：李副主任，我只是个秘书，只知道秘书应该知道的那些事，真有什么事，你们作为长官的，应该去问丁主任。

李士群碰了一鼻子灰，又不好发作，只能压住火气道：童小姐，你是聪明人，想重新见到太阳就给我配合，否则……

李士群剩下的话只能用冷笑表达了。

童雪站起来走了几步，立住道：李副主任，你和丁主任之间有什么和我没关系，你们之间的斗争非得把我拉来当牺牲品，那我也没有办法，因为我只是个小人物，可以随时当你们的替罪羔羊。

李士群知道自己真正遇到了对手，既然童雪已经成了笼中的鸟，他不想急于一口吃掉她，面对如此聪明又心中有数的童雪，他准备放长线。

李士群一连几日没再提审童雪，他在暗自观察丁默邨的动向。

缓过神来的丁默邨，智商又恢复如初了，他知道上了李士群的当，让他有苦难言。童雪是不是军统的人已经不重要了，不论是不是，童雪已经捏在李士群手里了。如果她真是军统的人，那他就是姑息养奸，自掘坟墓，这事传出去对他不利。如果不是，那李士群就是栽赃他，让他哑巴吃黄连，再抖搂出点别的事情来，他这一池水就彻底脏了，他也说不清道不明。最好的办法就是息事宁人，过一阵子，悄悄把童雪放了，可以给她点钱，让她远走高飞，这件事也可能大事化小，小事化成无形。

丁默邨这么盘算完之后，走进了关押室，他的身边并不带什么人，他想让童雪吃颗定心丸。当他出现在童雪面前时，童雪望着他，两人竟一句话也没有说。怀着各自想法的两个人，想的自然是南辕北辙的事情。

丁默邨压低声音道：童雪，那件事真的是你干的？

童雪自然知道那件事是哪件事，她既然铁了心不去承认那件事，就要把戏演下去，在这件事情上，她知道丁默邨会现身的，为见丁默邨早就做好了准备。她眼泪流了下来，委屈地道：主任，你连我都不相信，李副主任也这么认为，即便我是军统，那天咱们一直在一起，我怎么会有时间出去安排人？

这也是丁默邨所犹豫的，事是那天晚上定下来的，她从没离开过他私宅半步，第二天他们就去了商场，在车上两人还有说有笑，丁默邨宁可相信这件事情和童雪没有关系。望着泪水涟涟的童雪，又想到了温存的日子，他的心甚至痛了一下，他现在只能相信这是李士群捣的鬼。想到这儿，他掏出手绢递给童雪，心里就有了无限感慨。童雪擦了泪，仰起头冲丁默邨说：主任，有人要加害于你，你可要当心呢。

丁默邨听了这话，越发觉得童雪太委屈了，现在立马下令放了童雪显然不是时候，那样的话，李士群还会揪住不放的，他更说不清楚了。他要寻找机会，既能洗白自己，又要保童雪平安无事。于是他当即叫来了警卫，命令他们要好生照顾童雪。警卫们自然干脆地应了。

丁默邨恋恋不舍地告别了童雪，满怀心事地离去。

童雪在丁默邨的态度里看出自己的危险已过，于是她坦然下来。

纠　结

肖扬在商场门前，看到了童雪，因为童雪，他犹豫了一下，也就是犹豫几秒的时间里，他错过了绝好的刺杀丁默邨的机会。他之所以犹豫，是因为他心底里还是怕误伤到童雪。当时他并没有想更多，完全是下意识的一个闪念，就是这个闪念让他犹豫。后来匆忙离开现场，他才开始回想整个事发经过。刺杀丁默邨的情报是陶天成告诉他的，然而陶天成又从何处得到的这份情报？以前他也不止一次地怀疑过童雪的真实身份，但随着童雪不断地接近丁默邨，最后成为丁默邨的情人，他才开始打消对童雪的猜测和怀疑。他的心变冷，最后彻底死去。这样的突发事件，让他再一次面对童雪，他又一次对童雪的身份产生了动摇和怀疑。

在刺杀未遂的第二天，他见到了陶天成，两人还没来得及在那家经常光顾的酒吧落座，他便迫不及待地问：童雪到底是什么人？

陶天成坐下后，长叹了一口气：她被捕了。陶天成说这话，意味着童雪的身份已经没有必要保密了。

肖扬惊愕不解地望着陶天成。

陶天成补充一句道：她的真实身份我也是刚知道不久，军统的纪律，你懂的。

肖扬一下子抓住了陶天成的衣领，低声咆哮道：为什么还让她回七十六号，怎么不阻止她？

两人的举动引来了许多人的侧目，肖扬意识到了，放开陶天成的衣领。陶天成把身子伏在桌前，把头探过来，小声地说：我劝过她，让她马上离开上海，可她不听，说自己的任务还没有完成。

肖扬颓然地靠在椅背上，无力地望着陶天成。过了许久，他眼睛潮湿了，咬牙切齿地说：我们付出的代价太大了。

陶天成低下头，半晌道：我知道，你心里还有她。

肖扬两眼转瞬间似乎要喷出火来：怎么救她，你有没有办法？

陶天成无助地望着肖扬，摇了摇头：如果是一般事件，也许通融打点还有希望。这次是李士群亲自下的令，没有他的命令，谁也放不了她。

肖扬没再说什么，抓起帽子就走。

那天肖扬在大街上转了许久，从认识童雪那天开始，他们相处的每个细节都在他的记忆里过了一遍。

童雪为了完成刺杀丁默邨的任务，从接近丁默邨到委身于丁默邨，这种困难的经历，肖扬简直无法想象。

肖扬在深夜才拖着疲惫的身体回到了公寓内。上官看到肖扬，并没说什么，只是给他倒了杯水放在茶几上，然后才说：童雪被捕了，我是从敌人电报中了解到的。

肖扬没料到，上官也如此关心童雪。见肖扬并没有说话，上官又问了一句：童雪真的还是我们军统的人？

肖扬点了点头。见肖扬这么肯定，上官站了起来：那我们该怎么办？

这句话似乎提醒了肖扬，他不想这么被动等待下去，无论如何他要营救童雪。营救童雪并不是件容易的事情，当他找到毛森时，毛森已经接到了重庆方面营救童雪的命令，毛森也在为难这件事。之前重庆方面并没有透露童雪的身份，因为她这次失手，最后暴露了身份，重庆才发出了营救童雪的指示。

毛森知道，营救童雪只能通过内线里应外合，强取是无法成功的。毛森已经了解到，童雪被捕，日本特务机关也很关注，这就给营救童雪带来了困难。

肖扬有几次来到七十六号附近，隐身在角落里，望着七十六号高高的院墙，想着童雪此时就被关在地下室里，他真想让自己变作一只鸟飞进七十六号。

陶天成在这期间又见了肖扬一次，告诉肖扬，丁默邨并没有杀童雪的意思，自己也见过童雪，她的一切都好，让肖扬放心。

肖扬当即写了一张条子：童雪，我们在设法营救你，你坚持住！

肖扬提笔的时候，似乎有很多话要对童雪说，可落在纸上时，变成了这样一条信息。

陶天成把肖扬的纸条接过来，什么也没说，只是重重地拍了一下肖扬的肩头，走了几步又回过头来：你放心，我一定带到！

陶天成走了，带着肖扬的信息。他见童雪并不是件困难的事情，关押室的警卫对陶天成并不设防，况且童雪和丁默邨的关系大家也都心知肚明，今天是阶下囚，也许明天就又是座上客。他们不仅对童雪很客气，对来看童雪的人，他们也一概不拦，甚至躲到远处，装作没看见、没听见的样子。

当陶天成把肖扬那张纸条递给童雪时，虽然并没有落款，但肖扬的字迹她一眼就认出来了，她从头至尾一连看了几遍，似乎那张小小的纸条上写着肖扬的万语千言。她抬起头来时，已经是满脸泪水了。她哽咽着声音小声地道：谢谢，谢谢同志们。她并没有说肖扬，而是说同志。

陶天成望着童雪的样子，心里的滋味也异常复杂。童雪的身份，也是经过这次刺杀事件，才真相大白。他对童雪刮目相看，不仅因为她是自己人，还有她的牺牲精神。她是在用自己的情感和身体完成着自己的任务。在陶天成的心里，童雪高大而又伟岸。陶天成甚至问过自己，如果自己是童雪，去完成这样的任务，又该如何？他对自己并没有信心。童雪的壮举让陶天成自惭形秽。

陶天成见警卫躲在远处，小声地道：要想救你出去，还要在丁默邨身上做文章。你就一口咬定自己是冤枉的，他们到现在并没有证据。

童雪点了点头，陶天成说到这儿，又看了眼童雪，小声道：我该走了，你保重。

他和童雪握了一下手，尽可能把自己的力量和温暖传递给童雪。童雪感受到了他传递的力量，点了点头。

根据陶天成传递出的信息，毛森和肖扬也分析道，在童雪暂时安全的情况下，营救童雪的行动只能暂时秘密进行，如果营救行动暴露，不仅救不了童雪，反而会加害于她。七十六号的人正在拼命搜集关于童雪的证据，他们不能让七十六号抓到把柄。

童雪得到暗示之后，她要求见丁默邨。当丁默邨得到童雪要见自己的请求时，心里也是五味杂陈。他一方面怀疑这件事和童雪有关，一方面又不相信和她有关，他的心情是纠结的，一面是自己的敌人，一面又是他最亲近的人，他如何选择自己的情感，是恨是爱？此时在丁默邨心里架起了一座天平，一会儿向左，一会儿向右。因为他的纠结，童雪只能在关押室里待着。丁默邨明白李士群的用意，不管童雪是不是真的军统，李士群都想把童雪就是军统的证据坐实，那样的结果，只对他不利，甚至有可能把他拉下马，而让李士群在汪精卫那里一步登天，这样的局面丁默邨是不想看到的。

虽然童雪的事暂无定论，日子还和以前一样，但他并没有放下童雪，不仅是因为情感和女人。对于女人他想要就会有很多，关键是李士群已经把一颗定时炸弹埋在了他的脚下，是自己处理，还是让这颗炸弹自己爆炸，他正在考虑这件事。当丁默邨得到童雪要求见他的汇报之后，他还是身不由己地又一次走进了关押室。

他走进关押室时，警卫给他搬来了一把椅子，他坐在椅子上，望着童雪。因一直在地下室关押，童雪的脸色有些苍白，头发也有些凌乱，他望着童雪，心里就多了几分不忍，探过头道：这里的看守对你不好？

童雪摇摇头，她只说了一句话：主任，我是冤枉的。

然后就是以泪洗面。

丁默邨见到童雪的泪，就坐不住了，心情自然糟糕得很，他在童雪面前踱着步子。童雪见自己的求助达到了效果，便越发哭得伤心欲绝。童雪越哭，丁默邨心里就愈加难过，仿佛童雪哭的不是她自己，而是他丁默邨。

丁默邨立在童雪面前，把一块手帕递给童雪道：好了，别哭了，你的事我心里有数。等我去苏州开会回来，就放你出去。

丁默邨说完这句话，长叹一声就走了。

丁默邨在这一刻下了释放童雪的决心，回到办公室后，他又一次下了这样的决心。下这样的决心，不是丁默邨对一个女人多么有情有义，而是在那一刻他决定要拆除脚下这颗定时炸弹。他甚至想好，释放童雪之后，立马让她远走高飞，让李士群抓不到把柄，就无法攻击他。即便童雪就是军统，只要把柄不落到李士群的手里，李士群也无可奈何。

这么想过之后，他就开始为释放童雪做准备了，他甚至想好了童雪的去路，他要把她安排在青岛。青岛特务站有他的朋友，他派人把童雪送到青岛，让朋友软禁童雪一阵子，等事态彻底平静了，再恢复她的自由，到那时，她去哪里，他就管不着了。

他第二天就要去苏州参加一个会议，会议自然是汪精卫组织的，他作为下一届政府大员候选人，能够参加这样的会议，预示着他的升迁已近在咫尺了。这次会议结束之后，他就腾出时间和精力拆除脚下这枚炸弹。他甚至在心里想：童雪，我也算对得起你了。

牺　牲

丁默邨前脚去苏州参加大员会议，后脚李士群就得到了丁默邨要释放童雪的消息。这些日子，李士群把精力都放在了如何扳倒丁默邨上。既然他手里已经抓住了童雪这枚棋子，他怎么会甘心又拱手送给丁默邨，这是绝对不可能的。在他的棋局中，童雪不招，只有一死。只有她死，才能坐实丁默邨的罪名。他一直没有下手，就是因为中间隔着一个丁默邨。李士群知道，丁默邨一定看清了他的棋局，才会有释放童雪的想法。既然丁默邨离开了七十六号，没有丁的阻碍，李士群就要按照自己的思路下这盘棋了。

丁默邨一走，李士群便带人来到了关押室。他这次不再温文尔雅了，他命人把童雪吊了起来，打手们手里握着的刑具也一应俱全。

李士群还命人记录口供，他预谋好了，不论童雪招不招，他都要按照自己的口供写下去，这就是童雪的罪证，当然，也是丁默邨的罪证。

李士群望着被吊起来的童雪，阴阳怪气地说：童雪，丁主任救不了你了，如果识相马上招供，可以免受皮肉之苦，你要是还不招，以为丁默邨还会来救你，嘿嘿……

童雪没料到李士群会来这一手，她现在只能孤注一掷了，她坚定地告诉自己什么都不能说。

面对童雪的沉默，李士群觉得受到了蔑视，他咆哮一声道：上刑！

一群打手们得到了命令，便开始动刑。皮鞭声还有童雪的喊叫混杂在其中，让平静的关押室不再平静。童雪几度昏死过去，又被用冷盐水泼醒，然后又是挥舞的皮鞭之声，到最后童雪连呼叫的气力也微弱下去了。

李士群要做成既成事实的决心已下，童雪说与不说已经不重要了，他可以按照他的想法把口供写好，抓过童雪的手签字画押就算结案了。

童雪的案件突生变故，自然也惊动了陶天成，他知道李士群醉翁之意不在酒，童雪只是他手里的一枚棋子而已。陶天成迫不及待地闯进了审讯室，童雪吊在半空已经面目全非了，李士群正幸灾乐祸地坐在桌后看着遍体鳞伤的童雪，他心里充满了快意，仿佛面前吊起来遭受如此羞辱的不是童雪，而是丁默邨本人。

当陶天成出现在李士群面前时，李士群警惕地望着陶天成。这个陶天成并没有给他留下什么好印象，当初随王天木投奔七十六号时，他就看他不顺眼，但为了笼络人心，他并没对陶天成怎么样，但也并没有委以他重任，只让他在执行队里担任了一名组长。后来王天木被杀，陈恭澍又带来了一批军统的人，过去的那些军统过来的人，渐渐离开了他的视野。此时陶天成突然出现在审讯室，他突然有了一种反感。

陶天成望着遭受如此劫难的童雪，附在李士群耳边道：童秘书可是丁主任的人，李副主任，没有丁主任的命令，这么做怕是不合适吧。

李士群望着陶天成，笑了一下，马上又收了笑容道：陶组长，你管得太宽了吧，现在七十六号是我说了算，我想干什么还用看丁主任的脸色吗？

陶天成想用个缓兵之计，让李士群放童雪一马，只要等丁默邨从苏州开会回来，即便不放童雪，也会给军统的人留下营救童雪的时间。见李士群这么说，他意识到李士群已经孤注一掷了，甚至不把丁默邨放在眼里了。

李士群又说：陶组长，难道你和童雪是一伙的？

陶天成立马做出一脸惊恐之色地道：李主任，别开这种玩笑，算我多嘴。

说完这话，他转身离开审讯室。他意识到童雪有危险，他要向重庆通报童雪的处境，让重庆做出判断和指示。

陶天成一离开，李士群就让人放下了童雪。他眼下并不想置童雪于死地，他得到了该得到的。即便要杀童雪，他也要有一个仪式，偷偷摸摸地处理，他说不清楚。

就在第二天早晨，他突然听到苏州方面来电，电话中告诉他，丁默邨知道他对童雪动了刑，现在正在驱车回上海的路上。

李士群放下电话，知道如果这时丁默邨回来，他的计划就将彻底失败。如果不灭了童雪的口，他炮制出来的童雪的口供就是假的，弄不好还会惹火烧身。一不做二不休，李士群下定了速杀童雪的心。

他一面差人把童雪的“口供”火速送往日本特务总部梅机关，一面安排枪决童雪。李士群的举动，惊动了整个七十六号。有一个看守很同情童雪的处境，悄悄地把李士群要处决她的计划告诉了童雪。

童雪没料到李士群会这么快向她下手，她来不及多想，已经没时间多想了。看守和她说完这话没多久，两个警察便把她架出了关押室。七十六号的人突然接到童雪死刑的通知，所有人在院内集合。李士群为了把事情弄成既成事实，他要让所有人来见证童雪的死刑。

当童雪被两个警察带出来时，七十六号的人心情是复杂的，李士群的人自然是积极响应，而丁默邨的人心里自然是一百个不乐意。还有一些中间派，起初仇恨童雪，眼见着童雪在丁默邨面前如鱼得水，他们嫉恨过这个女人，可这个女人一下子沦落到如此下场，这些人又不免心生同情。

就在童雪路过陶天成面前时，她用目光看了眼自己的衣兜，陶天成意识到了什么，他紧盯着童雪的身影。童雪被带到七十六号外墙墙下时，她一句话也没说，表情平静，她和陶天成对视一眼之后，便闭上了眼睛。

就在以前枪决拒不投降的军统人员墙下，两声枪响之后，童雪倒在了血泊中。人群散去了，收尸的工作自然落到了执行队这些人身上。

陶天成趁人不备，假装给童雪整理衣物，手伸进了她的衣袋内，一张窄窄的布条放到了陶天成的衣袋内。

刚处理完尸体，丁默邨一行驱车驶进了七十六号。可惜一切都已经晚了，丁默邨只看到了地面上一摊血迹。

丁默邨知道，自己晚了一步，他已经中了李士群的套了。

丁默邨没几日便被调离了七十六号，原先传说中的警卫部长职务让他人替代了，他只落得一个没权没利的另外一个部的副部长。丁默邨有苦难言，就像一个风筝飘在半空，上不着天，下不接地，尴尬难耐的丁默邨从此便在汪政府失了宠。

七十六号已经成为李士群一个人的天下了。

复　仇

童雪牺牲几天后，陶天成找到了肖扬，他把童雪的遗物给了肖扬。那是在童雪的内衣做的布条上写的一行字，字是蘸着童雪的鲜血写成的，只有一句话：肖扬，我从没忘记过爱你，虽然我不配了，但依然爱你。童雪。

肖扬看罢这封血书，早已是泣不成声了。陶天成没有劝慰肖扬，他觉得自己说什么都是苍白无用的。肖扬红着眼睛望着天空，陶天成低着头：一个年轻姑娘承担了这么大的责任，牺牲前连哼都没哼，她是个真正的战士。

陶天成说到这里，忍不住眼泪也流了出来，他继续用哽咽的声音说：她牺牲后还不算难看，尸体是我收的。

肖扬握住了陶天成的手，用了一次力，又用了一次力。他把童雪的遗书收好，就放在自己胸前的口袋里，童雪熟悉的气味便经久不息地弥漫在他的世界里了。

肖扬走了，连头都没回。

陶天成一直望着肖扬消失在弄堂口，才回过身向相反的方向走去。

肖扬径直找到了租界内的毛森，毛森也知道了童雪牺牲的消息，这条消息来自重庆，既然童雪牺牲了，她的身份已经不是秘密了。毛森面对着走进来的肖扬，想安慰几句，肖扬伸手制止了毛森的话语，站在毛森的对面，提出了一个请求：毛总队长，我要申请调到执行队。

毛森自从接手军统上海区，成立上海军统特别总队以来，已经把上海闹得天翻地覆了。整编掉队士兵，让上海军统总队实力扩大了不少，既然是特殊时期，他又收买了青洪帮等各种帮会的人为军统卖命。一时间，军统人员的身影可以说是无孔不入，打劫日本人的军火，偷运敌人的特需物资，在银行里周转资金。这些战时的紧俏物资，源源不断地运送到苏北国军占领区里。

不仅戴笠觉得毛森为军统争回了颜面，就连蒋介石都夸赞毛森，不时地奖励毛森这些上海军统人员。日本人和七十六号特务，已经把毛森作为头号敌人。

肖扬此时站在毛森面前，提出了这样的请求。

毛森示意肖扬坐下来，看了他半晌道：执行队不缺你这样的人才，你现在的工作是掩护上官窃取日本人的情报，一份情报对战局有多么重要，你比我还清楚。

肖扬复仇的决心已下，他觉得只有亲手杀掉日本人，锄掉所有汉奸，才能为童雪报仇。

关于上官的搭档，毛森自然酝酿了好久。肖扬机智果断，上官是破译密码的天才，两人结合在一起才是胜利的保证。毛森自然不会同意肖扬的这种要求。

肖扬离开毛森之后，不仅没有平复内心的仇恨，反而复仇的怒火越来越旺盛了。既然毛森不同意他参加执行队的工作，那他就要独来独往，开始他的复仇计划了。

那把经过精心设计的狙击枪还在，他把那支枪又提回到了公寓楼内。他上楼时，看见公寓楼的管理员坐在椅子上打盹。他走过去，管理员才把眼睛睁开，望着肖扬的背影消失在楼梯间里。

肖扬关上门后，把包打开，拿出了那支狙击枪。枪是新枪，漆面发出烤蓝的光泽，还带着枪油，亮亮的。他伸手触到了枪，枪的气息让他振奋不已。

上官从里面走了出来，她的身后开着的电台红灯绿灯不停地交替闪烁着，上官望眼枪，又望眼肖扬，并没有说什么。她坐在肖扬对面的沙发上，轻声问了句：咱们这里不安全了吗？

肖扬把枪又放到提箱里，并拉好了拉链，看了眼上官，恍惚间他觉得坐在对面的不是上官，而是童雪。以前有多少回，童雪就像上官这样坐在他的对面轻轻地和他说话。但揣在胸前的童雪的气味提醒了他，上官并不是童雪。他揉了下眼睛，上官的脸清晰起来，然而她们的眼神和表情是如此相像，他心疼了一下，又疼了一下，男人的责任感在这一瞬间迅速膨胀起来，失去了童雪，他无论如何要保护好上官。她们是女人，他是个男人，他有这样的责任和义务。

他望着上官说：你放心，我会用生命保护你的安全。

这话似乎是对上官说的，也是对他胸前的童雪说的。

上官望着他突然笑了：肖扬，今天干吗这么严肃，有你在，我当然安全。

他冲上官笑了笑。

深夜之后，上官停止了工作，房间里已经安静下来。肖扬蹑手蹑脚来到上官门前，他似乎听到了上官睡熟后轻轻的鼾声。他转回身，又蹑手蹑脚地提起那只装有狙击枪的箱子，拉开房门走了出去。他走进洗手间，推开窗户，顺着排水管道来到了地面。

夜晚的风有些凉意，这让肖扬更清醒了一些，他靠在墙上，向四下观察了一番，便弯下身子，消失在了夜色中。

肖扬此时仿佛又回到了战场上，阵地在脚下，四周都是潜伏的敌人，他左冲右突，躲避着敌人落下的炮弹，他就是一名训练有素的士兵。

日本宪兵排着队在街上巡逻，他潜伏在路边，等日本兵的巡逻队走过，他快速地冲过马路，隐进又一处黑暗。他接近了日本宪兵司令部，门前有两个士兵缩在风中站岗。他躲在一个墙角里，拉开提箱，把枪拿出来装好，枪沉甸甸地握在他的手里，这种感觉让他兴奋异常。

他探出枪口，就像亮出的一把匕首，院内一个军官走出来，晃着手电，他在例行公事地查岗。枪响了，很闷很轻，枪装了消音器，肖扬只嗅到了一缕硫黄的气味，带着稍许的炙热。那个日本军官应声倒地。不远处的两个日本哨兵甚至没有明白发生了什么，肖扬手里的枪又接连响了两声，两个日本哨兵也应声倒地。这一过程就发生在数秒以内。

肖扬从容不迫地把枪拆卸好，放到提箱里，一转身就消失在了黑暗中。他的身后传来了紧急集合的哨音，接着就是杂乱无章的脚步声。肖扬这时轻灵得像只猫，消失在黑暗的另一头。

肖扬掩在一棵树后，他望了眼树，把枪拿出来，带着枪爬到一棵树上。对面的七十六号像一个孤岛，外面街上的路灯稀疏地暗淡着，七十六号院内的灯却显得异常光明，这种反差，在肖扬眼里，更像一条航行在海面的船。在树荫的掩护下，肖扬探出枪口，搜寻着目标，一队警察绕着外墙走过，他们在警戒巡视。

三层房间内，有一间房内透出了一缕光线，因窗帘拉得不严，有一个移动的身影不时从那个缝隙中闪过。

肖扬对七十六号早已烂熟于心了，中间的主楼内驻扎的都是七十六号核心成员，李士群就住在这栋楼的某个房间内，因窗帘缝隙太小，看不清活动那人的真实面目。肖扬的枪口已经瞄准了那条缝隙，就在那人影又一次在缝隙中一闪而过时，肖扬的枪抖了一下，房内那个黑影应声而倒。肖扬快速地从树上溜下来，一闪身又钻进了另一片黑暗。

肖扬又顺着下水管道爬进了洗手间，从洗手间出来，肖扬开门，悄悄溜回到自己房间内。

第二天，阳光洒满房间时，肖扬已经起床了。他走到客厅时，已经听见上官的起床声了，他冲上官的房间说了句：我出去买早点。

上官在房内含混地应了一声。

肖扬走到一楼时，管理员正坐在值班室里戴着花镜看报纸，见肖扬走出来，他招手示意肖扬过去，拿起报纸亮给肖扬，说道：号外消息，昨夜日本宪兵司令部有三个日本人被杀，汪精卫的特务机关总部，李士群的副官中枪死在房中。

管理员一脸平静的样子，就像在说警察局破获了一起小偷案件。

肖扬看了眼报纸上的标题，淡淡地冲管理员笑一笑，走了出去。阳光铺在他的脸上，他从没感到如此的心情舒畅。

一连几天，肖扬总是昼伏夜出，他变成了一只灵醒的猫，穿行于暗影之中，狙击枪一次又一次散出的火药气味，让他兴奋不已。他两眼发亮，精神亢奋。

每天早晨他出去买早点，管理员都要给他读一段号外新闻：今天两个日本兵被杀，明天又有两个特务被杀，都是一枪毙命，子弹正中心脏。

管理员读完这些新闻，闪着一双目光在镜片后，冲肖扬说：咱们这一带出了一个神枪大侠，以后出门要小心了。

肖扬又是淡然一笑道：咱们是平头百姓，没人杀我们。

管理员的声音在肖扬的身后响起：说的也是。

一连串的暗杀事件，让日本人影佐坐不住了，这一天，他召来了李士群。李士群早已经不是第一次来到梅机关了。以前，他和丁默邨无数次被叫到梅机关，商讨秘密计划，实施特务行动。

李士群出现在影佐面前时，影佐依旧对着桌上一盘残棋较劲。他拿起了一枚棋子，却不知落在何处，冲着棋盘发呆。

李士群立正站好，他从心里感激影佐，这次能够扳倒丁默邨全靠影佐。如果没有影佐给汪精卫施压，丁默邨有可能就平步青云了，此时肯定会成为他的上司，那样的日子便可想而知了。

李士群已经把影佐当成了自己的靠山，他对日本人的帮助感恩戴德，他清了清嗓子道：影佐先生，我来了。

影佐就像没看见也没听到一样，继续研究着他面前这副残局。过了一会儿，又过了一会儿，影佐突然把手里那枚棋子落在了棋盘上，影佐手离开棋子时，李士群才看清那枚棋子是个"炮"。影佐用力有声，吓了他一跳，他怔怔地看着影佐。

影佐抬起头，李士群这才意识到影佐的一张脸是阴的，似乎能拧出水来。

影佐低沉地狠狠地说了一句：杀！

李士群明白了这次影佐叫他来的目的。

一连多日，日本宪兵，包括梅机关的日本特务大本营，连续遭到不明身份人的暗杀。居然连暗杀者的影子都没有发现，这对日本特务机关和日本宪兵队来说，是一个莫大的讽刺。驻扎在上海的最高司令长官把影佐找去，已经大骂过一次了，骂日本特高课的无能。影佐的颜面丢尽了，他憋了一肚子的火气，望着李士群时，仍掩饰不住怒火。他只能把自己憋在心里的火气撒在李士群头上，并命令他在一周以内把凶手缉拿归案。

李士群何尝不对这件事头痛万分，他的助手副官死了，这几天又接连有几个七十六号的特务死在院内。整个七十六号早已是人心惶惶了，一到夜晚，居然没有人敢外出，就是在院内走动也不敢了。整个七十六号院内变成了一个死囚牢笼。特务干的就是暗杀的活，没想到频频被人暗杀。他刚接手七十六号就发生了这样的事件，李士群的脑子里早已乱成一锅粥了。

影佐冲他发了一通无名火，他只能忍受着，希望在影佐这里得到指点。果然，影佐已经找到了办法，他坚持认定，这件事就是军统人干的，自从来到上海，日本的特务一直在和军统对抗较量着，彼此交替占上风，这次他们明显吃了亏，他们要反击。影佐和李士群商议的办法是：扩大警戒范围，夜晚在他们的驻地派出暗哨，形成包围点，并派出神枪手和对方对抗，以包围圈的形式，一网打尽军统的神枪手。李士群得到了影佐的点拨，并有日本人相助，他心里又多了份底气。他自己也生自己的气，从事特务活动这么多年，他还从来没有吃过这样的亏。他要以牙还牙，做出些成绩来。不仅日本人在看着他，汪精卫也在看着他。扳倒丁默邨只是他仕途中的第一步，他要让日本人和汪精卫对他刮目相看，他要飞黄腾达。

较　量

七十六号执行队接到了一项秘密任务，每天晚上分两班在七十六号设置暗哨，暗哨分布在七十六号的一千米以内。这是李士群依据狙击枪的射程而设定的。影佐不仅动用了梅机关的日本特务，同时还调动了日本宪兵，在日本人重要的居住地，同样也设置了各种暗哨和狙击点。

敌人已经布下了天罗地网，就等暗杀者钻进他们的伏击圈了。

那天中午，肖扬正倚在客厅的沙发上打盹，门里上官在有节奏的电报声中工作着。突然，一粒小石子击破窗子飞进屋内。惊醒的肖扬一步跨到窗口，那里的人影已经消失了。他回转过身来，看到了破窗而入的石子上裹了一张纸。他拾起石子，看到纸条上的一行字：速到亚子路咖啡馆。

他展开纸条时，嗅到了熟悉的陶天成的气味。肖扬意识到，陶天成通过这种方式约见他，一定有事要发生了。

果然，他出现在和陶天成约定的咖啡馆内时，陶天成已经把一杯咖啡快喝完了。他走过去，陶天成拿出一沓钱放在桌子上，人已经走了，仿佛他并不认识肖扬。

肖扬展开那叠钱，发现了一张纸条，纸条上写着：日本人和七十六号特务已设下埋伏。他把纸条揣进兜内，抬眼去看陶天成时，陶天成的身影已经消失在对面的马路上了。他索性点了一杯咖啡，坐在那里在思量着下一步的行动。

那天晚上，他到市场里买来了菜，还带回一瓶红酒。菜是他烧的，有四种，很丰盛的样子。上官坐在桌前时，惊讶地看着他，她说：肖扬，咱们这是要过年了吗？

肖扬就说：你工作太辛苦，给你做点好的。

说完打开了红酒，这是他和上官搭档以来，吃得最为浪漫和温馨的一次晚饭。

吃饭的时候，上官看到了玻璃上破的那个洞，洞已经被他用报纸糊上了。他看到上官在注意那个洞，忙说：我明天就找管理员换一块新玻璃。

上官没说什么，举起酒杯道：谢谢你这么丰盛的晚餐。

两人的杯子碰了一下，上官站了起来，向屋内走去时，回头对他说了一句：和你在一起，我不担心安全问题，有你呢。

上官说完莞尔一笑，走进里间。

他又想到了童雪，他发誓要保护童雪一辈子，可童雪走前只留给他那一行字。他望着上官，同样是一个年轻的女孩，也把这样的信任和寄托交给了他。他眼睛湿润了，仇恨的烈焰再一次在他胸膛里燃烧起来。

因为陶天成的信息，肖扬没再轻易出手，夜半时分，他仍然隐遁于黑暗之中，他凭着开窍的嗅觉，查清了特务的潜伏点。一连三天，他在敌人的潜伏圈外侦察，把敌人的每个潜伏点都做了记录。

连续三天，暗杀并没有出现，梅机关和七十六号的特务们似乎放松了警惕，觉得这神秘的刺客也不过如此，特务们小小的一个应对，就让刺客收了手。执行任务的特务们渐渐地放松了心情，不像前几天那么神经紧张了。

肖扬一连侦察了三天，在日本宪兵司令部周围发现了三十七个潜伏点，梅机关周围有二十几个，七十六号也有三十几个，而且这三天来，潜伏点并没有变化。既然敌人已经出动，他不用再守株待兔了，只要他出击，这些潜伏点的特务都是他的活靶子。

日军司令部对面有一栋四层楼，楼上有一个水塔，水塔后面就有一个狙击手隐身于此，这里曾经是他的潜伏点，是附近的制高点，在这里，方圆一千米左右，都是他最佳的射击目标。他把袭击水塔的潜伏点设为首选目标。他顺着下水管道爬上去，像只壁虎，紧紧吸附在墙壁上，特务的气味已经越来越近了，五米，三米，当他手扒在楼顶的边沿时，一下子跃到了特务的身后。那个特务趴在水塔后，还没反应过来，一把匕首已经刺透了他的胸膛，甚至都没来得及哼一声。肖扬快速地把狙击枪组装完成，在制高点上，其他潜伏的哨位一览无余，即使他们躲在暗影里，此时他也能清晰地判断出各潜伏点的方位，他的枪响了，依旧很闷，一颗又一颗子弹准确地射出去，敌人甚至没发现射击方位，就一个又一个地栽倒了，身体倒在了路灯光下。其他哨位上的特务发现了异常，没头苍蝇似的冲出来，便成了肖扬的活靶子，一个又一个日本兵倒下去。他们因为受到惊吓，不再沉默，大叫着向司令部求救，驻军院内哨声响起，一队又一队日本士兵衣冠不整地集合。此时的肖扬已经顺下水管回到地面，一闪身便消失在了黑暗之中。

七十六号附近的潜伏点更好对付，他们还没接到日本人的通报，因为无聊，三两个执行任务的特务们凑在一起，有的在吸烟，有的在抱怨。

肖扬的枪声再次响起时，这些特务已经作鸟兽散了，留下几具尸体，其余的特务屁滚尿流地直奔七十六号而去，仿佛他们遇到了敌人的大部队，直到七十六号大门洞开，他们才应付差事地向身后胡乱地放了几枪。

肖扬一觉睡醒时，又是第二天早晨了，阳光依旧很好，他推门走到客厅时，上官已经买回了早点，就在茶几上放着。她还带回来一张报纸，他走过去，拿起报纸，醒目的标题：刺客再现身，日军七死八伤。

上官从里间走出来，她一边走一边在梳头，她说：今天我买了小碗馄饨。

他望了眼上官，上官也在认真地望着他。

他歉意地说：买早点的事应该我来干，怎么让你去了。

上官说：外面鬼子已经把整个街道戒严了，你一个男人出去不方便。

他望着上官，并没有说话。

上官把他拉起来，走到窗前，并没有马上说话。他望了眼外面，楼后是一堵院墙，院墙外是一条小路，小路对面就是一片弄堂。他刚住进来时，对这里已经很熟悉了。他不解地望着上官。上官指着院墙道：从咱们住的二楼下去到院墙有几米？

他仍不解，但还是说：有十几米吧。

上官：从院墙翻出去，到对面的弄堂呢？

他答：也是十几米吧。

上官认真起来：从咱们这儿下去，到翻出院墙，最快需要两分钟。对面有三个弄堂口，中间这个弄堂离我们最近，但那是条死弄堂，过不去。右手边那个弄堂出去是条马路。左手的弄堂可以一直通向租界区，出了这条弄堂，再向左手走，还有另外一条弄堂相连，那里有几十户人家，走到一半时，右手边还会出现一个弄堂，顺着那条弄堂走下去，过一条马路就是租界地了。

他惊讶地望着上官，他们在这公寓里住了这么久，上官似乎很少出去，可她对眼前的处境和地形却如此清晰，这让肖扬又一次吃了一惊。吃惊过后，他意识到了什么，更加吃惊地望着上官。

上官只是笑一笑道：你记住，也许对你有用。

上官说完走进房间，打开收报机，开始了一天的工作。他随上官走到里屋门口，上官已开始在电台前忙碌起来。他重新坐回到沙发上，又拿过那张号外。上官并没有和他交流号外上的新闻，他意识到了什么，从门缝向里面望去，只看到上官侧着的半张脸。他又走到窗前向外望去，看来上官已经想到了最坏的结果，把一条逃生的路指给了他。

其实他每次夜半出去，已经把最坏的结果想到了，想到过安全回来，也想到再也回不来。他为自己的一意孤行感到内疚，同时他又无法说服自己就在这里等待，他要复仇。复仇的种子早就在他心底里生根开花了，自从在淞沪会战的前线，身边的战友一个又一个倒下，到最后四行仓库内的突围，鲜活的生命一个又一个在他眼前消失，仇恨的种子就已经埋下了。童雪的牺牲，彻底点燃了他复仇的激情，他一发不可收拾，就像中了魔咒，一夜不出去，他就无法入睡，只有一次次猎杀之后，他带着快感，才能平复内心的焦灼和不安。作为一个捕猎者，危险是时刻存在着的，上官在不经意之间，给他指出了逃跑的路线。他现在的任务是保护上官的安全，危险来临时，他不可能一个人撤离。上官不安全撤离，他不可能先走半步。

经过军统的特殊生活还有战争的洗礼，肖扬事前已经做好了最坏的打算，他把子弹掩藏在每次出行的路线之内，凡是适合射击和抵抗的地方，垃圾堆里，墙缝中，甚至树下都埋上了必需的子弹，只要他还能射击，他在这些埋藏子弹的地方，都可以打响他的狙击枪。甚至在这栋公寓楼内，他也藏满了子弹，从一楼到二楼的楼梯拐角的地方，地毯下，洗手间内，还有四楼的平台上。有一天夜里，他爬到了四楼的阳台上，那里堆放了许多废弃的工具，还有一些砖头水泥，这里是藏匿东西的最好地点，从黑市上买来的子弹，大部分都隐藏在这里，甚至还有美国人生产的手雷。有一段时间里，肖扬像一个采购员一样，把一箱又一箱子弹和手雷带回来，隐藏在四楼的平台上。作为一个战士，不仅能够看到进攻的那一刻，也要想到防守。坚固的防守，也是为了积极的进攻。

夜里的肖扬是灵敏的，像只猫，又像狐，有时又像脱兔，奔跑隐藏在黑暗之中，敌人的设伏防线被他冲得七零八落，甚至都成了他射击的靶子。子弹离开枪膛那一瞬间，他似乎就已经嗅到了血腥之气。这种血腥让他兴奋战栗，强烈的快感随着子弹的射出让他得到了释放。他感谢黑暗，黑暗成为他最好的掩体。他两眼放光，嗅觉异常灵敏，几十米之内，即便有一个昆虫经过，他也能准确无误地嗅出它们的气味。

在日本军营外，射杀了两名哨兵之后，他意识到了危险，两个日本士兵的气息正在向他包围过来。凭经验他确信这两个人离他不足三十米，分南北夹击而来，可他却没发现他们的身影，甚至一点动静也没有。他没动，隐在墙角里，狙击枪子弹已经上膛，敌人的气味越来越近了，他知道不能跑，如果自己一动，便成了敌人的靶子，他每根汗毛都竖了起来。二十米，十五米，十米，他准确地辨别出了包围者的方位，下意识地向面前的包围者射击，同时他一跃跳了出去。身后的枪响了，子弹贴着他肩头飞了过去，一股炙热感让他肩头一颤，他知道自己受伤了，鲜热的血顺着肩头流了下来。

他闪、跳、腾、挪，拉开了与跟踪者的距离，凭着气味判断，跟踪者并不远，开枪时也用的是消音枪，甚至他在受伤前并没有听到身后的枪声。跟踪者似乎穿了隐形衣，他依据判断，又一连两次射击，但那个跟踪者仍然不离不弃地就在他的身边。他快速地穿过一条弄堂，到了弄堂口，他突然回头，终于看见了那个跟踪者的身影一闪，也瞬间消失了。他不动，那个跟踪者也不动。肖扬意识到，今天遇到了真正的对手。他打量着周围的环境，他首要的任务是把自己先隐藏起来，等待时机的出现。他一跃而起，跳过一条不宽的马路，马路旁放着一个装满马桶的手推车，他把马桶车作为掩体。当他完成这一系列动作时，那个跟踪者已经来到了他刚掩身的墙角，那是个死角，他躲在车后，无法射击。跟踪者似乎成了他的影子，找不出破绽，又甩不开。肖扬再次环顾四周，身后又是一条弄堂，他从来没有走过，要想脱身只有这一条路了。他突然用脚把马桶车踹了出去，马桶车向马路对面滑了过来，肖扬俯下身向弄堂里跑去。一颗子弹射过来，掠过他的头顶飞去。这是一条笔直的弄堂，并没有可以掩身的地方，他奔跑了十几米，发现这是条死弄堂。肖扬无路可去，他回转过身来时，那个跟踪者已经在向他接近。胸前一把枪，脸上罩着黑布，只露出眼睛，一身黑衣让他和夜色融在一起。他一步又一步地接近，肖扬来不及让子弹上膛，他的枪口低垂着，黑衣人的气息一步一步地接近，他甚至嗅到了死亡的气息。

突然黑衣人的身后有一股风声，黑衣人呀了一声，一头栽倒在他的面前。肖扬一怔，走过去，黑衣人趴在地上，背上多了一把插入的尖刀。肖扬冲出弄堂，空气里只留下一缕气息，他似乎嗅到过这种气味，但他却想不起来在哪儿嗅过如此的气息。他来不及多想，穿过街道，一抬头，发现自己已经绕回到了公寓门前。此刻，那缕气息仍在他眼前萦绕着，且挥之不去。他来不及多想，绕到楼后，顺着排水管翻身爬上了二楼的水房里。

天还没亮，肖扬潜进自己的房间，肩上的伤口仍然在流血，他脱去外衣，拧亮手电，找出酒精和纱布准备自己包扎一下伤口。这时，上官出现在他的面前。他以为上官会问许多问题，结果上官什么也没问，帮着肖扬把伤口包好，又把他的血衣拿走，不一会儿又端了个水杯进来，手心里放了两粒药，只说了一句：这是消炎药。

此时的肖扬只能顺从。上官一直看着他服了药，又轻声问了一句：早餐想吃点什么？

他摇了摇头，上官无声地带上门，他听见上官的脚步声由近及远，很快便消失了。他想睡一会儿，可伤口的疼痛让他马上清醒了过来，因为伤口一定流了血，血迹会告诉敌人他的踪迹，想到这儿他立马清醒了过来。他忙穿好衣服，奔下楼梯，跑出公寓楼，绕到了公寓楼后。一路上的血迹已经被人清理过了，下水管道上显然被人用清水洗过了。他有些愕然，站在那里，似乎又闻到了那股熟悉的气息。此时，天已经亮了，潮湿的空气里仍然残存着那股他所熟悉的气息，虽然已经很淡了，似有似无，但无疑这是一个人的气息。他走进公寓，一楼值班室的门已经打开了，管理员正坐在值班室里看报纸，他的样子和往常并没有什么两样。

突然，那种他所熟悉的气味再次扑面而来，他下意识地向值班室走去，径直停在值班室的窗外，他确信这就是他要寻找的气息。他立在窗前，呆定地望着管理员，他震惊、意外。

管理员放下报纸，花镜滑落到鼻子下半部，他从花镜上方望着肖扬。他甚至笑了一下：今天怎么没去买早点？刚才我看见你太太出去了。

他打量着管理员，心脏因意外猛烈地在胸膛内跳跃着，他的眼神怪异而又专注。

管理员把报纸推到他面前道：报纸我看完了，你想看就拿走吧。

管理员说完起身，腰依旧弯着，提了两只暖瓶走出去。他一直望着他的身影消失在茶炉间内。眼前的管理员怎么也无法和昨晚那个身手敏捷的救他的人联系在一起，可气味却骗不了他。

茶炉间内传来管理员接开水的声音，因为蒸汽让水流声音变得饱满而又有质量。肖扬向茶炉房里望了一眼，转身向楼上走去。

谜　　面

一天，毛森突然出现在公寓楼里，这是肖扬没有料到的。以前不论发生什么事情，都是肖扬去找毛森，或者毛森派人来通知上官和肖扬两人。毛森亲自出现在公寓还是第一次。

毛森来到上官工作的房间内，看了眼上官，上官似乎对毛森的到来并不感到意外，只是点点头，又继续开始工作了。毛森从上官房间出来，把门带上。肖扬望着站在自己面前的毛森，他意识到，毛森是冲自己来的。毛森挥了下手，示意肖扬坐下去，有些严厉地道：把衣服脱了。

肖扬怔了一下，还是顺从地把肩膀上的伤露了出来。毛森就严厉地说：你现在的工作是配合上官收集敌人的情报，不是干那些打打杀杀的粗活。这些情报的价值比一个师一个军还重要，不是杀几个特务能比的。

肖扬默默地把衣服穿上，并把扣子系上，他点了点头。他这次负伤，无疑是上官通报给了毛森。

毛森的一张脸依然冷峻：你的安全关系到这个情报站的安危，你知道吗，你们是唯一潜伏在敌人眼皮下的情报站，重庆方面非常重视你们的情报，这些情报关系到整个抗日的大局。

肖扬望着毛森的眼睛，毛森的话触痛了他，他开始为自己的复仇私欲检讨了。他低下头小声说了句：我错了，区长，我知道自己该干什么了。

毛森从怀里掏出一些消炎药放在肖扬面前，最后又叮嘱道：你代表的不是个人，是我们整个军统。

毛森重重地把话放下了，然后又神秘地走了。

肖扬望着被毛森带上的门，起初复仇的欲火已渐渐消失。那些复仇的日子，他每次出手，看到一个又一个特务无声无息地倒下，心里充满了巨大的快感。他想到了淞沪会战时，一个又一个倒在自己身旁的战友，想到那些为救他突出重围倒下的士兵，想到了忍辱负重的童雪，他每射击一次，都会在心里默念一句：报仇，报仇……

毛森的出现让他彻底冷静下来，报仇不是他现在的任务，那么多死亡的战友亲人，这个仇他报不完。满城的鬼子他杀不尽，杀不完。他起初也明白这个道理，但是无论如何管不住自己的行为。只有潜在黑暗之中，一次次扣动扳机，让仇恨的子弹滑膛而出，准确击中敌人，复仇的欲火才会得到宣泄，他才会感到满足和踏实，心变得不那么焦灼。

他回到自己的房间，突然看见床头上搭着童雪留给他的那个布条。这是上官帮他清洗衣服时从他衣兜里掏出来的。他拿起那块染血的布条，眼睛再一次湿润。他把那布条又仔细地放入衣袋内，童雪的气息便再次包裹了他，仿佛童雪就在他的身边，正用一双眼睛在望着他。

傍晚吃饭时，上官一边吃一边对他说：对不起，肖扬，你的行动是我告诉的毛区长，因为我担心你。

他望着上官，又想起了童雪，以前童雪每次说话也是用这种口气，甚至连眼神都很像，他的心疼了一下。他冲上官笑一笑道：你做得对，我一定要保证你的安全，因为你的情报很重要。

上官没再说话，她很快吃完，并放下碗，看着肖扬说：其实你每天晚上出去我都知道，从第一天开始。

这次轮到肖扬惊愕地望着上官了。

上官盯紧肖扬，说：你每次出去，我都站在窗前等你，一直看到你站到楼下，我才回屋睡觉。

肖扬吃惊地望着上官，他以为自己的行踪上官根本不知道。

上官低下头又补充道：你不回来，我没法入睡，不可能睡着。

上官的口气平静得像一湖水，仿佛说的不是自己，而是别人的事情。

他终于说：对不起。

他低下头，心里波涛起伏。

上官又幽幽地道：童雪留给你的遗书我看到了，她是个好姑娘，是个了不起的战士。

肖扬再一次抬头时，看见上官的眼圈红了。久久，上官才说：肖扬，我们都是在为自己的理想而战斗。

上官说完这句话，站了起来，转身走进里间。肖扬怔了一会儿，也走进上官的房间。接收电台开启着，电波声吵闹地传了出来。电报纸散乱地放满了一桌子，各种译电本也杂乱地放在一旁。上官每日的工作就是在这些杂乱的电波中筛选出有用的信号，然后进行解码破译。她的工作枯燥而又单调，以前他不太理解上官的工作，甚至上官的房间他也很少进来，他对那些电波不感兴趣，以为上官干的就是抄报发报的工作。破译的工作他以前也有所了解，几个人有时为了一组电码，耗时几个月甚至几年而不得其解，破译电文就像猜一个谜，不解谜面，永远猜不透谜底。整日里，上官就埋头在这些枯燥的摩斯电码里。此时，他似乎理解了上官，他把手搭在上官的肩头上，只是用力按了一下，又按了一下。上官把手放在他的手上，犹豫了一下，又把自己的手拿开，轻轻地说了一句：肖扬，谢谢你。

他突然想起了公寓的管理员，这是早晨刚刚发现的，他在这一刻对上官如此信任。她是他的战友，他不想隐瞒自己的秘密。他放开手，坐在上官的床铺上，压低声音说：那个公寓管理员，不是一般的人。

他把自己的发现对上官说了，上官听后问：你打算怎么办？

肖扬就说：我要搞清楚他的身份。

上官突然说：他会不会是那边的人？

他望着她：你说他是共产党？

上官点点头。

肖扬犹豫一下：如果不是那边的人，就是青洪帮的人。

上官道：他干吗要救你？

肖扬说：这正是我想知道的。

上官点了点头，收报机亮起的红灯闪烁着，映得上官一张脸朦胧起来。

肖扬站起来道：你忙吧，我就在外面陪你。

肖扬说完，又把手搭在上官的肩上按了一下。上官感受到了他传递给她的力量和温暖，仰起脸冲肖扬笑了一下。

肖扬回到房间里，他开始梳理关于那个管理员的记忆，从第一次见到他时的表情和神态，那是一个中年人，永远直不起来的腰，蹒跚的脚步，手里那串叮当乱响的房门钥匙，他无论如何也不能把他和那个身手敏捷出手相救他的人画上等号，然而那熟悉的气息又无法改变这样的事实。他究竟是什么人？这种想法让肖扬再次兴奋起来。他起身出门，来到了一楼。

值班室的灯亮着，管理员依旧是那副打扮，一副花镜都快滑到鼻子尖上了，他没在看报纸，而是看着桌子上摆的一副象棋。以前，经常有租客为了解闷来找管理员下棋，管理员来者不拒，和大家热热闹闹地在值班室里下上一会儿棋，有时会聚拢很多人，站在双方背后，吆五喝六地帮助支着儿。因此，值班室里人气很旺。

此时，值班室里只有管理员一个人，他心有不甘地望着摆好的棋，似乎很落寞的样子。肖扬走到值班室的窗前，叫了一声：于师傅。他以前听人就这么称呼管理员。

管理员抬起头发现了他，笑了一下道：肖先生，不忙了？

肖扬摇了摇头，看了眼那副摆好的棋道：于师傅，我陪你来一盘。

管理员似乎来了精神：你要闲着没事，咱们就一起解解闷。

他走进管理员的值班室，这还是他第一次走进这间房内。房间里异常简单，一床一桌一椅，门口还有个衣柜，想必日用东西都放在那个柜子里了。他认真打量了一下门后的衣柜，一人高的衣柜，两开门。除了衣柜，室内并没有其他东西了。

管理员把桌子移了一个方向，自己坐在床上，把椅子留出来给他。以前管理员下棋时就是这样一副格局。

肖扬面对着棋盘上的楚河汉界，便开始下棋。头几步肖扬并没感觉到什么，十几步之后，肖扬对管理员的棋风大吃一惊，凶狠、敏锐、老辣。管理员平平常常的一步棋，看似没有什么，可两步之后，肖扬才真正明白了玄机。俗话说，走一步看三步，管理员不是看三，而是看五看六。在军统局特训班，专门设有中国象棋课，老师不是教他们如何下棋，而是让他们了解中国象棋的奥秘，隐身与出击，佯攻与迂回。这是中国哲学，可以上升到策略和战术，从那时开始，肖扬就喜欢上了中国象棋，他研究象棋的战略与战术。老师说过，研究一个人的棋路，就可以看清一个人的谋略。

他抬眼望了一下管理员，他仍然是那个样子，弯下的腰，让他的领带半悬在胸前，他的脸纵横着褶皱，花镜后的一双目光很是浑浊，他的表象简直无法和他的棋风吻合，还有那暗夜里敏捷的身手。他离管理员如此之近，那股熟悉的气息一遍又一遍覆盖了他的记忆。他在心里坚定地告诉自己：就是这个人，记忆不会欺骗他。

那晚的那盘棋，管理员剩下一兵一马一士，他的残棋里剩下一卒一炮一士。这是一局残棋了，没法再玩下去。管理员把棋收走，一边收棋一边说：后生可畏，领教了。不早了，有空就找我解闷。

肖扬看着管理员拙笨的动作，谜样的疑问重重地装在了肖扬的心里。他冲管理员笑一笑，说了句：于师傅，打扰了，你休息吧。

每夜管理员都会睡在一楼的值班室内，窗子拉上窗帘，这里就是管理员的家。

肖扬上楼时，管理员已经把窗帘拉上了，肖扬站在楼梯的暗影里，看到值班室的灯熄了。

夜半时分，肖扬突然醒了，他的大脑异常清醒，仿佛生物钟已经定格了，他又一次悄然起床，穿着袜子，没再穿鞋，他溜出房门，又来到一楼值班室门前。值班室依旧是那个样子，从窗前望过去漆黑一团。他来到门旁，门竟然没锁，他轻轻推开门，顺着门缝望进去，借着窗外的路灯灯光，发现床上竟然没人，一张空床，被子已经铺开。他闪身进入值班室，摸了一遍床，甚至床下他也用手摸了一下。他看到了眼前那个大衣柜，奔过去打开，从上到下又用手摸了一遍，那里除了挂了几件换洗的衣物，并没有其他多余的东西了。他快速离开值班室，躲到楼梯的拐角处，他要守株待兔。不知过了多久，黎明朦胧的暖色从窗外飘了进来，一楼大厅里有了动静。管理员闪身进来，无声无息地又回到了值班室。整个过程就像一部默片。肖扬揉了下眼睛，他再次来到值班室门前，里面有鼾声传了出来。

管理员的身份引起了肖扬极大的好奇心，究竟是什么人？肖扬要探个究竟。一连几天肖扬对管理员进行了盯梢，既然他发现管理员是从外面回到值班室内的，就把目标锁定在公寓楼外。为了不让上官担心，他把跟踪管理员的事向上官说了，上官依然坚称：这人肯定是那边的人！究竟是什么人，他并不在乎，他要查清楚管理员在做什么，又为什么救他，这才是他的真实目的。

一天夜半，他终于看清管理员从公寓楼里走出来，他的样子依旧蹒跚，驼着背，这时的管理员和平时见到的管理员并没有什么两样。当走出公寓楼，又走过对面的街道时，眼前的管理员仿佛换了一个人，背不驼了，蹒跚的脚步一下子利索起来，仿佛换了一个人。他机敏地四下看了看，快步向前走去，穿过一个弄堂，再往前走，一闪身便消失了。

肖扬跟踪到弄堂口，原以为他会进到某个院子里，没想到一闪身便不见了。他正疑惑着，想在管理员消失的地方做出判断，他嗅着空气里残留的气息，一路追踪下去。在弄堂里还有一个岔出的弄堂口，他正在分辨着气味，突然，他的脖子在后面被勒住了，一个硬硬凉凉的东西顶在了他的腰眼上，不用回头，他断定这人就是管理员。

管理员压低声音道：你跟踪我？

他想挣扎开管理员的控制，试了几下并没有成功，他这才意识到管理员不仅身手敏捷，而且力大无比，一试便知是练家子。他明白自己根本不是管理员的对手，便放弃了挣扎，也同样压低声音问：你到底是什么人？

管理员在鼻子里哼了一声：不要问我是干什么的，我知道你们是干什么的，你们两次住进公寓是在执行不同的任务。

说到这儿管理员放开了肖扬。肖扬转过身才看清管理员手里拿了一把尖刀，就是那天晚上救他时，插在特务背上的尖刀。

他清醒了一些问：你是那边的人？

管理员收起尖刀道：不要问那么多，就像我从不打扰你们一样，明白吗？

肖扬望着管理员，此时他的神态和当管理员时已大不相同了。

管理员又说：这里没你的事了，走吧。

他怔在那里，并没有马上走。

管理员就又说：咱们井水不犯河水，你们干什么和我没关系。如果我是日本人的特务，早就没你们的今天了。我干什么，你最好也别问。

肖扬知道，想从管理员这里问出实情已经不可能了，管理员救过自己，凭这一点，他敢断定，管理员一定不是特务。他转过身。

管理员在他身后一字一句地说：记住，我们都是中国人。

肖扬向前走去，走了几步，再回头时，管理员的身影已经消失了。凭他的嗅觉，他完全可以找到管理员，但现在已经完全没有必要了。

他过了马路，回望一眼那条弄堂，走进了公寓楼。

夜很深，也很沉，远处传来日本宪兵换哨的口令声。

他躺在床上，突然想起，那晚管理员救他时，就是在那条弄堂。看来那条弄堂里藏着管理员的秘密。他只知道谜面，谜底也许只有管理员才清楚了。

恐　惧

驻上海的日军司令部，在最近一段时间里，接二连三地收到了不利的消息。日军在浙江集结的一股部队，准备偷袭驻浙江的国军第二十五军，结果反被国军包围，这股部队几乎被全歼。

梅机关派出去的两名特务，准备打入二十五军内部作为接应，结果两人刚下火车，便被逮捕。

在江浙一带活跃的新四军，接连抓住日本换防的机会，连连偷袭得手，日本不仅士兵伤亡惨重，还被掳走大批军用物资。

……

一系列的迹象都表明，国军和新四军的情报网已经渗透到了日本人的内部。

土肥原贤二又一次光临了上海，不仅训斥了影佐工作不利，同时下达了半个月内破获军统和新四军情报网的命令。

影佐自以为在上海干得很出色，没想到出了这么多泄露情报的案件。被土肥原劈头盖脸一阵怒骂后，他清醒了。上海的情报工作，梅机关一直依赖于七十六号。在他眼里，中国人除了借日本人在那儿争权夺利之外，实在没有干出像样的成绩。

这一天，影佐一个电话召来了七十六号的李士群。李士群不明白影佐一大早这么急召他干什么，只好慌慌张张地站在影佐的面前。影佐头天夜里几乎一夜没睡，土肥原的训斥让他感到窝火、闹心，有一股无法吞掉的恶气一直压在他的心口。他看到睡眼惺忪的李士群更是气不打一处来。

李士群刚迈进门来，影佐就把一个茶杯扔了出去，正好落在李士群的脚边，碎了。李士群怔在那里，步子都不敢向前迈了。他滴溜着小眼睛望着影佐。

影佐并不看进门的李士群，背着手像一只发情的狮子在地上团团乱转，见到什么不是上去踢一脚，就是打一拳，总之，眼前的影佐和以往的文质彬彬的样子大相径庭。李士群不知影佐为何这样生气，他低下头，做出恭敬状，一双眼睛瞄着踱来踱去的影佐身影，心中暗自揣度着。

影佐之所以这么做，一是为了发泄心中的不满，更重要的是，他要把自己的狂怒告诉李士群，让眼前这个中国人感到恐惧。他狂怒了一阵之后，瞥了眼低眉顺眼的李士群，觉得自己的效果达到了，于是停了下来，站在李士群的面前。

李士群想抬起头来，又觉得这样不好，对影佐不够尊重，于是他又继续低着头，默哀似的站着，很恭顺也很听话的样子。在李士群的内心，影佐是他混这个世界的最大靠山，离开影佐他将一事无成。

影佐看了李士群一眼后，突然说了句：你失职！

这句话让李士群惊着了，他突然抬起头，惊恐地望着影佐，只一眼，看到影佐咄咄逼人的目光之后，他又恢复了低眉顺眼的样子。

影佐在他肩上重重拍了一下，转身坐到沙发上，胸膛仍起伏着。李士群仍在那里，站着也不是，过去也不是，他一时不知如何是好。

影佐冲他招了一下手，他过去，影佐又示意他坐下，他欠着屁股如坐针毡地坐到了沙发上，看到茶几上摆着的棋盘和棋子已经胡乱地滚落到地上了。他不知道影佐发这么大火到底为了什么。

接下来影佐就开始劈头盖脸地训斥李士群的失职，他把自己在土肥原那儿受的气又一股脑发泄到李士群身上。李士群兜头迎接着疾风骤雨般的训斥，他终于听明白了，国民党军统和共产党新四军的情报网已经渗透到了日本人的内部，并获取了大量机密情报，让日本人在战场上吃了大亏。李士群在挤走丁默邨后，他的意志的确涣散了，疏于七十六号的业务，他最近在外面又纳了一房小妾，是一个苏州的女学生。新婚不久，他的心思都在那个女学生身上，晚上出入于各种宴会和舞厅，早晨起不来，七十六号的事他也很少过问，一时间过起了莺歌燕舞的生活。对影佐的发火，他心知肚明。待影佐咒骂完之后，他才长舒一口气道：影佐君，息怒，敌人如果真的有情报网络不可怕，要想破获他们的情报网很容易。他们既然有情报网，就肯定有电台，咱们侦察出他们的电台，然后再来个一网打尽。

影佐见李士群这么说，气就消了一些，然后两人开始商量如何破坏军统和新四军的情报网络。最后影佐下达了命令，命令李士群的七十六号在十五天之内，破获敌人的情报网。李士群拍着胸脯走了。

影佐望着李士群的背影，这样的中国人让他又气又恨，但最后还得用。在影佐的心里，这样的中国人就是猪，要杀他吃肉，还得不时给他甜头，让他吃饱，并看到希望。李士群虽然遭影佐瞧不起，甚至恨之入骨，但李士群的主意还是点拨了他。日本人的电台很可能遭到了切入，否则，不可能在这么短时间内他们的情报会连连失窃。从日军司令部到梅机关的电台，掌握这些的都是日本人，中国人是绝沾不上边的，既然否定了有人潜入他们内部的可能，问题很有可能出现在外围上。

侦听电台影佐并不陌生，他是日本老牌特工了，不仅受过严格的训练，来到上海后，他们也已做好了长远的打算，建立了自己的电报队伍。此时，他要重新建立一支反侦察的队伍。于是，影佐立马组织人马，悄悄地安装了一台电报侦察车，这台车是流动的，只要在功率范围内有电台发报，电台频率和信号就会被接收，然后锁定发报的方位。

李士群受到了影佐的训斥之后，也立马回到七十六号行动起来。他要做出个样子，让日本人看看，他是个有用之人，让日本人离不开他。现在天下是日本人的，他一定要抱住日本人的大腿，他要飞黄腾达，然后过好日子，日本人是他的救星和希望，对影佐的命令他自然不敢怠慢。

梅机关和七十六号组装电台监控车，陶天成马上想到了肖扬在公寓设立的电台。虽然肖扬并没有向陶天成透露过任何消息，但军统出身的人，早就能料到公寓房内的秘密。

这一天，陶天成又把肖扬约了出来。两人站在弄堂的一个角落里，陶天成把敌人的行动告诉了肖扬。两个男人的手快速地握了一下，又分开了，各自留下一句：保重！

然后一个向东，一个向西，各自离去。

一份被载入史册的情报

上官被来自日本本土和驻中国日军之间的一组秘密电文深深地吸引了。最近一段时间以来，日本的外交和军事调动频繁。

先是日本派出了大使来栖三郎去美国执行和谈任务。

上官把这一情报汇报给了重庆。这份情报落到了蒋介石的案头，蒋介石自然火冒三丈，如果日本人与美国人和谈成功，就等于出卖了中国。美国人一面拉中国人结成同盟，共同抵御法西斯发动的第二次世界大战，又一面暗自和日本人勾结和谈，这不仅出卖了中国，更是孤立了中国政府。蒋介石自然咽不下这口气，一面通过外交手段通报美国总统罗斯福，表明中国政府的态度，一面督促美国向日本宣战。

美国没料到，暗中和日本媾和的这一小动作被中国政府识破。罗斯福总统权衡利弊，如果和日本人和谈，中国在孤立无援的情况下，如果也投降日本，东方的反法西斯阵线就会不攻自破，美国的全球利益也将受到伤害。罗斯福在蒋介石的提醒和督促之下，终于下决心召见了中、英、荷、澳等驻美国大使紧急磋商，起草了一份《赫尔备忘录》，要求日本从中国和印度支那全部撤军。美国和盟国的态度，让日本人彻底放弃了拉拢美国人的梦想。

日本去美国和谈的电文就是上官提供的，日本大使还没有到美国本土，中国政府就揭穿了日本人的阴谋，蒋介石对戴笠大加赞赏。戴笠自然把这份赞赏转给了上海区的毛森，并又一次奖励给军统上海区五十万。

毛森受到如此嘉奖，自然越发重视潜伏在敌人眼皮底下的这部电台。他又偷偷来过两次公寓，对上官和肖扬嘱托了一番，把重庆总部的嘉奖令告诉了两个人，并指示，日本和美国和谈的幻想破灭，很有可能会有一系列动作。

上官这些日子一直在关注着日本本土的动向，这些动向又和中国战区紧密联系在一起，部队的调防、海军的布置都在这一段时间频繁进行。

肖扬把陶天成提供的消息转告给了上官，上官是电报高手，她自然知道敌人侦破电台的手段。但有一条规律是改变不了的，敌人侦察电台，必须接近电台的功率范围之内才能获得电台的信号，她一面让肖扬注意周边的车辆，一面观察特务的动向。

肖扬便成为值守的警卫，他频繁地出入公寓，观察着对面日本宪兵队的动向，也观察着马路上过往的可疑车辆。

有一次，他从公寓外回来，发现管理员正透过眼镜上方打量着他。自从上次深夜在弄堂里有过一次交锋后，两人再也没有正面碰到过，不知为什么，他们似乎都在躲着对方。虽然肖扬无数次出入公寓都要经过值班室，但管理员要么在茶炉房里打扫卫生，要么就是用一张报纸把脸遮上，总之，他不再和肖扬照面。

肖扬每次走到值班室时，不知为什么，也总是在躲避管理员。这次他一进门，就发现管理员正用一双眼睛望着他。他本来想径直走过去，可走了几步，他侧过头去，发现管理员的目光在追随着他，似乎有话要说。他停了一下脚步，向值班室走过去，大声地说：于师傅，现在正好有空，要不咱们来两盘。

肖扬走进值班室时，管理员已经把棋盘在桌子上铺开了。肖扬进去之后，两人拉开了下棋的架势。

肖扬虽然没有摸清管理员每天夜里的行动，但凭着经验判断，他意识到十有八九和电台有关系。既然和电台有关，肖扬在犹豫是不是把敌人搜索电台的情报通报给管理员。他的身份并不明确，但可以肯定，管理员既不是给日本人干事，也不是七十六号的人，那么，他们就是同一条战线上的人。肖扬几欲出口，想把敌人活动的情报通报给他。

管理员用力地放下一枚棋子后，头也不抬地说：看到没有，日本宪兵队院内立起了一根天线。

肖扬正拿起一枚棋子想落下，听了管理员的话，怔了一下，抬眼去看管理员。管理员的头仍然低垂着，似乎正全神贯注地研究棋局。肖扬并没有注意那根多出来的天线，作为日军驻上海的司令部，满院子天线林立，什么时候又多出一根来？他忽略了这个细节。他这几天的注意力完全在马路上来往的车辆和行人上了。管理员不经意的这句话提醒了他。半晌，他心不在焉地把那枚棋子落下去，管理员主动暗示他，让他戒备的心完全放松下来，也小声地说：七十六号和日本人正在搜索侦察电台。

管理员仍没抬头，看着棋盘道：肖先生，这局你输了。

肖扬低头去看时，果然，自己已经被将死了。

敌人反侦察电台的情况，肖扬向毛森做了汇报。毛森也意识到在敌人眼皮底下太危险了，命令肖扬和上官立即撤出公寓，再寻找地方建立情报点。

当肖扬把毛森的指示传达给上官时，她正在接收一份电文准备翻译，她为难地说：这两天日本国内和上海日军电报往来频繁，从来没有这么大规模调动海军的情况。要不坚持过了明天，咱们再搬家。

说完拿出译好的电文：1日日本海军电令驻扎在上海港口的舰队到鹿儿岛湾集结。

日本本土的航空母舰早已云集于此港湾，日本海军制订了一个“Z计划”。上官拿着一沓电文分析着：日本海军这次行动，我觉得和他们的“Z计划”有关，但这个计划到底是什么，目前还不清楚。

上官正说着，电台的灯又闪烁起来，又有一封日本往来的电文被上官接收。她忙了一通，译制好后，拿给肖扬去看。电文是：驻华日军全力配合“Z计划”实施不得有误。

肖扬也意识到这个“Z计划”大有名堂，究竟是什么，暂时还不清楚。他离开上官来到客厅内，找到了一本世界地图册。他找到了鹿儿港湾，这是远离日本本土的一个港湾，顺着太平洋过去，是美国的珍珠港，相距有三千多海里。再向其他地方扩展，南面是印度洋、太平洋和印度洋连接着的陆地和国家，和日本毫不相关。唯一相关的就是美国。美国正在联手几个西方国家对日本施压，让日本从中国撤军，难道日本海军会向美国下手？离鹿儿岛港湾最近的珍珠港驻扎着美军的太平洋舰队。如果日本人对美国下手，凭实力很难得逞，这种推断很快又被肖扬否定了。日本人这个“Z计划”到底是什么？

他收起地图册，突然嗅到了危险。看到上官正在屋内忙碌着，他坐不住了，他要到外面去看一看周围有没有可疑迹象。

当他来到一楼时，值班室的门开着，熟悉的管理员并不在值班室。他的心沉了一下，还是走出大门，穿过马路，再往前走就是六三花园和上海驻日军司令部了。他下意识地又看了眼多出的那根天线，转身向弄堂走去。

他突然看见管理员从弄堂深处走了出来，他想离开，管理员突然叫了他一声：肖先生，等一下。

他只得等待着管理员走近，这时天已傍晚，弄堂里人多了起来，他站在这里并不显得扎眼。很快管理员来到他面前，拉着他向前走了几步道：日本海军有行动，九艘航空母舰还有护卫舰、潜艇已经出发了，方向、目的不明。

肖扬惊怔地望着管理员，他没想到管理员会向他说这些。他瞠目结舌地望着管理员。管理员说：这情报也许对你们有用。

说完走了两步，又立住，头没回，说：不出这一两天，日本特务会搜查公寓。

说完头也不回地走了。

肖扬右眼皮突突地跳了几下，危险的气息正悄悄向他逼近，他感受到了这种危险，大步向公寓走去。

坚　守

管理员的信息，再次证实了上官获得的情报。先前获得的日本海军在鹿儿岛港湾集结的信息，她获取了舰队出发的指令，但并没有舰队的回复。这支庞大的舰队差不多集中了日本海军的全部精锐部队，不仅是上海淞沪港口的舰船，缅甸、新加坡的舰船几个月前也相继调回到了鹿儿岛港湾集结。这意味着日本人的“Z计划”已经开始实施了。

上官一面把日本人这次行动汇报给重庆，一面坚守在电报前。她一直在捕捉日本舰队的信号，只要舰队一有动静，哪怕就是一组信号，透露出一点信息，也可以分析出日本舰队真正的去向，可是一直没有。上官顽强得像一根钉子一样坐在收发机面前。

肖扬又找出了那本世界地图册，在茫茫海面上找到了小小的鹿儿岛港湾，前面就是更加广阔的太平洋，越过太平洋他又一次看到了珍珠港，一种奇妙的预感，让他一下子茅塞顿开。他急不可待地把那本世界地图册放到了上官的眼前，手指向了美国本土的珍珠港。上官望了肖扬一眼。

肖扬说：日本人肯定是偷袭，之所以没有舰队的声音，是因为他们肯定让电台静默了，太平洋会吸光这批贼船的影子。

肖扬的判断让上官下定了决心，她说：我立即向重庆发报。

这一份本可以改变历史的电报在深夜发向了重庆：日本舰队驶向珍

珠港。短短几个字汇成的电码，在静静的夜晚，电报声音却显得是那么刺耳。

肖扬又一次嗅到了危险的气息，既然电报已经发出，肖扬决定立即撤离。上官却不同意，她不想错过今晚最敏感的时期，万一日本人和日本舰队联系，那将是更重要的信息。上官答应肖扬，明早立即撤离。上官坚守在电台前，肖扬倚在门口一遍遍听着外面的动静。这一晚，对肖扬来说，是有生以来最漫长和最难熬的夜晚。

肖扬还不知道，上官的最后一封电报已经让特务锁定了他们的方位。影佐向七十六号下达了联合抓捕的命令。同时，影佐也向日本宪兵司令部发出了配合抓捕的请求。

李士群在睡梦中接到影佐的电话，心里是十二分的不情愿，但影佐的命令又不能违抗，他只好连夜把七十六号的特务组织起来，按照影佐的要求，把车开进了日本宪兵队。为了保密，出发前李士群并没有向下属传达真实的任务。

陶天成得知包围公寓楼、捉拿军统情报站人员的消息时，已经晚了，他已经没有时间把这一消息传递出去了。

日本宪兵和特务在黎明时分悄悄地向公寓包抄而来。

上官在整理最近一段时间的情报，该销毁的她放在屋内用火点燃。肖扬正在忙着帮助上官烧掉那些没价值的情报，门突然被敲响，他大步蹿出去，门还没开，他已经嗅到了管理员那熟悉的气息。他打开门，管理员压低声音道：敌人马上就要包围这栋公寓。

说完转身就走，像刮走的一阵风。

肖扬向身后看了一眼，上官也正在望着他。他转身冲出去，刚冲到一楼，就看见一队日本宪兵正在向公寓楼方向跑过来，还有三三两两的特务分散开来，也在向这幢楼接近。他转身向楼上跑去。他跑回到房间，上官已经把有用的情报装在了挎包里，她正在关闭电源，拆卸电台。已经来不及了，肖扬把上官拉出屋子，来到客厅的窗前，打开窗子，想了一下，又走到屋内，掀起上官的床单，一把撕开，接在了一起，顺着窗口抛了下去。做完这一切，转过头冲上官道：快下去。

上官回头惊愕又担心地问：那你?

肖扬：你先下，不然就来不及了。

上官站到了窗台上，并不下去，抓住肖扬的肩头说：肖扬，要走，咱们一起走。

肖扬冲上官笑了一下：出去后怎么走，你知道，那条通往租界的弄堂还是你指给我的。

说完他抱着上官的腰，把她推出了窗外。他向上官喊了一声：抓住。

上官连滚带爬地到了楼下。

肖扬再次抬头时，看见公寓楼外已经出现了特务的身影。他知道，他只能留下掩护上官了，两人一起逃离的可能性已经没有了。他伏下身探出头，冲上官用不容置疑的声音道：翻出院墙，别回头。

说完他做了一个快爬的手势。

他转身走进屋内，从床下拉出那只装有狙击枪的箱子，几下就把一支完整的枪装好了。他又抓了几把子弹放到衣兜内。再回到窗口前，上官已经爬到了墙上，他看见两个特务正朝上官的方向跑过来，他的枪响了，响在这静谧的黎明时分。两个特务栽倒，上官跳出了院墙，前面就是条小路，过了小路就是几条弄堂，只有左手边的弄堂是通往租界地的，跑进弄堂就是一条生路。

他看见上官落地的一瞬间，又犹豫了一下，她在回头望他。几个特务还有几个日本兵正向这里跑来，他大喊一声：快跑，别回头。

他的枪再次响起，压制着跑在最前面的敌人。

敌人是分两个方向跑过来的，他击中了东面两个鬼子，再转头时，西面的敌人已接近了上官。上官刚跑到弄堂口，迎面就遇到了两个鬼子。上官的身影挡住了他射击的角度。突然他听到了两声枪响，陶天成冲了过来，他认出了陶天成，陶天成击中两个迎面堵住上官去路的鬼子之后，大喊了一声：快跑……

之后陶天成的后背便中弹了，后面的特务开始向陶天成射击。肖扬他本想支援陶天成，但已经来不及了，陶天成喊完那句话，便一头栽倒，倒下的瞬间，似乎扭过头向公寓楼肖扬所站立的窗口望了一眼。肖扬看到了陶天成最后望向他的目光。

楼下的敌人同时也发现了他，一排子弹射过来，他俯下身子，接着他听见了楼梯口的脚步声。

他冲出去，快速向楼上跑去，自从住进这栋公寓楼，他已经做好了最坏的打算，四楼是他最后的坚守阵地。在这之前，他已经偷偷地把楼内的地形摸了一个遍，并把子弹和手雷分散地藏在了楼内的各个角落里，为的就是在危险时候的坚守。他坚守过四行仓库，知道在楼内如何坚守。

他一口气跑到四楼，把通往平台的门关上，又把几块水泥做成的预制板搬到楼口处，用预制板把通往平台的楼梯口挡住。

他向弄堂里望过去，上官的身影已经快到弄堂的深处了，她的身后是几名追赶的特务，他们一边追一边高喊：抓活的。

他手里的枪又一次响起，追赶在上官身后的特务一个又一个倒下。他看到上官最后穿过了马路，她回头向他这里望了一眼。他俯下身，最后朝她挥舞了一下手臂。他看见上官穿过马路，向租界区跑了过去。

敌人开始砸通往四层的楼门，他掉转枪口，连续向那道门射击。敌人也在朝外盲目地射击。他绕到楼门的死角，在平台一堆杂物里摸出了几枚手雷，顺着楼门扔了下去。企图冲上平台的敌人暂时安静了下来。

他放眼望去，整个公寓楼都被敌人包围了，成排结队的是日本宪兵，跑来跑去的是特务们。

太阳已经从东方升起，许多弄堂里的百姓扒着门缝在向外望着，当他们看清了这一切，又转身跑回去，门窗紧闭。

肖扬知道，这是最后的时刻。眼前的场景又让他想到了四行仓库的保卫战，数百壮士在副团长谢晋元的率领下，坚守了七天七夜，最后弹尽粮绝，也是在一个黎明时分开始突围的。

他又嗅到了血腥，还有战场上那独有的气味，他嗅到了死亡又嗅到了生。不知是兴奋还是恐惧，他开始浑身战栗。

他的枪声再次响起，一个个日本士兵在他的射击中倒地。日本人和特务开始就地射击，他居高临下，半截身子掩在平台水泥楼板下，他的狙击枪可以说百发百中，敌人虽然也掩在建筑物后反击，他还是能准确地击中敌人。

他射光了兜里的子弹，又从杂物堆里找到一盒子弹，他在不停地射击，枪管已经开始烫手。

敌人见久攻不下，自然也采取了其他措施，他们也抢占了有利地形，有的站到周围楼上，有的拉远距离，让射击的视角变大。

肖扬左肩上中了一枪，他滚落到地上，回过身，看清了楼下房顶上那个射击的日本士兵。他的枪响了，那个士兵应声而倒，滚落到了楼下。

他打一枪换一个地方，四周静了下来，成群结队的日本士兵似乎采取了另外一种手段，他们不再盲目地射击了，而是躲在建筑物的后面，不停地打着冷枪。他看见地面已经躺倒几十具鬼子和特务的尸体了。

他又一次想到了战场上一个又一个倒下去的战友，血腥与硝烟的气味再一次弥漫开来。

太阳已经升起，红彤彤地挂在天际，他从没感到过世界原来这么亮，亮得让他有些睁不开眼睛。

他不知道，在六三花园的楼房里，几个日本狙击手正在向他瞄准，鬼子选择了几个角度，居高临下地在向他瞄准。六三花园的楼房距这幢公寓楼也就一千米左右，在狙击手的射击范围之内。

几颗子弹同时向他射来，他甚至没有听见枪声。他中弹了，鲜血从他胸前喷射而出，在阳光的照射下，鲜艳、蓬勃。他的身子受了几颗子弹的重击，向后仰躺下去。他抬头时，看到了站在对面弄堂里的管理员，管理员驼着背，领带坠在胸前，他心里说：我知道你是谁了！

他躺倒在四楼的平台上，满眼都是灿烂的霞光。

他用尽最后一丝力气，从左胸口袋里掏出童雪留给他的那只布条，两人的血已经浸在了一起，甚至有些字已经看不清了，他只看清了三个字：我爱你……

他咧嘴笑了一下，手臂举着那只染着鲜血的布条，像举起一面旗帜。

童雪的气息扑面而来。

尾声与开始

公元1941年11月26日，日本海军的三十艘舰艇，驶离择捉岛的单冠湾海军基地，越过太平洋，正向珍珠港挺进。所有舰艇上的电台保持静默，仿佛这支舰队消失在了茫茫的太平洋中。

上官带出的情报，汇总到了重庆，戴笠亲自把这封特急密电呈送给了蒋介石。蒋介石也不禁大吃一惊，于是急电美国外交部。当美国外交部把这一份含混不清的电文呈送给军方时，军方并没有把这样一份来自中国的密电当一回事。美国的情报人员遍布全球，并没有一份关于日本海军新动向的情报。于是由中国通报而来，本可以改变历史的情报便被压了下来。美国外交人员甚至在怀疑这是中国人为了制造美国和日本紧张关系的伎俩。

1941年12月7日，经过十几天全速航行的日本军舰已渐渐接近珍珠港了。这一天正好是周日，日本人已经把这一时间精确计算好了。珍珠港美军基地的官兵大部分已经离开了基地，他们出入酒吧，有的去了教堂，士兵的身影融入了热闹的市区。

此时距离珍珠港正北二百三十里的海面上，整装列阵的日本舰队的甲板上，第一批攻击机一时三十分准时升空，一个小时后第二批战机又一次起飞。

一时三十五分，美国陆军雷达上突然出现了大批飞机的信号。当谢夫特堡的美军情报中心接到报告后，值班官以为是自己的航母在正常训练。

很快日本军机便驶进了珍珠港上空，第一次四十架鱼雷机、五十一架轰炸机和四十三架战斗机作为掩护，轮番轰炸。

安宁静谧、歌舞升平的珍珠港美军基地顿时陷入一片火海。可怜那些军机和军舰还没有进入战斗状态，便被大火吞噬了。那些听见轰炸声回到基地的士兵，有许多还没来得及下车，便被炮弹击中。爆炸声、哀号声响成一片，整个珍珠港的美军基地被浓烟和爆炸声淹没了。

如果美军相信了沾着中国军人鲜血的情报，历史将是另外一个样子。当然，历史中没有如果。

也就是这次突然爆发的珍珠港事件，日本单方面向美国发动了战争，于是美国总统罗斯福第二天即向日本宣战。第二次世界大战，因为美国的宣战，珍珠港被写进了历史，也由此改变了战争的格局。

此时，上海法租界一处租住房内，窗台上有一只可乐瓶改成的花瓶，里面插了几朵菊花。那几朵橘黄色的菊花，暗香浮动，在透过窗子的阳光下正静静开放。

上官逸飞的目光经常越过电台投向这几朵菊花，她的眼神瞬间恍惚，在恍惚中她会脱口而出：肖扬，我想吃一碗馄饨！

说完这话，她清醒过来，眼泪一点一滴地流下来。电台仍然在工作着，又一份情报需要她破译，她收回目光。当她译出一份日本特工的电文时，她惊呆了：新四军一情报站被破获，抓捕情报人员一名。

她望着电文，惊了一下，她马上想到了公寓楼内的管理员，那个驼背、戴副眼镜的中年男人。

……

七十六号特务总部李士群因和日本人反目，被梅机关特务投毒致死。

丁默邨在日本人投降后，被抓捕入狱，于1947年2月8日被国民党首都高等法院判处死刑。

时间已逝，一切都成为历史。

公元1988年的一个秋天，正是菊花暗香浮动的季节，一个叫上官逸飞的老人，从香港抵达上海的虹口机场。她来到了上海西郊，手握一束金黄色的菊花来到一片林地里，那里有一棵树，树上刻了一行字：肖扬葬身之地。那行字随着树的年轮的增长已扭曲变形了，但依稀之间，还可以看清字的轮廓。老人手摸着树，有两行浊泪从脸颊上流下来。她一点点地摘下怀中的花瓣撒在那棵树下。她轻声地说：肖扬，上官逸飞回来了。

这个终身未嫁的女人，在那棵树前默立了许久，许久。

晚霞透过树隙照在老人身上，她的一头白发被染成了金黄，像地面铺开的菊花。

图书在版编目(CIP)数据

牺牲1937 / 石钟山著. -- 北京 : 中国文史出版社, 2023.2

(中国专业作家作品典藏文库. 石钟山卷)

ISBN 978-7-5205-3637-0

Ⅰ. ①牺… Ⅱ. ①石… Ⅲ. ①长篇小说-中国-当代 Ⅳ. ①I247.5

中国版本图书馆CIP数据核字(2022)第157424号

责任编辑：牟国煜

出版发行：**中国文史出版社**
社　　址：北京市海淀区西八里庄路69号院　邮编：100142
电　　话：010-81136606　81136602　81136603（发行部）
传　　真：010-81136655
印　　装：北京新华印刷有限公司
经　　销：全国新华书店
开　　本：720×1020　1/16
印　　张：16.25　　字数：206千字
版　　次：2023年2月第1版
印　　次：2023年2月第1次印刷
定　　价：56.00元